行走文丛

杨海蒂 著

走在天地间

上海三联书店

图书在版编目（CIP）数据

走在天地间 / 杨海蒂著 . —上海：上海三联书店，
2020.4

（行走文丛）

ISBN 978-7-5426-6934-6

Ⅰ．①走… Ⅱ．①杨… Ⅲ．①散文集－中国－当代
Ⅳ．① I267

中国版本图书馆 CIP 数据核字（2019）第 286493 号

走在天地间

著　　者／杨海蒂
责任编辑／程　力
特约编辑／许　峰
装帧设计／鹏飞艺术　周　丹
监　　制／姚　军
出版发行／上海三联书店
　　　　　（200030）中国上海市漕溪北路 331 号 A 座 6 楼
印　　刷／三河市中晟雅豪印务有限公司
版　　次／2020 年 4 月第 1 版
印　　次／2020 年 4 月第 1 次印刷
开　　本／640×960　　1/16
字　　数／139 千字
印　　张／16

ISBN 978-7-5426-6934-6/I · 1589

定　价：42.80元

序：见过一面

气温总算回暖些了。前两天天寒地冻的，行走在外，寒气袭人，脖子和脊背总也打不直。

寒冷时，容易想起一些温暖的事、温暖的人。

不由得，又想起了那位北京来的美女作家，一家顶尖级文学刊物的编辑，杨海蒂。一个人凭什么留给别人难忘的印象？相比起一切外在的美好事物，诸如美貌、衣饰等，发光的慈悲之心更具力量、更入人心。

那天，她随一支采风调研队伍来到府谷。她说是第一次来陕北。看得出来，陕北留给她的印象是深刻的，相比她之前走过的大江南北，陕北的自然景观和人文环境独一份。她迷恋陕北之北的天空，她用的词语是"湛蓝如洗、清澈明净，没有杂质，甚至没有云朵"，她直夸陕北的大黄梨香甜如蜜。

随行采访中，我不止一次注意到她。她是个漂亮女人，风韵气质俱佳，即便走在北京或巴黎街头，也是风姿出众的，更别说落地在小城，她光彩照人的情景，便完全可以想象了。她一口京腔轻柔动听，如山涧鸣泉，而且出语谦和，馨香满室。她不是普通的漂亮，有一种强烈而特殊的魅力，这种魅力是沉积多年、由内而外散发的，我老远就能闻着她身上的书香味。如果用香气作比，普通的漂亮犹如香水，毫无生气；在我眼里，杨海蒂的漂亮则为檀香，是活的、会呼吸的，香气历久弥新。

午后，在高寒岭明亮的山头上，太阳像个乡下孩子，见来了客人，欢喜得蹦蹦跶跶，一会儿在这个山头呆头呆脑地远望着，一会儿又跑到那个山头撒欢，还不住地回头嬉笑。高寒岭的风也像个乡下没见过世面的泼辣小媳妇，紧凑在远道而来的客人身边，僵直地瞅着，总想插个一言半语，最好能撩起这个漂亮女人的袄襟摸一摸，那便更称心如意了。

长时间不下乡，似乎已不识冷暖。早晨随手搭了件毛衣外套就匆匆出门，结果在冷寒的山头上如着薄纱，瑟瑟难安，甚至都不敢轻易下车。此情此景之下，一件令人心生暖意的事情发生了。杨海蒂快步向我走来，微微笑着，手里拿着一个手掌大的小布包，亲切地说："快穿上吧，我的羽绒衫。多冷啊！"几乎是硬塞在我手里。还没等我说什么，她便又说："没关系，穿上吧，冻坏了怎么办呀？"笑容可掬，关切诚厚，其情状不禁让人心头一热再热。心下喜悦，当即穿上，身上暖洋洋，心里喜滋滋。她与我身材差不离，穿着合身，轻薄舒适，粉紫色煞是好看。

晚饭时，我比她早出来一会，顺便把小棉袄归还在她车上。等她出来时，我告诉她小棉袄归放车上了，还没等我致谢，她依旧是不由分说的口吻："一件小衣服算什么，冻坏了怎么办呀，衣服送你了，你穿着更好看。"我连说不用，其实真不用，车上暖和，一会就回城了。她着急得当即又要把自己身上的风衣脱给我穿。我手忙脚乱挡着，费力说服。无奈之下，她一转身小跑着到院子那边停车处，又把小棉袄带过来，满心欢喜地递给我。我不再推辞，因为我知道，再推辞便是辜负。

夜色中，我看到了她身上散发出一种光芒。她那动人的笑容，深深留在我心里，难以磨灭。我常常觉得，我待人实诚，但是与她比起来，根本不算什么。把自己身上的衣服脱下来两次相赠，这一点，我想我做不来。

我担心她在陌生地方住不习惯，也想多了解她，便问她："要我留下来陪你吗？"她笑着说："不用，走南闯北习惯了，完全可以随遇而安。"然后简单地道了别，她就匆匆地上楼了。当晚她要住在农村，第二天径直离开陕北。

见过一面，她便让我难以忘怀，夜色中那发着光芒的脸庞，也会时常浮现在我眼前。事实上，她留给我的印象，深过那众人前呼后拥的领队。如果用颜色作比，那位大人物是青色，北京城青砖青瓦的那种颜色，古朴、厚重、雄浑、沉淀。而她呢？思来想去，觉得没有一种颜色能恰如其分地衬着她——是早晨打进窗里的第一束阳光，有着淡淡光轮的那种明亮色？不得而知。

这也让我想起了另一件事。听小姨说，小时候有个远房亲戚家的小女孩来家里做客，外婆看她衣衫单薄冷寒受冻，哄着小姨把棉袄脱下来给小女孩穿。结果小姨没了棉袄，出不了门，在被子里整整钻了一天。后来，小女孩对这件事念念不忘，一遍又一遍地说了一辈子。

刘丽

（作者系《府谷报》副总编辑）

目录

序：见过一面

高原之上，雪山之下

十年前，遇到过一位大学中年女教师，一面之交，互相没有交谈，也不知道她姓名，但她痴迷的神情、反复不断的自语，永远烙印在我心底："我刚从西藏回来，我把魂丢那儿了。我刚从西藏回来，我把魂丢那儿了。我刚从西藏回来，我把魂丢那儿了……"

西藏固然令世人倾倒，可究竟是什么原因，使得她这般心醉神迷？是五百山水的诱惑，还是三千佛唱的吸引？我不知道。只是，从那时候起，只要看到"西藏"两个字，不由自主地，那个疯魔般的女子，那副圣徒般的面容，立刻会浮现于眼前。

有人说，西藏接近天堂。天堂什么样子，我不知道。只是，我立下了誓愿：如果有一个地方，今生非去不可，那就是西藏；如果有一条道路，今生非走不可，那就是通向世界屋脊的天路。

有生之年，我一定要去西藏！

那里有最高的宫殿，那里有最长的史诗，那里有最清的湖泊，那里有最深的峡谷，那里有最纯的笑容，那里有最美的歌舞……那里是世界之巅，珠穆朗玛峰高耸入云；那里有不朽的传奇，雅鲁藏布江万古奔流。

没有亲眼眺望过雄伟壮丽的布达拉宫，怎么体会松赞干布的骁勇与深情？没有匍匐在大昭寺佛祖等身像前顶礼膜拜，怎能领受到佛陀的加持？没有用脚步丈量过八廓街的转经道，如何领悟朝圣者三步一长头的虔诚？

"我不说普通的人类都能在高峰上生存，但一年一度他们应上去顶礼。在那里，他们可以变换一下肺中的呼吸与脉管中的血流。在那里，他将感到更迫近永恒。以后，他们再回到人生的平原，心中便会充满了日常战斗的勇气。"这是罗曼·罗兰的话，伟大的文学家总能精妙地道出我们的心声。

让我魂牵梦萦的神秘西藏，壮美而空灵的雪域高原，安谧如远古洪荒的地球第三极，今天，我终于投入了你的怀抱。

当飞机停落贡嘎机场，当汽车驶过拉萨河，当雄浑的群峰扑入眼帘，当雅鲁藏布江流淌眼前……我依然感觉如梦如幻，直到抵达以佛寺立城的拉萨。

挪威著名建筑学家说："拉萨，西藏历史聚集点，像罗马、麦加、瓦拉纳西、耶路撒冷这些伟大的宗教城市一样，已经成为了一个'磁场'。"绮丽的高原风光、独特的民族风情、浓厚的宗教色彩，使圣城拉萨闻名于世，成为"欧洲游客最喜爱的旅游城市""世界特色魅力城市200强"……

仰望红山之巅的布达拉宫，仰望这座拉萨城的文化地标，我无比尊崇，心怀敬畏。我相信，任何一个游客，即便不了解佛教，并非前来朝圣，也会与我感同身受。

在布达拉宫，瞻仰到了大清顺治皇帝接见五世达赖的画像，这让我很惊奇。原以为，顺治帝只是多情的少年天子，甚至因情殇出家披上袈裟，却原来，他六岁登基后将西藏纳入大清版图，十六岁接见西藏喇嘛教首领五世达赖，正式赐予"达赖喇嘛"的封号；俯仰之间，他一统山河，成为文韬武略的一代英主。在布达拉宫，怎能不想起六世达赖喇嘛仓央嘉措，怎能不想起他让人心灵颤栗的诗句："那一天，我闭目在经殿香雾中，蓦然听见你颂经中的真言；那一夜，我听了一宿梵唱，不为参悟，只为寻求你的一丝气息；那一月，我转过所有经筒，不为超度，只为触摸你的指纹；那一年，我磕长头拥抱尘埃，不为朝佛，只为贴着你的温暖；那一世，我转山转水转佛塔，不为修来生，只为途中与你相遇；那一瞬，我飞升成仙，不为长生，只为佑你喜乐平安。"仓央嘉措，这"雪域最大的王，世间最美的情郎"，为了爱情，拼死也要挣脱束缚于身的袈裟。

一个自断尘缘，一个直通欢场；汉藏两个王者，让人一声叹息。好在最终，佛法能"度一切苦厄"。

八廓街周长一公里多，沿途建筑多为白色，唯东南角上有一幢黄色的别致小楼，是仓央嘉措的秘宫，据说情诗《在那东山顶上》，便是在这里写就。"在那东山顶上，升起皎洁的月亮，年轻姑娘的面容，渐渐浮现心上。黄昏去会情人，黎明大雪飞扬，莫说瞒与不瞒，脚印已留在雪上。"这个让仓央嘉措将一切置之度外的姑娘，叫玛吉阿米。而今，仓央嘉措秘宫变身网红餐厅，名为"玛吉阿米"。

古老的八廓街，宗教与世俗并存，传统与现代相融。街上熙熙攘攘，行人来来往往：有磕三步等身长头的朝圣者，也有脚踏旱冰鞋青春飞扬的少年；有身着僧袍的僧侣，也有衣着时尚的女郎；有低眉顺目的藏族同胞，也有面露得色的游客……几个转经的藏族老人，右手摇着转经筒，左手捻着念珠，在夕阳的余晖下，脚步沉着坚定。他们对灵魂转世坚信不疑，转经之路就是轮回之路。

想起影片《可可西里》中的场景：以当代藏族英雄索南达杰为原型的主人公日泰说，"见过磕长头的人吗？他们的脸和手很脏，可他们的心灵特别干净"。

尽管高原反应严重，尽管同伴竭力阻拦，但是，纳木错——状如金刚度母静卧的圣湖、世界上海拔最高的大湖，我怎能因贪生怕死而不前往朝拜？

连绵的雪山，静穆而伟大；纯净的圣湖，高贵而单纯。天纵的壮阔、威仪，亘古的尊严、气度。置身无垠的时空，面对极致的自然，我怎能不全身心崇拜服从？

如洗的天空、远去的白云，飘扬的经幡、飞舞的风马，低沉的诵经、高亢的歌声……又怎能不使我热泪盈眶？

最为打动我的，是藏族同胞对信仰的坚守。

他们的信仰无处不在。他们相信宿命，相信万物有缘起，笃信因果报应，认为生命由神灵主宰，一切都是命中注定，因而坦然接受命运。他们说："积德行善一定会有回报，不在今世也会在来生。"在他们看来，帮助别人就是成就自己。他们的笑容，是那样的朴实；他们的眼神，是那样的坦荡。

供奉神佛是藏族人最重要的美德，施舍是他们的天性。他们生活在日常社会中，更生活在精神世界里。他们的精神世界独特而神秘。

有信仰的民族，平安、喜乐、安详、幸福。

从藏区回来的弟弟对我说："人是多么自私顽劣的动物，可为什么有那么多藏族人，愿意舍弃财富供奉神灵？那就是，必定有神灵的存在，让他们看得见也感觉得到。"

或许，信仰并非告诉人们世上有无所不能的神灵，而是让我们知晓：在这个未知的世界上，人类需要心存敬畏和谦卑。

弟弟是音乐家，为藏族音乐着迷，一次次来到藏区，离开又返回。藏族人在独特的生存环境中，创造出撼人心弦的音乐。西藏音乐既热烈又深沉，既欢快又悲伤，既雄浑又真切，既明快又含蓄，每次听到，心头都会涌上地老天荒之感，宛若回到了无限久远的过去，又仿佛走入了无限遥远的未来。

乔治·波格尔是第一个进入西藏的英国人。一七九五年，他受英国政府之命考察西藏，被藏族人的虔诚深深打动。他说："我希望你拥有这种在文明国家已成绝响的欢乐。当文明人在无尽地追求贪欲和野心时，藏族人在与世隔绝的荒野上安享和平与喜乐，除了人类的本能以外，别无所求。"

千百年来，藏族人一直如此：承受着身体的苦，享受着灵魂的乐。

而今，西藏早已不是与世隔绝的荒野，商店已遍布雪域高原。在八廓街，我花一百元编二十五根藏族小辫，花一千元买两条藏式长裙。对经商的藏族人来说，以点头代替磕头，让生意经取代念佛经，或许他们心灵有过挣扎，但却是社会转型中的必然。

布达拉宫下方的乃琼村，是内地援藏建设的美丽城中村，"村花"卓玛在四川上过大学，能讲比较流利的汉语。卓玛说，"不上学的话，家里的牦牛就要被牵走"；卓玛说，"我们藏族人一生接受三次洗礼，被你们汉族人传说成一生只洗三次澡"；卓玛说，"你们汉族人是躺着（生病）花钱，我们藏族人是站着花钱"。

我能感觉到她对汉族人和汉文化的矛盾心理。

性格直率、出语泼辣的卓玛，大费心思为村里推销藏银产品。

她说祖父是藏医，长桌上堆砌的银器全都是藏药银，"银代表健康"。她说赚钱不是为自己，而是为了上哲蚌寺供奉佛祖，还有就是为村里建希望小学。我花费近一万元，买了银梳、银镯、银碗、银勺。银梳上刻着汉文《心经》，银镯上的藏饰花纹很精美。买价格不菲的银碗和银勺，纯属为希望小学献上一点心意。

后来同伴说，在拉萨一些商场的银器柜台，同样的藏药银物品，价格要便宜得多。想起卓玛的指天发誓，想起卓玛的铮铮誓言"举头三尺有神明！我要是说了瞎话骗了人，会遭到报应的"，我告诉同伴："对不少藏族人来说，比风水更大的是善心，比法律更大的是因果。我坚信卓玛不会骗人，我盼望希望小学早日建成，我期待以后能为之多作点贡献。"

据说来到西藏的人，一定会相信灵魂的存在，也一定会得到心灵的净化。愚顽的我，还是脱不了俗，但至少这一刻，心灵至诚至纯。

我来到布达拉宫西墙外，来到那排望不到边际的金色转经筒前。在阳光照耀下，布达拉宫金碧辉煌，转经筒发出万道光芒。我学着藏族同胞，用右手顺时针转动着巨大的转经筒，喃喃着六字真言：唵嘛呢叭咪吽。

黑竹沟

藏区有九寨沟，彝区有黑竹沟。

懒洋洋歪躺在沙发上，漫不经心翻阅着报刊，当上面这行大字扑入眼帘，我顿时下意识地端直了身体。

九寨沟当然知道。黑竹沟？

与九寨沟相提并论，处于我久已神往的彝区，位于神奇的北纬30度线上，被称为"东方的百慕大"……黑竹沟，这个神秘的名字，这片神奇的秘境，一下就强烈吸引了我，仿佛前世有约，感觉今生缘到。

奔向峨边——峨水之滨、峨山之麓的彝族自治县。

峨水就是大渡河，峨山就是峨眉山。峨边，山环水绕，大渡河似乎无所不在。隔河是沙湾，沫水长流的地方，郭沫若的故乡。再往里走走，就是泸定，"红军飞夺泸定桥"闻名天下。峨边人开门就能见山——背峰山。峨边人说，"背峰山是我们峨边的脊梁"。登上背峰山山顶，峨眉山尽收眼底。峨边是全国唯一没有交通红绿灯的城市，可见小城之祥和、安定、怡然。

"五彩云霞空中飘，天上飞来金丝鸟……索玛花一朵朵，红军从咱家乡过……"每当哼唱起优美深情的歌曲《情深谊长》，眼前就会浮现出一幅美丽景象：天空中，五彩云霞飘，金丝小鸟飞；大地上，远远地从天边走来一队彝族姑娘，个个身着红、黑色的漂亮衣裙，打着黄色的油纸伞，美丽多情，款款而至。

彝族同胞偏爱红、黄、黑三色——红色代表火焰，黄色代表太阳，黑色代表大地。置身峨边，触目皆是身着民族服饰的彝族姑娘。能歌善舞的彝族同胞自豪地宣称，"不会跳舞的只有老牛，不会唱歌的只有木头"，可想而知彝族姑娘有多美，她们是小凉山另一朵索玛花。

川菜、湘菜、赣菜，对我来说，没有最爱只有更爱。峨边的菜肴更好吃，尤其腊肉炒竹笋、牛肉炖土豆，那个香、嫩、脆、鲜，吃得我脑满肠肥。身旁的峨边常务副县长告知：黑竹沟竹笋早就是国宴佳肴，曾经招待过美国总统尼克松，它很珍奇，四十年才开一次花；黑竹沟藤椒，属野生植物，芳香浓郁，麻味纯正，是调味的佳品。黑竹沟竹笋和藤椒，都是国家地理标志保护产品、国家农产品地理标志产品。

这位孙副县长是安徽人，在西南财经大学求学时，爱上了川菜川妹，毕业后就不回家乡了。大丈夫志在四方，孙副县长志在四川，"少不入川，老不出蜀"不足道也。

黑竹沟，黑竹沟。峨边人三句话不离黑竹沟。黑竹沟的神秘面纱，渐渐被撩开：方圆百里，区域内高山、峡谷、森林、草甸、湖泊、冰川、瀑布、深潭、暗河、地泉无所不有，奇异的山峰和岩洞比比皆是，日出、云海、佛光无比壮丽。它是极其完整的生态群落，是最原始的国家森林公园之一，有世界级景点六处、国家级景点二十处；有动植物五千余种、国家珍稀濒危保护物种三十余种；是国家 AAAA 级旅游景区、国家级自然保护区、国家级水利风景区，是省级自然遗产、省级风景名胜区、省级生态旅游示范区，是彝族风情观赏区，被央视评为"森林氧吧"……

但是——

"它地形复杂、山岭险峻，当地人称之为'魔沟'，外界称之为'最深度、最原始、最疯狂、最恐怖的探险之地'，鬼推磨、阴阳界、狐狸山、石门关、挖黑罗豁、涡罗挖曲……这些地名，听着都吓人。有的地方，时钟停止、罗盘失灵、人畜神秘失踪，轻易去不得啊！"

越是禁忌，便越是诱惑。我们急欲进入黑竹沟。

蜂巢岩、马里冷旧，是进入黑竹沟腹地的入口。蜂巢岩是一片原始峡谷丛林，因岩壁上有无数圆洞、色呈黑褐、宛若蜂巢而得名。蜂巢岩四面峻岭陡峭，岩底横着雪涛翻滚、吼声如雷的三岔河。马里冷旧是彝语，意思是开满红花的草地。马里冷旧是天然高山湿地，四周杜鹃环绕，国家一级重点保护植物珙桐漫山遍野，各种山花随季节次第开放，人在其中如沐花海。

黑竹沟的山峰高低落差达三千米。纵横交错的沟壑、垂直分布的植被，造就出阶层分明的植物世界：当山巅上的树枝成为冰雕，山谷里正花团锦簇、万紫千红。沟里有种子植物三千余种、药用植物一千五百余种、多类花卉二百余种、国家稀有特有珍贵植物二十多种……理所当然，珙桐是黑竹沟植物王国的王室贵族；参天古树和野藤，是优越的上流社会；灌木丛林，是低调的中产阶级；高山草甸，是地道的草根；匍匐的苔藓，则是最为卑微的奴隶社会。而杜鹃花（即索玛花），品种之多、花色之艳、面积之广，为世界之冠。据说黑竹沟杜鹃分公母，他们却又只能遥遥相望，倘若公、母杜鹃同时啼哭，晴好天气便会瞬间变阴下雨。这引发我无限遐想：他们是牛郎织女吗，从迢迢银汉跌落人间？

黑竹沟，是动植物的天然基因库，是人类的自然博物馆。

无数的山野精灵，在黑竹沟找到了生命的乐园。黑竹沟有三十多种国家珍稀濒危保护动物，其中一、二级重点保护野生动物有大熊猫、羚牛、四川山鹧鸪、云豹、小熊猫、猕猴、短尾猴等珍禽野兽，观赏和科研价值都很高。当地居民曾捕捉到的黑豹，竟为亚洲首次发现。黑白条纹大熊猫、黑白斑点"花熊猫"，是这些稀有动物中的极品尤物，它们可不是憨态可掬的乖宝宝，也不是只吃竹子的素食主义者，经常溜到彝寨对家畜痛下杀手，给自己打打牙祭、改善生活，村里的牛、羊、猪都是它们潜在的美餐。

断岩交错的三岔河大峡谷，是黑竹沟水景观最集中的景区。在宽广的山谷内，在湿润、清新、沁凉的雾气中，只有驻足定睛极目四望，才能发现不远处绵亘着重峦叠嶂。险峻角峰和奇绝深谷，构成巨幅绝美画卷。秋气肃杀，阳光是这里的奢侈品，沉寂的峡谷吐出料峭的寒气，给人以莫名的压迫感，让我感觉到洪荒之力的存在。

在三岔河上游、黑竹沟腹地，有一个充满意外、惊悚和奇闻的地方，那就是传说中的"死亡之谷"，当地人称"石门关"。它是一条原始峡谷林带，面积二十多平方公里。人畜进入石门关后，屡屡神秘失踪，幸存者寥寥无几，即便对装备齐全、经验丰富的职业探险队员来说，也是生死之旅，能否活着出来，全凭命运的安排。当地彝家有谚："进了石门关，不见人生还。""猎户入内无踪影，壮士一去不回头。""石门关石门关，迷雾暗河伴深潭。獐猴至此愁攀援，英雄难过一关。"在他们心目中，石门关就是鬼门关。世界上最著名的"七大神秘恐怖死亡谷"，黑竹沟作为"怪雾死亡谷"榜上有名，其余为：昆仑山的"地狱死亡谷"、俄罗斯的"死亡山谷"、美国的"人类死亡谷"、意大利的"动物死亡谷"、印尼爪哇岛的"死亡洞"、纳米比亚的"死亡谷"。

黑竹沟的云雾变幻万千，让人永远捉摸不透。人、畜进到石门关后，为什么会失踪，是怎样失踪的？一直是个谜团。未必科学的"科学分析"说：这里终年云雾弥漫、诡秘阴森，可能是变化无常的迷雾将人、畜包围吞没了。但是，问题来了：此地为什么日夜云雾缭绕、迷离莫测？彝族同胞给出的答案是：人和畜惊扰了山神，山神发怒吐出青雾，将他们卷走了。

彝族同胞信奉万物有灵，至今自然崇拜、图腾崇拜、祖先崇拜。他们敬畏山神，更敬畏野人，称野人为"诺神罗阿普"——山神的爷爷。世人多知晓神农架野人，不知黑竹沟也有野人。四十年前，勒乌乡村民冉千布干亲眼看见过野人：身高约两米、脸部与人无异、浑身长满黄褐色绒毛的雄性巨物。其他村民也发现过野人的踪迹。野人谷是当地人心目中的世外桃源，这我就不大理解了。

特克马鞍山海拔四千多米，是川西南最高峰，是黑竹沟两大水系的分水岭。它上部呈三棱形，酷似埃及金字塔。在阳光的照耀下，山脊好似一条细细的金线，迤逦于天际之上，山峰金碧辉煌、华光四射，成为极为罕见的奇观。雪峰下的冰斗、冰川遗迹，仿佛天地间的一个巨大冷库。

严寒与温暖、贫瘠与丰饶、荒芜与繁盛、美丽与狰狞、宁静与狂野、生命与死亡、天堂与地狱……相生相克、并行不悖于黑竹沟。我也差点迷失在黑竹沟，不是触怒了山神，而是因为它太迷人：旖旎不逊于九寨沟，却多了原始神秘；神奇不亚于神农架，但多了惊险刺激。

神农架

贯穿四大文明古国的北纬30度线，是地球上一条神奇的纬线，这条虚拟的神奇纬线却有着真实的神秘力量，珠穆朗玛峰、埃及金字塔、玛雅文明遗址、撒哈拉大沙漠、死海、巴比伦空中花园、百慕大死亡三角区、传说中沉没的大西洲、"世界第九奇迹"三星堆……以及古老的神农架，这些令世人震撼、震惊的奇观、奇迹，都非常吊诡地位于这个纬度上。

因华夏始祖炎帝神农氏得名的神农架，群山莽莽、林海苍苍，乃"百草药园""物种基因库"，生物多样性极其丰富。这片迷人的世界，是各种动植物的寄居之所，也是地球上中纬度地区唯一保存完好的原始绿洲，且至今保存有世界上最完整的晚前寒武纪地质夷平面。

神农架原始森林里，流淌着一股翡翠般的溪水，千百年来连绵不绝，形成深潭碧水的龙昌峡、鹦鹉峡、神农峡，它就是神农溪。杜甫过龙昌峡后题诗："迢迢水出走长蛇，怀抱江村在野牙。一叶兰舟龙洞府，数间茅屋野人家。冬来纯绿松杉树，春到间红桃李花。山下青莲遗故址，时时常有白云遮。"在神农溪上，乘原始扁舟，看两岸飞瀑，听船工号子，发思古幽情，我有些恍兮惚兮。杜诗没有写到龙昌峡凌空绝壁上的悬棺。古人信奉"弥高者以为至孝，高葬者必有好报"，用智慧创造了"悬棺"这一丧葬奇迹，至于究竟是怎么做到的，令人匪夷所思。

"神农架野人"、北美"大脚怪"、西藏"雪人"，至今仍是世界未解之谜。关于"神农架野人"的文字记载，最早可追溯到《山海经》。野人，从屈原到袁枚，多少诗人墨客为之痴迷，无数科学家、探险家为之痴绝，"野人迷"张金星更是为之痴狂，终年坚守丛林追寻"野人"踪迹，虽说始终未能一睹神出鬼没的"野人"真面目，却意外收获了"美人"，而且女粉丝众多，甚至有洋美女从国外奔来哭着喊着要嫁给他。

神秘的神农架还深藏着不少自然之谜，等待人类去探索和揭秘：白熊、白麂、白蛇、白鸦，世所罕见，这些奇异的白化动物，为什么会出现在神农架？世界上现存最大、最珍贵的两栖史前动物大鲵（娃娃鱼），为什么一直选择神农架作为它的家园？

金丝猴极为珍稀，与国宝熊猫齐名。神农架金丝猴是四川金丝猴的一支，几百年前一路迁徙流落到此，不知为何产生了相貌变异，长出一张鬼灵精怪的蓝色面孔，身上披着金黄色长针毛，一只"朝天鼻"萌萌的，因之被称为"仰鼻猴"。这些家伙奉行强者为王的丛林法则，实行一夫多妻制，雄猴终身为权力打斗，雌猴的天命是取悦猴王。挑战或许带来毁灭，或许带来机会，但想要拥有至高无上的权力，想要三宫六院、妻妾成群，野心勃勃的雄猴就必须冒险。一番你死我活的激烈鏖战后，"旧世界"被打个落花流水，胜者为王，败者逃窜，仰鼻猴王国新猴王耀武扬威登基，在猴群中有着绝对的特权，国王陛下新的暴政统治周而复始。

　　神农架有四大垭：燕子垭、太子垭、天门垭、凉风垭。燕子垭天燕洞内，栖息着数万只短嘴金丝燕，它们的翅膀上长着金色羽毛，金色羽毛在阳光下金光四射。这种名贵的金丝燕又名"誓鸟""帝女鸟"，在当地民间传说中，她就是炎帝女儿的化身，也正是神话故事精卫填海的主角。

　　玄妙莫测、无奇不有的神农架，就是野生动植物的乐园和天堂。

　　太子垭，顾名思义与太子有关。太子垭上有太子诗："三阳本是标灵纪，二室由来独擅名。霞衣霞锦千般状，云峰云岫百重生。水炫珠光遇泉客，岩悬石镜厌山精。永愿乾坤符睿算，长居膝下属欢情。"诗不咋地且有媚上之嫌，但它系武则天儿子唐中宗李显在太子位时所作，便也流传至今。天门垭终年云雾缭绕，登临其上如入云天，是传说中神农氏"架木为坛，跨鹤升天"的地方，是观赏云海佛光的最佳所在。凉风垭，曾因八名游客在此遭遇"野人"名扬四海，它北临汉水南俯长江，是长江、汉水两大水系的分水岭，它流泉飞瀑奔腾直下，一半流入长江，一半流入汉江。因为留存着大片冰川时期的遗迹冰积石，凉风垭也被称为"冰川石海"。

　　无限风光在险峰。神农顶高耸入云，气候随着海拔变换，树木随着气候变化。神农架异草遍陈、奇花竞艳，一支香、二郎神、三支箭、四季青、五朵云、六月雪、七叶胆、八角莲、九死还阳草、十大功劳，这些民间草药，名称奇怪，功效奇特。"植物活化石"珙桐开花，是神农顶一大奇观，同一树上的花却不同时间开放，从初开到凋谢，色彩渐变，异彩纷呈。珙桐为中国特有的单属植物，因花朵酷似飞鸽被称为"世界鸽子树"，是国家一级重点保护野生植物，是全世界著名的观赏植物，是千万年前新生代第三纪留下的孑遗植物，系法国传教士大卫神父首次发现并命名。

大片湿地将天然生成的高山湖泊分割成条条块块九个湖泊，这就是大九湖。唐代，大九湖曾金戈铁马、烽火连天。唐中宗也就是李显太子，被母后武则天贬为房州卢陵王后，做梦都想重登帝位。一日，他在梦中得神农老祖点化，特命薛刚为帅，在大九湖屯兵练武，终于一举推翻武周王朝恢复唐号。李显再次登上中宗皇帝宝座后，"薛刚反周"成为脍炙人口的历史故事。而今的大九湖，旌旗湮没硝烟散尽，湖光山色时隐时现，鹊啼蛙鸣鹤翔马奔，村庄农舍炊烟袅袅，土家梆鼓缠绵悠扬，一派世外桃源般的田园风光，唯有留存的娘娘坟、点将台、小营盘、擂鼓台、鸾英寨、八王寨、古盐道等古战场遗迹，年复一年，日复一日，静观花开花落云卷云舒，"忆往昔峥嵘岁月稠"。

夺人心魄的自然风光、万古洪荒的殊样景观、星罗棋布的历史遗迹、奇特瑰丽的文化遗存，在神农架合为一体集为大成。神农架成为"联合国人与生物圈"保护区，被美国国家地理杂志推荐为"人一辈子不得不去的地方"，被《环球游报》等国内媒体及外国驻华使节评选为"中国最值得外国人去的 50 个地方"之一……用不着再说别的了吧，从现在起，如果你要锁定一个地方，来一场说走就走的旅行，我相信，这个地方非神农架莫属。

尼阿多天梯

在遥远的滇东南，在奔腾不息的红河两岸，在巍峨绵亘的哀牢山中，有一片仿佛被施了魔法的神奇土地，那就是红河哈尼梯田。

哈尼梯田，是地球上最壮观的梯田，是华夏神州最壮丽的梯田，是独具一格的全国重点文物保护单位；迄今为止，是世界上唯一的活态文化遗产，是唯一以民族命名的世界文化遗产，是唯一以农耕文化为内容的世界文化遗产。

哈尼梯田被列入世界文化遗产名录，使得中国一跃成为第二大世界遗产国（超越了西班牙，仅次于意大利）。

远古的哈尼梯田，既出自造物主之手，也出自哈尼族人之手。

古老而神奇的元阳，为红河州哈尼族聚居大县，是哈尼人故乡和哈尼梯田核心区。哈尼梯田充满高山河谷，布满原野大地；山重水复中，近二十万亩哈尼梯田蔚为大观，被誉为"中华风度，世界奇观"。

经由天神的启示，经由灵感的引导，勤劳智慧的哈尼人民，依靠独特的地理优势，以朴拙而又巧妙的艺术形式，将民族精神表现于梯田之中。

哈尼人垦殖梯田的想象力无比丰富：依山顺势，层层叠叠，小者如簸箕，大则数亩地；低者几十层，高则数千级，连绵向上，直达云海。

山有多高，水就有多高，水有多高，哈尼梯田就有多高。

无论登上元阳哪座山顶，眼前汹涌而来的都是梯田。绕着山路转一圈，每个角度都能见到不一样的梯田。

哈尼梯田是什么样子，取决于你在什么季节看到它。春季，微风过处，梯田波光粼粼，像极了木刻年画；夏季，禾苗生长，梯田青翠欲滴，自是清新水彩画；秋季，稻浪起伏，梯田金黄灿烂，正是绚丽的版画；冬季，层林尽染，梯田五彩斑斓，便是浓墨重彩的油画。

固然四季如画，然而初春是探访哈尼梯田的最好时节，也是游客和摄影家从四面八方蜂拥而至的时候。此时，梯田里一汪一汪的活水，闪烁着神秘的光芒，梯田间一级一级的田埂，集合成磅礴的曲线交响乐。云雾缭绕中，哈尼梯田扑朔迷离、如梦如幻，当阳光穿过云层照耀下来，哈尼梯田美轮美奂、如诗如画。

群山环抱的箐口村，是哈尼族聚居村寨，蘑菇房舍错落有致，五彩梯田宛如织锦。安宁静谧的村子，民族特色鲜明，纯朴本真的村民，保持着对天地的敬畏。《中国国家地理》曾评选出六大"中国最美乡村古镇"，红河哈尼村落排名第二，评语是"万千明镜映炊烟"。箐口村，就是这样一个"万千明镜映炊烟"的美丽乡村。

箐口梯田以梯田、云海、日出三景合一闻名。当旭日东升喷薄而出，当山顶放射出紫红霞光，当白茫茫的云海盈满山谷，当水波上面是云朵、云朵旁边是桃花，当天、地、人融为一体，恍入仙境的我想起一首古诗："只有天在上，更无山与齐。举头红日近，回首白云低。"

山势险峻、气势恢宏的老虎嘴梯田，日落时分最为迷人，"看那青山荡漾水上，看那晚霞吻着夕阳"，令人心醉神迷。坝达梯田，能将天空分割成千万块，能把太阳分化成万千颗，千变万化、奇妙莫测，令人目瞪口呆。

隋唐以来，哀牢山上的哈尼人挖筑了近五千条水沟，沟渠如一条条银色腰带，将大山一道道紧紧缠绕，被截入沟渠内的水流，从根本上解决了梯田稻作的命脉问题。绝美的哈尼梯田，既是举世瞩目的农耕景观，也是世所罕见的水利工程，自然风光与人类艺术，农耕传统与现代文明，在这儿对接得如此完美。哈尼梯田，以中华民族文化经典的方式，呈现出哈尼族人民顽强的意志，展现出哈尼族人民卓越的心灵。

哈尼族人，生命与信仰一致，劳作与艺术一致；动人的哈尼古歌，在这片生生不息的土地上永恒传唱。

哈尼梯田——哈尼族人民用灵魂歌颂的"尼阿多天梯"，你是天神的恩赐，你是大地的雕塑，你是自然的造化，你是人类的诗篇。

大好合山

　　从南宁到合山，坐汽车全程一百五十公里，一路远山如黛、近水含烟，让我目不暇接，以为到了"山水甲天下"的桂林。进入古属南越国的合山境内，就像走进了一首简素清新的诗词：清澈湛蓝的天空，沁人心脾的空气，枝繁叶茂的树木，百卉含英的花草，阳光带着花生奶糖的味道……市郊是连片的美丽田野，五谷为之着色！

　　入夜，下榻的市委招待所万籁俱寂。"步于中庭。庭下如积水空明，水中藻荇交横，盖竹柏影也。"真切体验了一把东坡之意趣。

　　一觉睡到太阳高照。这样安宁的睡眠，久违了。窗外花影摇曳、鸟鸣蝉噪，真美，真好。

　　合山市委书记莫莲酷爱文学，听说一干"著名作家"来了，立刻放下手头事务，匆匆赶了过来。女书记性格豪爽、笑语朗朗，一会儿念诗，一会儿唱歌，一会儿展示她的民族服美照，兴致勃勃地当着我们的向导。

　　探访合山小城，最好的出发点是红河公园。"气象万千红水河，山光水色休闲地", 亲身实地领略, 便知所言非虚。具有神秘感的红水河, 自西向南绕市而过。红河鱼品种多样、品质上乘, 据说每天垂钓者甚众, 不过我们到达河岸时, 只看到长长一排钓鱼竿, 至少有三十来根吧, 不知道姜太公们躲哪凉快去了。在水一方, 没看见佳人, 倒有一个壮汉在给爱犬洗澡。狗狗对沐浴似乎非常受用, 一直咧着嘴冲来人傻笑, 惹得大家争先恐后围上去给他和它拍照。他们大概见得多了, 淡定得很。

红水河沿岸码头与公路连接, 一年四季将丰富的水产品从合山往外运。最受欢迎的"水产品"是马安奇石, 它主要产自红水河马安村河段, 为合山独有的奇石品种, 包括彩陶石、壮锦石、化石等十多种, 色彩斑斓、石质上佳、形神皆备, 无须打磨、雕琢、粉饰, 是妙境天成的艺术品, 具有很高的鉴赏及收藏价值。

这是大自然对合山的慷慨, 是造物主对壮乡的馈赠。

作为"中国观赏石之乡", 合山自然少不了一座"奇石博物馆"。馆中收藏了五百多件各类奇石, 以彩陶石为主, 马安奇石是镇馆之宝。"天下奇石在柳州, 柳州奇石看合山", 合山奇石共有三十多个品种, 很受藏石者喜爱, 其中绿彩陶、葫芦石、鸳鸯石、黄釉石、卷纹石更是质地细腻、色彩艳丽、巧夺天工, 被誉为合山"五大名石", 它们盛名在外, 最名贵者一块价值千万, 吸引着天下爱石者纷至沓来。

合山奇石被发掘尚不足三十年, 却颠覆了中国千年来的赏石观念: 古典赏石以太湖石、灵璧石、英石、昆石四大名石为代表, 以北宋大书画家米芾创立的"瘦、皱、漏、透"为准则, 而由于合山奇石的问世, 合山美石成为爱石者的新宠和首选, 赏石标准也转换为"形、质、色、纹、韵"。瑰丽的合山奇石, 使赏石领域出现一片新气象。

合山之石，可以攻玉。

精美的石头会勾魂，把我和秋子姐迷得魂不守舍。午饭后，我俩迫不及待奔向街市。合山人调侃合山之小："一条街道，两排大树，三个乡镇，四家班子……"在合山这"一条街道"上，奇石店铺店挨店铺对铺，可谓鳞次栉比。有意思的是，店主都是须眉粗汉，没有见到一个娥眉娇娘。店主们个个好脾气、高素质，对我们的横挑竖拣很耐心，对我们的吹毛求疵不恼火，对我们的"一毛不拔"也保持风度。不仅如此，对我们提出的各种要求，如果自家店里满足不了，他们还会善意无私地推荐别家。我和秋子姐走了一家又一家，看了一屋又一屋，翻了一堆又一堆，淘了一遍又一遍。最终，我将以合山山石雕刻成的"吉象"、梅花图案的绿彩陶、卷纹石的"千里江山图"、黄釉石的"云想衣裳花想容"……尽入囊中。我不以升值为目的，出手全凭感觉，无论品种、大小，不管皮色、贵贱，入眼就好，有缘就收。不只是喜爱，还图个吉利，古人言"居无石不安，斋无石不雅"嘛。秋子姐买得更多，大大小小花花绿绿的，大概有几十公斤。她本就是有备而来，不久便有奇遇，入手一块价值不菲的美石——观音菩萨天然成像的鸳鸯绿彩陶，她心满意足，我羡慕嫉妒。开会时间快到了，我俩意犹未尽，最后只好狂奔回去。晚上休闲时间，我俩一刻也不愿耽误，拽着大石和小石，扯着阿文和阿民，急火火往石头店里跑。本地人小石是石头迷，也是行家，乐此不疲，早有斩获。我挑选出来的一块"满天星"图案化石，被阿文横刀夺爱，他当即掏出现钞，先下手为强，恨得我牙根直痒痒。大石却眨眼间就溜了，还拐跑了阿民。晚上十点半，街店要打烊了，我们也满载而归。路上，我忍不住感叹："这些奇石多美呀，大石怎么就不动心呢？亏得他还姓石呢。""哎，还真是的，"秋子姐说，"除了工作，他好像对什么都不感兴趣，也从来没见过他凝视哪个美女……"背后有响动，我俩一回头，都吓了一跳，大石不知从哪儿冒了出来，刚才的话全听了去，但依然不动声色。

是夜，将宝贝们安放枕边，看了又看，摸了又摸，然后，又睡了一个美美的好觉。

马安奇石"出水"时间短，合山煤炭出土历史则已逾百年。故乡是"江南煤都"，因而我对"广西煤都"合山，比旁人更多出几分别样的感情。始采于清光绪年间的合山煤矿，曾经的中南五省第一大矿东矿，如今华丽转身为"广西合山国家矿山公园"。传输煤块的地下通道、采挖煤石的矿井洞穴、运送煤炭的斑驳铁轨、刻满时代印记的低矮煤楼……无声地诉说岁月沧桑，使我生出几丝惆怅。创意火车餐厅侧畔的巨幅墙画和大型浮雕，生动展现出热火朝天的煤矿生产场景；采矿工艺和绘画艺术的完美结合，让合山这个昔日的"光热城"光芒重现。

骑行铁路是合山国家矿山公园的精髓。合山铁路是广西的第一条铁路，于一九三五年在李宗仁支持下兴建，耗时六年才修成。它对于合山成为祖国西南地区重要煤炭基地、广西最大的能源基地，起到了举足轻重的作用。随着废弃煤矿变身美丽公园，合山东矿至柳州煤矿的铁路线被打造成中国第一条骑行观光铁路，它有一个诗意的名称：十里花廊。这是我第一次见识"铁路自行车"——四个轮子在铁轨上跑的"自行车"，其实，它的外形更像没有架设炮筒的坦克。四人座的铁路自行车，前排坐两个司机，后座两个乘客，车身两侧安装着脚踏板链条，链条转动驱使"自行车"前进。它最先起源于美国西部，在中国尚属新生事物。我们呼朋唤友，招兵买马，人马欢腾，车轮滚滚。这车前后左右没有遮挡，视野开阔，绝对拉风，坐上它确实有西部牛仔帅呆酷毙之感。相形之下，阿里山森林小火车弱爆了。

我觉得"十里花廊"不如"十里画廊"贴切，尽管沿途一簇簇野花开得风骚无比。观光铁路四周，风景全是野生的，没有那些无聊的人造景观来大煞风景，让人心旷神怡。一丛丛灌木，一条条小溪，一片片玉米地，一排排小桉树——高高挺拔的小叶桉树，张扬着它们的美丽和骄傲；树木、花丛、玉米地深处，一栋栋民居若隐若现……而穿过七色彩虹桥时，仿佛驶入了一个童话世界。

除了老凡、大黄两个"胖乎乎的地主老爷"，一直摇头晃脑地享受着别人的"伺候"，其他人全都抢着当司机，互相比赛谁踩得更快。车也给力，最高时速能达到三十公里。我发现这车蹬起来很轻松，操作非常简单，一点也不需要特殊技能，便把前排的鲁若拽下来，自己神气活现地坐了上去。微风拂面，感觉妙不可言；笑声不绝，顺着铁轨流淌。前车两个"胖乎乎的地主老爷"使坏，故意来个急刹车，两车相撞，在我的尖叫声中，后面的车又一头撞了上来，吓得我魂飞魄散。有惊无险，安然无事，哈哈！原来，车身前后都安装了缓冲器，"驾驶舱"有脚踏刹车设施，"乘客舱"也有手动刹车设备，在多重安全装置保护下，是不会发生任何安全事故的。一路高歌到达终点，我跳下车，举起手机对着正疾驰而来的流动车龙拍照，只见为首的"龙头"上，大石像踩着风火轮的哪吒，风驰电掣奔腾过来，笑得一派天真烂漫。

这还是平日里那个不苟言笑的大石吗？我几乎不敢相信自己的眼睛。"人是环境的产物"，真是至理名言啊。

合山煤矿职工居住区，距国家矿山公园大约十来公里。别具一格的老屋、南北通透的方窗、高低错落的台阶、花红柳绿的庭院、爬满藤蔓的围墙、丰收喜人的果园菜地、懒洋洋晒太阳的花猫、眼皮半睁不睁的看家狗、三五成群抢虫子吃的走地鸡……都那么具有年代感，都那么充满家的气息，都那么拨动着我的心弦，都那么让我恋恋不舍。

隐约听得"向导"莫莲书记在不远处说：市旅游部门正在积极招商引资，想把这个里兰小区改造成别具一格的文艺村。我赶紧跑过去，一边跑一边喊："我预订一套，一定要给我预留一个小院啊，太有感觉了！"

矿山的历史与现实，也是合山的困难与希望。我相信，困难是暂时的，希望就像早上八九点钟的太阳。

转个弯，一百多米处，就是农贸市场，摊子上的蔬菜瓜果，都是老百姓自家种植的有机作物。红艳艳、甜滋滋的新鲜荔枝，五元钱能买一大袋。生活在合山，该是多么的惬意、滋润啊。

夕阳余晖，彩霞满天，映照得红河水流光跃金；晚风徐徐，送来阵阵花香，劳作之余的人们踩着青石板，悠闲地漫步于红水河畔。

"这个欢快又务实的小城，从此以后，就不再需要作家了，它在等待着游客。"加缪对北非奥兰的颂扬，正是我对美好合山的祝福。

历史深处的泾川

因泾水得名的泾川，乃"长安畿辅、关中襟要"，扼陕甘宁之交通枢纽，居丝绸古道之要冲，系佛学东进西渐之"桥头堡"，为华夏文明之腹地，是祖国大西北重要的历史文化名城。

泾水，正是成语"泾渭分明"中的这个"泾"。李白有诗云："幽谷稍稍振庭柯，泾水浩浩扬湍波。"我曾在九华山天台寺抽到上上签，其中一句"洋洋泮水光昌相"，让我一度很是洋洋得意。汗颜的是，我一直误将泮水当泾水，认定人生与泾水有不解之缘，对泾水产生过诸多遐想，多年后才发现是一场乌龙。

泾川闻名于世，不仅由于泾水，更因为西王母，也就是大名鼎鼎的王母娘娘。相传王母娘娘掌有不死之药和长寿蟠桃，是中国女仙之尊，也是最神秘的女君主。三千多年前，泾川是西王母古国境域。因为王母娘娘拥有无边法力，对泾川县赠送的西王母圣像，我丝毫不敢怠慢，将其置于高处，小心供奉，恭敬有加。

泾川回山上的"回屋"，乃西王母居住地，也是西王母与东王公相会处。它就是王母宫。汉武帝巡幸泾川时，因见回山之巅云浮五色，与梦中西王母降临汉宫时情景相似，认为是西王母在此显灵,遂建之以纪念。王母宫平面呈"回"字形,宋代、明朝都曾重修。理所当然,它是国内外修建最早、规模最大的西王母文化建筑群,遗留下大量历代诗颂、典籍记载、碑铭文物,其中三个碑刻极为珍贵,它们是:北魏"南石窟寺之碑"、宋"重修回山王母宫颂碑"、元"镇海之碑"。"一碑三刻"的瑰宝级"重修回山王母宫颂碑",碑文记述了有关西王母宴请周穆王以及与汉武帝相会的传说。

遗憾的是,对西王母与东王公的相会情形,传说语焉不详。在我的感觉中,西王母娘娘那可是风情万种,在史书记载中,东王公是代表"阳"的男神,这"金风玉露一相逢",到底会是什么样的情形呢?我无法不想,又不敢多想。周穆王、汉武帝也都在王母宫见过西王母,不过官方舆论和民间传说对他们用的词是"拜谒"。既是拜谒,自是执弟子礼甚恭,这个,很长女人志气,灭男人威风。

回山南麓有瑶池,是西王母的宫庭,传说中的西王母办蟠桃会大宴群仙之地。据出土于王母宫南侧的明代碑刻记载,每年农历三月初三,西王母都要在瑶池举行蟠桃大会宴请众仙。现如今,每年这一天,信众都会在回山王母宫自发组织祭祀活动。据不完全统计,全世界有两千多万西王母信众,最新的大数据显示,这个数字还在不断被刷新。

瑶池,也是西王母与周穆王欢宴之地。多愁善感的晚唐诗人李商隐,游览瑶池胜景时,触景伤情,挥毫咏叹:

瑶池阿母绮窗开,

黄竹歌声动地哀。

八骏日行三万里,

穆王何事不重来？

此诗一反他那著名的"无题"朦胧风格，把话说得很明白，而且还直白地、带有启发性地追问"穆王何事不重来"。是啊，穆王为何一去不复返呢？至尊王母娘娘在上：小的喜欢胡思乱想，绝非有意冒犯，更无亵渎之意，请明察圣断，切勿怪罪。

李商隐曾任职于泾川。任职泾川的历史名人还有：北魏名将奚康生、隋文帝之父杨忠、唐代名臣段秀实、北宋文豪范仲淹，以及从泾川谪守巴陵郡重修岳阳楼、成就了范仲淹不朽名篇《岳阳楼记》的滕子京等等。

"镇海之碑"也非常了得，它是元世祖忽必烈的圣旨碑，碑文用八思巴文镌刻，是极为罕见的八思巴文元碑珍品。该碑原立于城关镇水泉寺村水泉寺。元代，水泉寺的名称是"华严海印水泉禅寺"，镇海碑上的内容，就是忽必烈诏令保护该寺的圣旨。圣旨碑碑头阳刻"镇海之碑"字样，意即借此圣旨镇抚华严海印水泉禅寺，正面阴刻八思巴文碑文，大意为：忽必烈为泾川华严海印水泉禅寺颁旨，诏令皇室、地方官员、使臣、军人保护该寺，不要侵犯僧人的寺院、房舍、马匹、水土、碾磨等，同时要求和尚不要依仗圣旨做越轨的事情。庄重古朴的镇海之碑，是中国历史上蒙、藏、回、汉等民族大团结的真实见证，也是忽必烈维护和平和宗教信仰自由的真实见证。作为强悍的征服者，忽必烈有这等弘广度量，不愧为伟大的元世祖，"所以为一代之制者，规模宏远矣"，当得起历史上的高度评价："帝度量恢廓""自古英哲非常之君""观其德度，汉高帝、唐太宗、魏孝文之流也"。

横贯东西，纵贯南北，王母宫多得数不胜数，泾川王母宫才是第一真宫，被誉为"天下王母第一宫"。这可不是浪得虚名，有诸多史料、碑刻、古迹、民俗作证。台湾有很多民间信仰，其中非常重要的一支就是西王母信仰。一九九〇年，台湾两百多西王母信徒组成"朝圣团"，考察了山东泰山、新疆天池、泾川回山的王母池，最终，泾川回山遗址被认定为西王母发祥地，从此，台湾信众络绎不绝前来朝拜。一九九二年八月二十四日，来自台湾的三十多位信众，于"回屋"拜谒西王母时，拍得西王母显灵神光圣像，人人惊喜激动万分。翌年同日，信徒们将显灵圣像恭送至"回屋"安放，捐资修葺复建瑶池。

祖祠重辉，善果再续。吴伯雄为在泾川举办的首届"华夏母亲节"题写墨宝：西王母乃华夏之尊母。

我亲眼见到了西王母显灵神光圣像，觉得不可思议，唯有顶礼膜拜。

我抵达泾川的那天，正好台湾三百多位西王母信徒乘坐包机到来，在西王母显灵神光圣像前，他们齐刷刷跪拜的景象让我难以忘怀。全世界的西王母信徒会从四面八方纷至沓来，参加泾川每年一度的"西王母盛会"，台湾朝圣团是回山上必定出现的一道风景。泾川回山王母宫，已成为两岸宗教文化交流的重要载体，两岸同胞对西王母的共同信仰，极大地丰富了这一传承数千年的华夏文化。

本是同根生，华夏共尊母。华夏母亲，德泽两岸，光耀千年。

悬于回山之巅的金大安铁钟，则属佛教遗物，铸于金大安三年。铁钟上下铸满铭文、图案，层次分明：第一、五层为莲花瓣；第二层为"皇帝万岁，臣佐千秋，国泰民安，法轮常转"十六个大字；第三、四层为铭文三十二方，记所供奉的八大菩萨以及僧人、施主之名。

　　国境线内，所有的千佛洞都开凿在丝绸之路沿线。"回屋"旁依山开凿的王母宫石窟，属于北魏时期的佛教石窟。窟内原有大小佛菩萨雕像一千余尊，现存两百余尊，雕像和壁画都精美绝伦。窟外有木质四层凌云飞阁，十分庄严。王母宫石窟是古丝绸之路上的名窟，具有很高的佛教文化考古价值，为全国重点文物保护单位。

　　因了与泾水的"旧缘"，同伴们登"道家第一山"崆峒山时，我来到泾河北岸，俯视"泾水浩浩扬湍波"，瞻仰崖壁上的南石窟寺。

　　据"南石窟碑"记载，南石窟寺也开凿于北魏时期。寺内"七佛一堂"的排列格式，除泾州外举世无双，代表着中国佛教石窟的另类艺术形式；寺顶雕像造型生动，是艺术珍品。寺中只有四号窟是在唐代开凿的，石窟正中供奉着文殊、普贤、观音三大菩萨，两侧壁画有十八罗汉，菩萨和罗汉皆栩栩如生。泾川南石窟寺与庆阳北石窟寺并称为"陇上石窟双明珠"，早就是全国重点文物保护单位。

　　沿泾河两岸，以南石窟寺为中心，有各类石窟群、龛六百多个，组成世所罕见的"百里石窟长廊"，令人叹为观止。所谓"西有敦煌莫高窟，东有泾川大云寺"，其实不尽然，在我看来，泾川的佛教石窟，无论从规模上还是艺术性来说，并不亚于敦煌莫高窟、大同云冈石窟、洛阳龙门石窟、天水麦积山石窟这"中国四大石窟艺术宝库"。

　　当然，大云寺的确名不虚传。

　　如果说，敦煌是一座佛教艺术的宝库，那么，泾川就是一处佛教信仰的宝藏。尤其是有大量史书详细记载的大云寺，更是非同凡响。

泾川大云寺的来历实在不简单。先是因为隋文帝效仿印度阿育王，在六十大寿这天，下诏在全国建三十座舍利塔以"弘法护教"。时属长安门户、京畿之地的泾州（泾川旧称），遂建大兴国寺、舍利塔及地宫。据《大藏经》记载，隋文帝分给泾川大兴国寺十四粒佛舍利，由高僧奉送而至。在中国佛教史上，最重要的舍利事件，就是阿育王建塔和隋文帝分舍利，二者都与泾川密不可分——据《法国国家图书馆藏敦煌西域文献》记载，阿育王第九塔建于泾州姑臧寺。

建成大兴国寺三百年后，武则天登基称帝。这个嫁过两个皇帝、生过两个皇帝还嫌不过瘾，干脆自己做了皇帝的奇女子，大概认为是佛祖菩萨保佑了她，终生笃信佛教。话说她作为唐太宗的才人"武媚"，太宗死前本来要她陪葬的，她以"臣妾愿意削发为尼，替皇上在佛祖面前祈祷"为由，骗过太宗，出家"修行"，因而躲过一劫。在长安城西北的感业寺中，她与早已勾搭上的太子李治暗通款曲，写下亦真挚亦夸张的诗词《如意娘》倾诉衷肠："看朱成碧思纷纷，憔悴支离为忆君。不信比来常下泪，开箱验取石榴裙。"真有才的武才人由此更得太子垂怜恩宠。老爷子刚一驾崩，上位为唐高宗的不孝子李治，就迫不及待地将后妈"尼姑"迎回宫中，先封为昭仪再立为皇后。高宗去世后，当了两任皇太后的武珝（武则天本名）女士，改名武曌，自立为帝，建立武周王朝。女人就是女人，即便自诩"日月凌空，普照大地"，终究脱不掉女子心性，即便念经，武则天也推崇以女性经变故事为主题的《大云经》。武则天敕令诸州兴建大云寺，以珍藏"授记天女未来做女王"的奇书《大云经》。于是，泾州大云寺在隋代大兴国寺原址上兴建，动工之际，发现了地宫和佛骨舍利，武则天视为大吉大利，大赐奇珍异宝，命工艺大师做成金棺银椁铜匣，再配以石函，将佛骨舍利重新瘗葬放入地宫，建塔供奉。

历史风雨无坚不摧，隋唐修筑的佛塔无存，但地宫遗址尚在，世间珍品金棺银椁犹在，至尊至贵的佛祖舍利无损，这是泾川之幸。

当年，八十高龄的郭沫若亲自鉴定泾川大云寺出土的佛舍利，将其评定为国宝级文物，刻字"大周泾州大云寺舍利之函总一十四粒"的石函，更是被郭老奉若至宝，其竟言"舍利石函，贵在石函"。《中国大百科全书考古学卷》称：泾川大云寺地宫和石函中的金棺银椁铜匣，最早将中国传统的棺椁葬制引入佛教，反映了唐代在舍利瘗埋制度上的划时代变革，在佛教考古界具有十分重要的意义。

我想起十二年前，泾川大云寺出土的佛舍利进京、首次在国内公开展示的情景：在"中国的文明——世纪国宝展 II"展厅，每位瞻仰者只能停留三十秒，现场气氛肃穆而神秘，前来拜谒者络绎不绝。作为中华优秀文化遗产代表，泾川大云寺佛舍利及其五重套函，还曾多次到美国、日本、英国、法国、瑞士、新加坡等国家巡回展出。

后来，就在大云寺西侧，北周时期的宝宁寺遗址也被挖掘了出来，也出土了佛舍利套函，内有佛舍利数十粒。

二〇一二年的最后一天，又是几位劳作的农人，也还是在不经意间，挖出了两个佛像窖藏，其中有真金贴面的佛头造像。九天后，再次意外发现两座地宫，其中一座为宋代龙兴寺地宫，地宫内的陶棺盛放着"佛舍利二千余粒并佛牙佛骨"，让世人叹为观止。这一重大发现，被国内学术界一致认为是古丝绸之路上的重大考古发现。

　　还没有哪个地方像泾川一样，在短短五十年内先后三次发现佛舍利；也没有哪个地方像泾川一样，先后有过十四位帝王下诏或敕赐兴办佛事。泾川出土及现存的舍利塔遗址、佛舍利、石窟、佛像等，多达一千五百多处，数量之多、规格之高，世间少有。北京大学文化资源研究中心主任、博士生导师龚鹏程说："泾川三次出土佛舍利，第三次出土舍利有两千多粒，在全国来说，舍利数量和规模都是最多、最大的。佛牙的信仰一定要争真假很困难，历史上相关的争议也很多。但泾川出土的这批佛牙佛骨并诸佛舍利是没有任何争议的，因为它的铭文非常的明确。"

　　兴造铜佛像，也是泾川开了先河。泾川发现的鎏金华盖四件组装铜佛像，或是国内最早的铜佛像。

　　如此密集的佛教文化遗存，如此丰盛的佛教文化资源，充分证明：佛教从丝绸之路传入中国，泾川一马当先；在佛教中国化的过程中，泾川举足轻重功莫大焉；泾川是古丝绸之路西出长安之后的佛教文化中心，是多元文化的交汇地，在佛教文化发展史上具有非常重要的地位。

　　泾水浩浩，养育了一代又一代泾川子民。泾川是古人类重要发祥地之一，泾川先民为故园留下了无数历史遗存：古人类遗址、古人类化石，新、旧石器时代遗址数百处，各类古生物化石数十件……泾川出土的青铜器，年代横跨商周到清末各个历史时期，器物有酒器、兵器和杂器等。泾川博物馆馆藏铜镜五十余面，形制各异、工艺精美，囊括了从两汉到明清各时期的品种。"端行鉴远，正身笃行"，这些铜镜正是古代泾川百姓的生活写照。

　　泾河是从泾川王村乡东流进入县境的。王村乡有完颜村，聚居着五千多名女真后裔，是全国最大的"完颜部落"。八百多年前，女真族崛起，金太祖完颜阿骨打称帝建立金朝，其第四子完颜宗弼即大名鼎鼎的金兀术，宋人称之为"四太子"。在清代小说《说岳全传》中，金兀术为赤须龙转世，头戴金光闪烁、旁插雉鸡尾的镶金象鼻盔，身穿大红织锦绣花袍，外罩黄金嵌就龙鳞甲，坐一匹四蹄点雪火龙驹，手拿着螭尾凤头金雀斧。而在《岳飞大战金兀术》之类的演义和戏曲中，为了衬托著名将领、抗金民族英雄岳飞的高大光辉形象，文韬武略、奇功破辽、统军伐宋、迫宋称臣、出将入相、独掌军政大权的金兀术，被描绘成了一个小丑——想到大宋王朝可怜兮兮地被金兀术赶到了江南，觉得他真是活该，想到就是他利用奸臣秦桧害死了岳飞，更是恨得牙根直痒痒。金兀术长子完颜亨自幼随父南征北战，也是智勇过人、功高震主，受到堂兄完颜亮、金朝第四任皇帝的忌惮，金兀术死后，完颜亨及妃子、儿子先后遭到完颜亮诛杀，族人偷出其尸体，千里迢迢运送到泾州王村、泾河北岸的"九顶梅花山"安葬，"九顶梅花山"九曲连环，从上空俯视山巅，恰似一朵盛开的梅花，被视为风水宝地。从此，这些女真皇室后裔、败兵之将，一直沉默、执着地守护着这座王陵（后被追谥为韩王）。八十年后金朝灭亡，战死的金朝末代皇帝金昭宗完颜承麟，也被臣子们运送安葬于此。元灭金后，对女真人实行"唯完颜一族不赦"政策，或许得蒙上苍垂怜，"九顶梅花山"下守陵的完颜氏后裔难得地保全了完颜姓氏。完颜村建有祭祀金朝十个皇帝及金兀术的完颜祠堂，完整保存着女真人的祭祖仪式和萨满教礼仪。此外，还有明代朱元璋之子韩王夫妇墓……

泾川大地，熠熠生辉。仰望苍穹，泾川历史的天空，漫天神佛星斗。我狐疑地打量着身旁的泾川人，疑心他们都是历史人物转世。

来到泾川，喝过泾水，从民俗角度探究过泾川百姓的生活，对于中国历史的源远流长，对于民族文化的博大精深，对于佛道共融、万法归宗的民间信仰，我有了更为深切的理解。

走在天地间

往历史的纵深处看去，陕西，是中国最为壮丽辉煌的地方。

古老陕西，横跨黄河、长江两大流域，以秦岭—淮河一线划分国土南北；省会西安，是世界四大古都之一，是丝绸之路的起点，是中国经纬度基准点大地原点，是北京时间国家授时中心所在地。

陕西是中华民族的摇篮、华夏文明的发祥地，传说中的"三皇"、人文初祖炎黄二帝、农耕文明始祖后稷、"造字圣人"文祖仓颉、创建礼制的周文王、分封天下的周武王、统一中国的秦始皇、君临天下的汉武帝、写出"史家之绝唱"的司马迁、开创"盛世之国"的隋文帝、扫除群雄的唐高祖、文韬武略的唐太宗……这些彪炳史册、灿古耀今的人杰，都生长和建树于这片土地。

陕西，神于天，圣于地。

而"天之高焉，地之古焉，惟陕之北"。

是斯诺的《西行漫记》（《红星照耀中国》），让我这个江南女子，早在少年时期，心灵就深深地为陕北震撼。

那是一片理想主义的天空，那是一片英豪辈出的土地。

黄土地，就是陕北人的生命舞台。

陈胜、吴广、李自成、张献忠……多少英雄豪杰，曾在这片土地上大展雄才、一抒伟略，但都以失败告终；而红军在陕北，以两万兵敌国民党二十八万大军，成为世界战争史上的奇迹。

山河之固，在德不在险。

延安，是我青春岁月的心灵图腾；延安，是我仰之弥高的精神高地。延安窑洞的灯火，在我心中光焰万丈；枣园、凤凰山、杨家岭、王家坪、瓦窑堡、南泥湾，都是早已深入我灵魂的名称。

终于，我踏上了这片伟大神奇的土地，踏访着革命先辈的奋斗足迹，来到了陕北，来到了延安——朝圣。

仰望宝塔山，眺望着太阳从地平线上升起，我血液沸腾、心灵战栗。

在这里，信仰、理想、激情再度凝聚，让我重新得力，如获新生。

延河奔流不息，像亘古的诉说，诠释着延安的前世今生。

如果不是参加"亚洲著名作家学者走进延长石油"采风活动，我可能至今还不知道：革命圣地延安，也是中国石油工业的发祥地；新中国摇篮延安，也是中国石油工业的摇篮。

百年延长，源远流长。

早在北宋年间，科学家沈括在赴任延安府太守途中，在延河边发现了石油，将其记载于《梦溪笔谈》，并预言"此物后必大行于世"。

"苦焦"（陕北方言）的黄土地下，却蕴藏着丰厚的液体黑金，这是天地的秘密，是天地包藏之妙。

石油，是现代工业的血液，是现代工业的象征。腐败无能的清末政府也深谙此理，于是，在延安设立延长石油官厂，钻成中国陆上第一口油井，结束了中国大陆不产石油的历史，填补了旧中国民族工业的一项空白，使延长石油成为中国石油之祖。随后，延长石油生产出与"洋油"媲美的灯油，开创了中国石油加工的历史先河。

延长石油，就是黄土地上的脉搏。

刘志丹解放了延长石油官厂，让石油回到人民的手中，在"一滴汽油一滴血"的抗日战争和解放战争时期，延长石油有力地支持了中国红色革命，被誉为"功勋油矿"。一九四四年，毛泽东为时任延长石油厂厂长、陕甘宁边区特等劳模陈振夏亲笔题词"埋头苦干"，激励着一代代延长石油儿女脚踏实地、奋勇前行。

"埋头苦干"，成为延安精神的原生组成部分，成为中国共产党重要的精神财富。

俄罗斯作家阿·托尔斯泰在他的《苦难的历程》中写道：岁月会消失，战争会停息，革命也会沉寂下去。

是的。革命，不就是为了人民过上幸福安康的生活？

在延安精神的光辉照耀下，一代又一代陕北人，仰天俯地，埋头苦干，从贫穷走向富裕，从现在走向未来。

延安精神，薪火相传。

从延安走出来的诗人阎安说："陕北的现代性觉醒与发生在这块土地上的两大历史事件密切相关，一个是延安时期，一个是'文革'后期知青来延安插队。"

我以为，对于长久"文必秦汉，诗必盛唐"的炎黄子孙来说，这个"现代性觉醒"，更多指文化觉醒。

延安时期诗人光未然与音乐家冼星海的珠联璧合之作《黄河大合唱》，"奔向延安的少年"贺敬之历久弥新的经典戏剧《白毛女》、荡气回肠的诗歌《回延安》，延安插队知青路遥的《人生》《平凡的世界》，史铁生《我的遥远的清平湾》，这些与延安有关的文艺作品，持久不衰地散发着思想和人性的光芒。

文化，也是一个民族的灵魂。

走进陕北，天空高远、湛蓝、透亮，没有一丝杂质，甚至没有一片白云。大地辽阔静谧，沟壑莽莽苍苍，石油管道排排行行。明亮的阳光，如水一般泼洒在无边无际的原野上。走在天地之间，有热辣辣的信天游陡然从原上响起，声音高亢、拔地通天、如泣如诉，让离开歌厅仿佛就不能唱歌的我们如痴如醉。

一个脸上布满沟壑的老汉，坐在自家土窑洞前，怡然安详地微笑着注视我们。

黄土地，是这样的雄浑而又多情。

天不语自高，地不语自厚。大哉，陕西；厚哉，陕北；伟哉，延安！

隐匿的王城

站在高高的石峁古城上，耳畔猎猎作响的朔风仿佛来自上古洪荒。

放眼四望，东面是奔腾咆哮的黄河，西面是苍凉的黄土高坡，南面是沧桑的古长城，北面是苍茫的毛乌素沙漠。亘古不息的秃尾河、窟野河，从城址两侧浩浩荡荡流过。

在这片比国家还要古老的土地上，在这比人类还要久远的"两河流域"，被定义为"改写中国文明史"的石峁遗址横空出世。

这儿是陕北神木县高家堡镇，游牧文明与农耕文明的交错区域。"天之高焉，地之古焉，惟陕之北。"神木，名称就是一个传奇，据道光年间《神木县志》记载："县东北杨家城，即古麟州城，相传城外东南约四十步，有松树三株，大可两三人合抱，为唐代旧物，人称神木。金以名寨，元以名县，明代尚有遗迹。"极富特色的明代古镇高家堡，古时为边陲要塞、兵家重地，是全国历史文化名镇、陕北四大名堡之一，尤以"城小拐角大""城小神灵大"闻名。

"两沟夹一峁必有遗迹"是陕北民谚，六十年来考古、文物专家对石峁遗址的调查和试掘几起几落，直到二〇一二年，陕西考古研究院一行人马的到来，意味着尘封于历史尘埃中的石峁遗址终于等到了它的"真命天子"。以哪儿为突破口下手，考古专家慎之又慎。准确的判断来自灵感，灵感的启示来自经验。或许还有石峁先祖在天之灵的引领，他们走在了正确的道路上。从外城东门开始试掘，事实证明这是神来之笔。当他们拨开层层泥土，大量龙山时期的陶片不断显露，他们知道，一个里程碑式的考古发现已经诞生了。

更大的惊喜还在后头。一座三重结构的石城，以石破天惊之势赫然出现，面积至少一千万平方米。想想看，一千万平方米是什么概念，有十四个北京故宫那么大！石城的核心区域是外城、内城和"皇城台"，面积超过四百万平方米。这是一项超级工程，后来被确认为迄今"中国乃至东亚最大史前古城"。一场颠覆考古学传统认知的重大考古发现，就这样伴随着考古专家辛勤的汗水和激动的泪花到来了。

"皇城台"是今人赋予的名称，它类似于玛雅金字塔结构，九层，高七十多米，台顶面积约八万平方米。它是王的宫殿，是他的权力高台，历经几千年风雨洗礼依然傲然屹立。等级分明、"宫禁森严"的建筑格局，昭示威严的王权凛然不可侵犯；类似北京紫禁城的环套结构设计，开启中国古代都城建筑格局之先河。

壮观的皇城台下，构筑精良的城墙绵延数十公里，Z字形门道连接着内外瓮城，门道两侧有两两相对的四个门塾（岗哨），门道内侧是两座高大的南北墩台，距城门不远处有马面、角台等城防设施。这是一座完备的军事防城，是整个东亚地区史前最完善的城防体系，说明四千多年前此地战事频仍、政治格局复杂。看来，人类天生就是政治动物。

　　宏伟的宫殿式建筑、强大的军事功能、严谨的规划设计，足以证明石峁王者的权力、财富与智慧，让看惯了考古奇迹的考古人员也感到震撼。它引起了全世界考古学界的关注——人们总是对最大或最小、最好或最坏的事物感兴趣。

　　是哪位盖世英豪建造起这座宏伟都城？是谁站在庄严的皇城台上号令天下？

　　它是黄帝之墟，它是夏启之都，它是羌人之城，它是匈奴鬼方城，它是上古西夏都邑……众说纷纭，莫衷一是。每一个可能性的背后，又有多个其他的推测或疑虑冒出来。著名历史学家提出的"黄帝之墟"一说，最引人注目，最令人兴奋。很多人愿意相信：这座众星拱月的塞上之城，这座气势恢宏的史前城池，这座上古时期的建筑巅峰之作，正是《山海经》中描述的"昆仑之墟""黄帝的昆仑城"。对黄帝在陕北的行踪，《史记》《汉书》都有记载，况且石峁古城的初建年代与黄帝在陕北的活动时间大致吻合，而邻近石峁的桥山、肤施就有黄帝冢墓、黄帝祠堂，在时空上都接上了轨，由此似乎更能确定石峁古城即为黄帝之都。

　　当然，这只是推测而非考证，至少证据还不够充分。考古界虽然少门户之见，却向来有信古派、疑古派之别，"石峁古城是黄帝之都"结论的产生，自然会引起国内外学界的广泛兴趣，也必然带来学者的质疑和争议。最激烈的反驳，依据于石峁古城"不见于历史文献记载"、黄帝"只是一个传说"。

　　哪个才是正解？被掩埋湮没数千年的石城缄默不语。或许，对于尚未确证的事情，最好的态度是偏向于怀疑？

　　文字、城市、青铜器、礼仪性建筑的出现，往往作为文明起源的标志。毫无争议、史证如山的是：石峁古城是现存史前最大城址，或为四千多年前中国北方及黄河流域的权力和宗教中心，它改变了中华文明的早期格局，为探索中华文明起源掀开了新的篇章。

过去相当长一段时期里，人们被长城遮挡了视野，把中国古代史看作是长城以南的事情，普遍认为中华古代文明的核心在中原腹地，过分夸大了中原文化的作用。其实，早在二十世纪初，日本人类学家鸟居龙藏便在英金河畔的红山上嗅到了远古文明的气息。中国现代考古学家李济也是一个异数，六十年前就排众而出，提出"长城以北列祖列宗"的观点并敦促同行："我们应当用我们的眼睛，用我们的腿，到长城以北去找中国古代史的资料，那里有我们更老的老家。"

石峁遗址的发掘实在不简单，印证了李济先生的"先见之明"，体现了中华文明起源的多元性，对"中原文化中心论"形成了强烈冲击，对实证中华文明五千年历史有重要意义。因而，石峁遗址被纳入"中华文明探源工程"，并顶着"中国文明的前夜"之桂冠，入选"世界十大田野考古发现""二十一世纪世界重大考古发现"。

我们还是凭自己的想象，去感受几千年前的王宫气派吧。

石峁遗址开掘不久，我慕"石峁古玉"之名，从府谷顺便前往匆匆拜谒过石峁王国。那时它几乎没有建造任何保护性设施，给我留下的深刻印象是它的荒凉，还有讲解员难以抑制的激动语气。现在旧地重游，欣然看到重要遗迹被护卫起来了，气派的展览馆建起来了，一砖一石都作为珍贵文物保护起来了。无厘头想起杨门女将穆桂英的唱词："几年我没到那边关走，砖头瓦块都成了精。"诞生杨家将故事的宋城遗址，也距石峁古城不远。

在多到难以想象的石峁遗址出土文物中，数量最多、品类最全、工艺最高的是玉器。石峁玉器的发现，远远早于石峁城址的发掘。

大清王朝末期，外国汉学家萨尔蒙尼就著有《中国玉器》一书，详细记载、描述了石峁牙璋。从那时候起，流失海外的石峁古玉有数千件，欧美多家博物馆都有收藏。流落到民间的石峁古玉更是不计其数，经常是一场暴雨过后幸运的当地村民俯首即拾。一九七五年，考古学家戴应新在石峁从民间征集到一百多件玉器，现都存于陕西历史博物馆，其中的小玉人头像雕刻手法古拙、形象生动传神，有说是《山海经》记载的传说中的"一目国"人，有说酷似陕北后生，有说是一种护身符，总之，它是中国新石器时代遗址中发现的唯一以人为雕刻对象的玉器，价值非凡。

红山文化、良渚文化以出土玉器闻名天下，但是与石峁文化中的玉器相比，实乃小巫见大巫。石峁玉器以数量巨大取得压倒性胜利，器类多到让人眼花缭乱，有：玉刀、玉镰、玉斧、玉钺、玉铲、玉璜、玉蚕、玉鸟、玉环、牙璋、牙璧等。牙璋风格非常突出，牙璧即玉璇玑，造型奇特，专家称之"精美绝伦，独一无二"。《尚书》曰"璇玑玉衡以齐七政"，玉璇玑在中华古文明中占有一席之地。《周礼》记载"以玉作六器，礼天地四方……"苍璧、黄琮、青圭、赤璋、白琥、玄璜这玉之"六器"，在皇城台均有发现，不知道是石峁王国礼制完备，还是其与周王朝暗有渊源。那时候的石峁玉匠，竟然掌握了当今玉器加工的一整套技法，甚至打磨出了针孔可以穿引麻线的玉针，工艺精美到不可思议，有的雕刻艺术对今人来说都是高难度挑战，有的加工技艺到现在还是未解之谜，真是太了不起了，不知道那些伟大的工匠有着怎样聪明的大脑和灵巧的双手。

玉器本是上流社会的奢侈品，令人费解的是，石峁玉器数量多到不可思议，石峁连建城都使用玉器。在石峁遗址的残垣断壁中，考古人员发现多件玉璋、玉铲、玉璜、玉刀、玉钺。石头墙里埋玉，古今中外只发现石峁古城一家，真是牛气冲天。或许，它佐证了史书中"玉门瑶台"的真实存在；或许，墙壁中嵌玉，为"石峁古城乃黄帝之都"论又提供了一个有力的证据——疑为子贡所著的《越绝书》云："轩辕、神农、赫胥之时，以石为兵……至黄帝时，以玉为兵……"

这么多精美的玉器，这么多大件玉璋、玉刀，得耗费多少玉材！陕北并不产玉，玉料从哪儿来呢？

有人说由邦国进贡而来。有人说是战争掠夺而来。有人说从"玉石之路"贸易而来。近年有专家学者认为：早在张骞出使西域的"丝绸之路"之前，就有一条从西域到中原的"玉石之路"存在，丝绸之路由其拓展而来。著名学者叶舒宪带领他的团队，以大量实地考察和田野调查验证之。叶教授指出：中华玉文化有八千年历史，玉教是中华文明先于"国家"出现的"国教"，玉器能避邪防灾、护身防病在中国民间是家喻户晓的常识，所以玉石崇拜具有巨大的传播力，"玉石之路"是中华文明特有的文化资源。

石峁古城惊天问世、石峁古玉层出不穷的当年，考古界在石峁召开"玉石之路"国际学术研讨会，专家学者一致认为：石峁古城，正是上古时期中国乃至西亚的玉石中心。

石峁玉器数量如此之多，不可能都是贡品，也不可能都从遥远漫长的"玉石之路"贸易而来，同样不可能是四处掠夺搜罗过来的战利品。有一个严峻的问题不容忽视，那就是，古代交通山高水长，古代运输靠牛拖马拉。前不久，陕西历史博物馆与陕地矿集团联合举办了"古玉寻踪——汉中玉文化探源研讨会"，来自故宫博物院、国家博物馆、中国社科院、台北"故宫博物院"以及诸多省份、大学、领域的考古学家、历史学家、文化学者济济一堂，忝列其中的我，会上听到有专家提出了"就近取材"的观点：石峁古玉，有无可能来自于距离最近的汉中玉？还有学者说：中央电视台有个《国家宝藏》节目，故宫博物院在馆藏顶级文物里拿出的第一件宝藏宝鸡石鼓，就是汉中玉做的。另外，汉中发掘的龙岗寺遗址，去年被列为"十大重大考古发现"的延安芦山卯遗址，还有神木石峁遗址，都发现了大量玉器，我觉得汉中玉和这些古玉器，肯定有一定的关系……

考古学家眼光独到，文化学者观点独特，划出了开拓考古新视野的疆界。大胆假设，小心求证。一位国外著名考古学家说过："永远不要考虑理论，你只管去收集事实。"

令我唏嘘的是，王者在城防建筑中嵌玉以增加心理保障，企图使石峁古城同时成为一座巨大的精神屏障，然而，还是阻挡不了石峁王国的兴亡交替。任何王朝都会终结，历史规律不可抗拒。

惊人的发现远远没有结束，历史的遗存、文明的见证，如同沉积岩一样，在石峁古城地底下层层累叠。

城邦，是社会文明到来的重要标志。对跨过了文明门槛、进入了早期国家形态的石峁王国来说，筑城不仅是建筑行为，更是政治的体现和权力的宣示。石峁的城建中，已有排除雨水、保护墙基的散水处理设施，并且使用了横向插入墙体的纴木——这是城建技术的伟大创举，后世直到北宋才有《营造法式》一书有记载。考古人员在内城发现多处房址遗迹，其中一座石砌院落结构完整、错落有致，起居室、礼仪性厅房、仓库、院落、石砌窨门、石铺地坪一应俱全，还有经过打磨的门槛和门楣石，广场面积超过两千多平方米，是目前我国确认的史前最大的广场。这个院落，被推测为石峁王国的"城防司令部"。

"事死如事生"的国人认为，墓穴是人死后灵魂的居所，所以对丧葬十分重视。在石峁城址西面，考古人员发掘出贵族墓葬群，这样选址意喻人死如太阳西落。对生命与死亡的态度，决定了他们的哲学观。考古学家习惯以墓葬形制、随葬品多少来推测墓主人的身份。有一个玉殓葬的墓主人，身体上摆满了玉器，他是为了让躯体不灭灵魂永生。有的墓中出土了铜环、铜镞、齿铜环、环首铜刀、嵌玉铜环，墓主人生前大概是位武将。那时极其稀罕的鳄鱼骨板、驼鸟蛋壳，竟然也在石峁墓葬中出现，它们来路待考，而墓主人非富即贵。至于以活人殉葬者，更非等闲之辈。

石峁王国已有了明显的社会阶层，是一个高度复杂化的社会：王公贵族穷奢极欲，死后还要极尽殊荣。农牧业者、手工业者属于平民阶层，死后只能以石棺、瓮棺葬之。奴隶则被奴役被殉葬，是"被侮辱和被损害的"社会最底层。

手工业作坊遗迹在石峁古城有不少，这些作坊主要用于烧制陶器、加工骨器、雕琢玉器、制作青铜器、打造农耕石器。玉文化和青铜文化在石峁古城相遇，东西方文明在石峁王国汇合，农业与游牧业在石峁大地并重……对于破解黄土高原的远古文明密码，它们起着举足轻重的作用。石峁古城出土的大量炭化粟、黍和以种植苎麻织成的麻布，告诉我们：这里曾植被茂盛、环境优良，经过千万年狂风的扫荡、烈日的暴晒、暴雨的冲刷、冰雪的侵蚀，才被塑造成黄土高原。这也体现了地质学上的一个真理：任何地形地貌都不是永恒的。

"国之大事，在祀与戎。"对古代君王来说，祭祀非常重要，关系到国运和国事，否则何以"奉天承运"？何以"推天道以明人事"？根据文献记载，有宗教祭祀活动的城池为"都"，没有的话只能是"邑"。在石峁古城外，有一座同时期的祭坛遗址，是上下三层结构的建筑群，表明石峁王国的宗教、文化等文明要素已经齐备。

如果说皇城台无穷的玉器出土使人惊奇，在东城门附近发现的一百多颗人头骨则令人惊骇。六个头骨坑里排列整齐的这些头骨，经鉴定，都是十多岁女孩的美丽头颅。这儿发生过什么？她们是本邦少女还是异族俘虏？是建城奠基，还是为国事祭祀？周朝之前，人的生命被随意践踏，建房子要用活人奠基，权贵去世要用活人殉葬，开战之前要用活人祭旗。可是，在一个视女性为不祥之物的国度和年代，女子用于奠基仪式或祭祀活动十分罕见，石峁王国为什么要用女子当祭品？面对这么多人头，考古人员能泰然自若吗？都是少女头颅，他们曾为之动容吗？

诡异的"石雕人面像"，大量出现在石峁遗址墙体，很有可能是一种巫术，说明神巫在石峁王国不仅存在，而且是上流社会人士。

"音乐是从原始民族的巫术中产生出来的"，在这一点上，法国音乐学家孔百流和享有国际声誉的中国近代著名学者王国维所见略同。英国音乐出版家克罗威斯特则认为音乐起源于模仿自然界的声音，中国古代也有类似的见解："帝尧立，乃命质为乐。质乃效山林溪谷之音以歌，乃以麋辂置缶而鼓之，乃拊石击石，以象上帝玉磬之音，以致舞百兽。昔黄帝令伶伦作为律。……次制十二筒，以之昆仑之下，听凤凰之鸣，以别十二律。"《吕氏春秋》也提到了黄帝和他的昆仑城，我相信黄帝绝不只是一个传说。从皇城台出土了大量制作精美的骨器，其中二十多件骨制口弦琴为国内年代最早的弦乐器，也是世界上最早的口弦琴。这算得上中国音乐史上的重大发现。口弦琴在中国先秦文献中被称作"簧"，《诗经》中写道："君子阳阳，左执簧，右招我房。""我有嘉宾，鼓瑟吹笙。吹笙鼓簧，承筐是将。"可见"簧"的非同寻常。直至今天，羌族等少数民族同胞依然吹奏口弦琴。与骨制口弦琴同时重见天日的，还有骨制管哨、陶制球哨，看来石峁古人的娱乐生活很是丰富多彩。

最大量级的中国史前壁画、已知陕西最早的壁画，在石峁古城惊艳四方，引无数观者竞折腰。三百多块壁画（残片）图案清晰、颜色鲜艳，令人震撼的几何图案可能来自于大自然的启示，使用的起稿线震惊学界——是绘画史上的伟大创举。石峁壁画使用的颜料有铁红、铁黄、炭黑和绿土，目前所知，铁黄颜料在此应用最早，绿土颜料的应用领先世界。石峁壁画的内容，与据传是尧帝都城的山西陶寺遗址文化主题非常接近，学界认为陶寺遗址与石峁遗址一脉相承。

石峁古城存续了三百多年，留给我们一座隐匿的废都、一个王朝的背影、一部上古的史诗。它是黄帝肇启之都，还是一段文明孤旅？它因何废弃，人们去了哪里？石峁古城的伟大，在于它还只开掘出冰山一角，就已见证了石峁古人强大的创造力，展示了史前中华先民的历史足迹和文明历程。石峁王国的辉煌、石峁古城的衰落，还隐藏着无数的秘密，还有太多的谜团等待揭开谜底。古埃及、古希腊、古巴比伦文明已先后绝迹，石峁文明能登上人类文明史的世界舞台吗？

拭目以待。时间是最伟大的裁判者。

汉之玉

　　玉，珠宝之首，在世界各地广受推崇，尤其在中国。

　　早在新石器时期，玉就已经进入人们的生活，是财富地位的象征。"玉"原为"王"，中华民族对之顶礼膜拜，玉尊贵之至，只有君王才有资格佩戴；又，"玉者，国之重器，朝廷大宝"，象征国家最高权力的帝王大印就是玉玺。于是乎，民间一旦发现玉，拥有者打死也要进贡给君王。和氏璧，就是历史上最著名的关于王与玉的故事，可谓骇人听闻，令人惊心动魄。

　　后来，"王"逐渐演化为"玉"，开始化干戈为玉帛。干戈是国之力，玉则是国之瑰，因此，周穆王西巡时带上大量玉随行，以表求取和平之诚。从那时候起，玉，就成为中华民族重要的文化符号，代表心灵、礼仪、文化，《周礼》曰："以玉作六器，礼天地四方。以苍璧礼天，以黄琮礼地，以青圭礼东方，以赤璋礼南方，以白琥礼西方，以玄璜礼北方。"后来，有一条"玉石之路"专为玉石贸易而诞生，再后来，玉，成为丝绸之路上的主打商品。

　　玉极坚硬，却又温润，是故孔圣人对玉推崇备至，"君子比德于玉焉"。管子说玉有九德，荀子说玉有七德，许慎说玉有五德，象征"仁、义、智、勇、洁"，因而，"君子必佩玉""君子温其如玉，故君子贵之也""君子无故，玉不去身""宁为玉碎，不为瓦全"，以玉比人喻事，以玉寄托高洁理想，意在提醒自己牢记玉的品德，务必守身如玉般修身养性。

在圣贤们抬爱下，在君子们厚爱下，玉在中华民族传统文化中独树一帜，寓意"美好、高贵、吉祥、柔和、安谧"，是故，无论赞扬人之美貌、美德或其他事物之美，总是用玉来作比：玉容、玉姿、玉言、玉声、玉手、玉臂、玉腿、玉肌、玉照、玉泉、琼浆玉液、琼楼玉宇、如花似玉、亭亭玉立、金枝玉叶、珠圆玉润、软玉温香、玉色瑷姿、美如冠玉、芝兰玉树、冰清玉洁、浑金璞玉、金科玉律、珠玉在前、玉成好事……不胜枚举。称三界的最高统治者为玉皇大帝，简直就是登峰造极了。玉，激发了人们无限的想象力和表现力。

想起一则文坛趣闻。当代著名画家、作家黄永玉本名黄永裕，最初发表作品时用的是本名。他的表叔沈从文建议他改笔名为黄永玉，沈文豪说："永裕不过是小康富裕，适合于一个布店老板而已，永玉则永远光泽明透。"他接受表叔建议，从此，"黄永玉"名扬天下。唉，早知道"玉"对扬名立万影响力这么大，我当初取个笔名叫杨玉嬛该多好。

无端地又想起《诗经》里的"载衣之裳，载弄之璋"篇章，"……乃生男子，载寝之床。载衣之裳，载弄之璋。其泣喤喤，朱芾斯皇，室家君王。乃生女子，载寝之地。载衣之裼，载弄之瓦。无非无仪，唯酒食是议，无父母诒罹。"翻译成现代文，大意就是："……若是宝贝公子生下来，让他睡到檀木雕的大床上，让他随意穿那漂亮衣裳，淘来精美的玉圭给他玩耍，你看他的哭声是多么嘹亮，将来定会大红蔽膝穿身上,成为我周室的君主或侯王。若是千金女儿生下来,让她睡到屋脚地边,小小的襁褓给她往身上穿,找来陶制的纺缍让她把玩,但愿她不招是惹非不怪异,每天循规蹈矩围着锅台转,通情达理不给父母惹麻烦。"赠男孩玉圭,勉励他将来成君成王,给女孩纺缍,让她将来当好家庭主妇,古代男尊女卑到如此地步,让我庆幸自己幸而生在了"男女平等"的时代。

神、人、鬼之间,有着说不清道不明的爱恨情仇,因为玉富灵性,人们相信,在身上挂块玉牌或戴件玉饰,就可以与神灵相通,三界之间便能够靠玉来通灵。玉之所以能够为"宝",关键就在于"通灵"。所以,玉不仅是王公贵胄生前炫耀身份地位的专享品,也是他们死后的陪葬品。但也不是谁想用玉陪葬谁就可以做到的,即便君王,倘若无德,死后亦不可陪葬玉器。这是因为在长期的历史进程中,国人形成了根深蒂固的全民尊玉、爱玉的民族心理,玉的神化和灵物概念、特殊权力观点,皆植根于此。

佛道雅称玉为"大地舍利子",认为玉是具有祛邪避凶法力的灵石。佛家对玉如此崇尚,于是,人们更加认定玉之灵性不仅能辟邪、镇宅,还能给人带来难以言传的喜瑞、吉祥。对于男女爱情来说,玉也有剪不断理还乱的情愫,"华夏玉道,通神达俗,君威国祚玉为鉴,男欢女爱玉作证"。男女传情达意,"何以赠之,环瑰玉佩",比如贾宝玉初见林黛玉时十分欢喜,惊呼"天上掉下个林妹妹",觉得只有高贵纯洁的美玉才配得上她,恨不得取下脖子上的"通灵宝玉"相赠。

历史上,宫闱中,帝王、嫔妃养生美容离不开玉,著名传说有武则天玉粉养颜,有宋徽宗嗜玉成癖,有慈禧持玉拂面,有乾隆香妃因佩戴金香玉而浑身香气迷人……最著名的传说,当属关于杨贵妃的桥段:杨氏衔玉而生,得名"玉环",及至"杨家有女初长成"，因"姿质丰艳"为唐玄宗垂涎，当皇上的哪会管什么伦理道德，儿媳妇杨玉环被"一朝选在君王侧"，成为集万千宠爱于一身的杨贵妃，杨贵妃体胖怕热，玄宗便赏以玉鱼，让其含于口中以解暑。得宠如此，又含玉生津，贵妃更是出落得"回眸一笑百媚生，六宫粉黛无颜色"。真真活色生香。

随着时代变迁，终于，玉这至尊珠宝，早已"旧时王谢堂前燕，飞入寻常百姓家"，人们信奉男无玉不壮、女无玉不美。佩玉不但美观，玉更是越放越值钱，故而老百姓一旦手有余钱，就会升腾起一种强烈的欲望：买玉。所谓"乱世黄金盛世玉"，所谓"黄金有价玉无价"，说的都是收藏之道。当然也有双管齐下的，"金玉满堂"是达官贵人和平民百姓共同的愿望。

陕西蓝田玉很有名，因为那句"蓝田日暖玉生烟"。其实蓝田玉质地并不很润泽细腻，无非颜色比较丰富。然而，玉，不是普通商品而是文化产品啊，其最大的价值和意义就在于此。几千年来，玉文化对国人的深远影响，是浸入骨子里灵魂里的。

金香玉远比蓝田玉神秘、名贵。

金香玉貌似质朴无华，因此才有一句俗语"有眼不识金香玉"；金香玉是稀世之宝，太难看到，更难得到，所以"有钱难买金香玉"。不过，古代皇宫贵族对金香玉早有珍藏，且有诸多记载，最早见于唐肃宗以金香玉赠大臣为其辟邪；清代大才子纪晓岚，在其主持编纂的《四库全书》和其所著的《阅微草堂笔记》中，对金香玉不吝赞美，难说是不是因为暗恋乾隆皇帝的香妃。

古占星学家认为：金香玉是吉祥的象征，拥有者不仅每每能逢凶化吉，还会得到意想不到的好运。

读到过雷抒雁先生大作《贾平凹分香散玉记》，文中提到陕南汉中一老汉，早年间意外拾得一块金香玉，这块金香玉果然帮其躲过了死伤之大劫，为表感恩，他将其一分为四，其一归了某前国家领袖，其一主人即贾平凹（原文：他去汉中采风，听说了这个故事便走访老汉，老汉念他是个作家，也就给了他一块），凹公因为"当今世上只有四个人拥有，只有自己一个人佩戴"而洋洋得意，带到北京得瑟。"金香玉，这不是千百年来一直在传说的宝物吗？"雷抒雁、白描、李炳银等五位陕籍京城雅士争相观赏，结果乐极生悲，金香玉跌落，与大理石相撞破碎，碎裂声让贾平凹心如刀绞，他闭着眼睛喃喃自语："一共六个人，一定是六片……"果然！另五人无不目瞪口呆。贾平凹认为此乃天意，干脆送每人一块，据说此后他时来运转，开始在文坛风生水起，端的是善有善报，好人好报。金香玉真是神奇啊。

自金香玉面世以来，人们对她的热爱从未减退，"在古老的陕西汉中，一座幽深的山中，蕴藏着一种会散发出迷人香气的美玉，这就是人们寻觅已久、只见诸史料记载而难得一睹芳容的奇珍玉石——金香玉"，这段神文，广泛流传于世，刺激得一些人做梦都在寻觅金香玉。

汉中，这座"琼台玉宇汉上城"，是一座了不起的城市，尤其对汉人来说。汉中是汉朝的起点，汉族从这里诞生；汉中是汉文化发源地，汉语、汉字、汉书、汉学，皆起源于此。汉中还有汉江、汉山，中国以汉中划分南北。汉江，古有"天汉"之美称，来源于《诗经》中"唯天有汉，鉴亦有光"；汉山，是周公祭天的神山，曹操以诗句"周公吐哺，天下归心"歌咏之。土厚水清的汉中，"青山汉水蓄王气"；浩荡着帝王气英雄魂的汉中，自古深山藏美玉，"石韫玉而山辉"。汉代玉雕，正是后来历代尤其清王朝宫廷玉器的典范。而今，陕西地矿总公司在汉中，在被联合国认可的"中国千年古县"南郑，在崇山峻岭中的碑坝山，勘探到大储量的汉玉，拿赵廷周董事长的话来说就是"数量非常可观，质量非同寻常"，这真是陕西人民和汉中福地之大幸。

汉之玉，从远古走过来，从宫廷走出来，从神坛走下来。

玉是石头精华，石之美者谓之玉，而我从来没见过这么美的玉石，赤橙黄绿青蓝紫，各种色彩齐全，汉中玉因而被称为"中国彩玉"。汉中玉含有大量透辉石，是翡翠的重要成分，颜色是纯洁的白色，被誉为"白翠"。金香玉，则是汉之玉中的极品。

美，是玉的最高法则。美玉养美人，一笑倾国的绝代佳人褒姒，就是汉中人。

因了机缘，我在汉中有幸目睹了金香玉。那古朴醇厚的颜色，深褐如泥土，不事张扬，不露锋芒；那温润细腻的质地，如凝练的油脂，渗透出迷醉心魂的芳香；那纯正明亮的光芒，清新如初阳，凛于内而形于外。金香玉，真正"色可以濡目，性可以涤身，光可以照心"。她聚天地之精华、得日月之灵气而成国色天香，她至朴至艳、至拙至巧、至简至美。

女人常常把梦想寄托在珠玉上，其中最爱，首推玉镯。自大汶口文化时期出现玉镯以来，女人对玉镯的热爱一直盛行不衰。春秋时期的扁圆形玉镯款式，依然是现代台湾妇女最钟情的"福镯"。隋、唐、宋朝，女子佩戴玉镯成风，连佛教题材绘画、壁画中的仕女、飞天、菩萨，也大都离不开玉镯；到了明、清、民国，玉镯材质之佳、款式之多、造型之美、工艺之精，空前绝后。老年女子钟爱玉镯，则多是为了辟邪——据说只要玉镯在腕，即使不慎摔跤跌倒，身体也不会受伤，自有玉镯护佑。

多年前，看过由白先勇小说改编拍摄的影片《玉卿嫂》，至今记忆犹新。因家庭变故，柳家少奶奶单玉卿沦为帮佣玉卿嫂，影片里，玉卿嫂试水温时，肌肤胜雪的皓腕在眼前那么一晃，戴着玉镯子的玉手蜻蜓般在水里那么一飞，当即让我惊采绝艳。不用前戏交代，一看就知道她是从富人家出来的。玉卿嫂洗衣服的画面，也让我永生难忘：一下一下，玉手在搓衣板上来来回回；一荡一荡，那玉镯让我心旌摇曳、神魂颠倒。玉卿嫂那么笃定、平静、温婉，一派心如止水的模样，这样的处变不惊，这样的外柔内刚，应当来自她内心的底气和留存的梦想吧，那可都是由她玉腕上贵重玉镯做底子的啊。观赏过电影《玉卿嫂》之后，我的首饰渐渐演化为手饰：玉镯。见识过汉之玉后，我的手饰梦想壮大了：金香玉手镯。

　　梦想还是要有的，万一实现了呢。

秘境

车出西安不久，就钻入一个又一个长长短短的隧道，我茫然问：怎么这么多隧道？怎么这个隧道长得没完没了？旁边的穆涛兄告知：这个是亚洲最长的隧道，两边就是秦岭啊。

秦岭！

不知为何，听到"秦岭"二字，我总会心灵悸动，就像听到我暗恋的男神名字突然从旁人口中冒出。是因为它雄伟而又神奇吗？

横贯东西的秦岭，是汉江、丹江的发源地，是地球上唯一的朱鹮营巢地，是长江与黄河流域的分水岭，是中国南、北方的分界线。秦岭被尊为华夏文明的龙脉，"华夏"之称就来自秦岭与汉江。大秦、大汉、大唐，中国历史上这三个高光时刻，都与秦岭有不解之缘：凭借秦岭荫庇，秦国横扫六合完成霸业；韩信在秦岭"明修栈道，暗度陈仓"，为汉朝扩展辽阔版图奠定基业；唐太宗李世民的行宫翠微宫在秦岭中，其盛况从刘禹锡诗作《翠微寺有感》可窥一斑："吾王昔游幸，离宫云际开。朱旗迎夏早，凉轩避暑来。汤饼赐都尉，寒冰颂上才。龙髯不可望，玉座生尘埃。"

文人更为熟悉和感到亲切的是，老子在秦岭写成《道德经》，李白、杜甫、陆游、白居易、孟浩然、汪元量……都为秦岭留下过诗篇。王维隐居秦岭辋川，留下千古名句："空山新雨后，天气晚来秋。明月松间照，清泉石上流。"但最打动我的，是韩愈的《左迁至蓝关示侄孙湘》："一封朝奏九重天，夕贬潮州路八千。欲为圣朝除弊事，肯将衰朽惜残年。云横秦岭家何在？雪拥蓝关马不前。知汝远来应有意，好收吾骨瘴江边。"尤其"云横秦岭家何在？雪拥蓝关马不前"两句，何其悲壮，何等动人。

天高云淡，晴空万里。高速道路两旁，层峦叠嶂，色彩缤纷。让一条高速公路像一条延绵画廊，恐怕也只有秦岭做得到。

准确地说，北依秦岭、南俯巴山的汉中洋县，是地球上唯一的朱鹮营巢地。极其丰富的水资源，造就洋县花草树木品种繁多，且不乏名贵的中药材。洋县也是亚洲最大的白芨生产基地。春夏之交，洋县芸生白芨种植基地花开遍野，五颜六色的花朵随风摇曳，一派"黄四娘家花满蹊，千朵万朵压枝低。留连戏蝶时时舞，自在娇莺恰恰啼"的迷人景象。植物王国造就动物天堂：除了朱鹮，洋县还有大熊猫、金丝猴、羚牛等珍稀动物，以及金钱豹、狗熊、鬣羚、猕猴、岩羊、灵猫等二十种保护动物，不过这些家伙可不会轻易让我一睹其尊容。

离开洋县，去往秦岭、大巴山、米仓山合围的南郑黎坪。

雄峙两省的大巴山，山势崎岖沟壑险恶，屏隔川、陕两省，控扼汉水下游和长江中游，是汉江和嘉陵江的分水岭，是暖温带和亚热带的分界线，是四川盆地和汉中盆地的分界线，也曾是秦楚相斗汉魏争夺之地、明清流民的避难所和农民起义军的活动场地。

米仓山奇峰交错、峻岭交织，是连接巴蜀与外界最古老、最陡峭、最险峻、最壮观的交通要道。米仓古道是中国最早的国道，"连峰去天不盈尺，枯松倒挂倚绝壁。飞湍瀑流争喧豗，砯崖转石万壑雷"，写尽"难于上青天"的"蜀道之难"。

踏着秦巴古道，踩着满地落英，我走进黎坪深幽的山谷。玉带河"河水清且涟猗"，荡漾着我的心灵。这里如此静好，四野只有鸟鸣和水流的声音，多情的微风轻轻吹拂，像情人温厚的手掌滑过我的脸颊。再往深里走，原始森林与"海底石城"合奏出迷人的华尔兹，枫叶瀑布与鹿跳峡交织成壮丽的交响乐。传说中的仙境，在这儿就是现实。

黎坪是国家重要的生物基因库，中国唯一具有侏罗纪时代地貌植物特征的原始森林，就在黎坪。濒临灭绝的物种、全国面积最大的巴山松林，也在黎坪。曾被"世界自然保护联盟"宣布已经灭绝的特有模式植物崖柏，在黎坪重新被发现。大量存在于史前热带雨林中的野生附生植物，无数古老的藤本植物，也存在于黎坪。

据《华阳国志》记载，东汉时期有南郑人樊志张，为朝廷立下了汗马功劳，却因为沉迷留恋黎坪的美景，拒绝入朝为官，结庐黎坪潜心悟道，修得仙风道骨，超然于红尘之外却自号"红尘居士"，于是，后人将他修身养性之地命名为红尘峡。"剑峡"得名来自传说：大禹拔剑劈山，宝剑化为峡谷——从高处俯视，剑峡正像一柄碧玉宝剑。剑峡中有数百米花岗岩长槽，十分壮观。

在人们的常识中，海洋江河都是从西往东流的，所谓"一江春水向东流"。在红尘峡中，却有一段河流从东往西蜿蜒数十公里，因而得名西流河。"水往低处流"是自然界铁一般的法则，然而，有很多人亲眼看到，西流河中有一段碧水竟然是从低向高处流动的。看来，"有规则就有例外"，人类社会这条法谚，也适用于大自然的规律。高耸于西流河畔的天书崖，整个崖壁宛如一本翻开的巨卷，岩面上还有若隐若现的文字，简直就是一本天书，天书崖之名由此得来。河水与山崖激荡出的回响，犹如举子们琅琅的诵读声。

龙鳞山更是黎坪奇观，这座美得不可思议的地质公园，使竭尽心思的旅游海报也相形失色：整座山是一架褐红色的龙骨，龙首、龙身、龙翼、龙爪、龙尾、龙鳞一应俱全。布满"龙"体的龙鳞，是亿万年前的海洋生物化石，是沧海桑田造就的地质瑰宝，地质学上称之为"中华震旦角石"。据专家考证，龙鳞山山体形成于四亿多年前，这种奇特的"龙体"地质现象，全世界绝无仅有。天地有大美而不言。直到十年前，龙鳞山才跃出历史的地平线，携带着远古的印记，隐匿着神秘的密码，惊采绝艳亮相于世，被人们尊为"中华龙山"，惊呼为"中国最神秘美丽的地方""二十一世纪的伟大发现"。

而整个黎坪景区，又恰似一幅龙形山脊图，是极具观赏性的龙脊地貌。

回望

最初知道吴堡，因为当代文学大师柳青，吴堡是柳青故里。对于中国当代文学，柳青和他的现实主义杰作《创业史》具有引领价值和旗帜意义。对柳青，我深怀敬意；对《创业史》，我至今推崇；对吴堡，我十分向往。

怀着朝圣般的心情，前往榆林市吴堡县张家山乡寺沟村——柳青故居所在地。刚到村口，巨幅柳青语录迎面而来："人生的道路虽然漫长，但紧要处常常只有几步，特别是当人年轻的时候。"心头一颤、驻足、凝眸、五味杂陈。青春年少时，经常抄写这段话于笔记本扉页，那时候，何曾想到过有朝一日竟能在先生故里拜谒先生。那么，我人生之路"紧要处"的几步，总算有一步走对了吗？

柳青故居分为两个区域，一是生活院落，另一为住所几百米开外的私塾学堂。私塾前有块石碑，被枯树荒草遮蔽，外人难得一见，看来我与先生还是有缘。石碑上镌刻着"资生功不替，得主运维新"，横批"德合无疆"。柳青祖辈原是大户人家，然而，柳青和兄长背叛了他们的家庭、阶级，弃绝"维新"，追求革命，投奔延安。

在那激情燃烧的岁月，多少有识之士，多少热血青年，不顾一切奔向心中的圣地：延安。

如果说延安是中国工农红军的再生之地，那么，吴堡则是中国人民解放军的出发之地。

"邑枕黄河"的吴堡，是陕北通往华北的桥头堡。而今的吴堡，有四座黄河大桥连接着秦晋两省，曾几何时，要东渡黄河，只能依靠渡船。半个世纪前，吴堡川口渡口，水浪滔天，战船列阵，毛泽东主席率领中央前委机关和解放军总部的工作人员，在勇敢、智慧的吴堡人民齐心协力支持下，从这儿乘木船东渡黄河，过境山西，前往西柏坡，中国共产党从此一飞冲天，从胜利走向胜利。毛泽东转战陕北十三个春秋，在吴堡留下了光辉的足迹。

一九四八年三月二十三日，中共中央东渡黄河，这是中国革命史的闪光点，是中国共产党的转折点。这是陕北的光荣，是吴堡的荣光。

离开河边，一行人走到地势较高处，毛泽东停住脚步，回头眺望黄河对岸，动情地说："陕北人民对中国革命作出了很大的贡献，我们是忘不了的。陕北是个好地方，陕北人民太好了，陕北人民对革命是有功的。"周恩来接着说："陕北人民对革命的贡献我们是忘不了的，将来我们有了条件，一定要多关照一下陕北人民。"

在渡船上，毛泽东一次次恋恋不舍地回望陕北，那张深情回望的照片，深深地打动着我。

一年后，整整一年后，一九四九年三月二十三日，毛泽东率中央前委机关和解放军总部机关人员离开西柏坡，向北平进发，去建立新中国。为什么又选择三月二十三日动身，与东渡黄河的日子一天不差？天意从来高难问。也许，吴堡东渡，在他心中有着不可替代的分量和难以言喻的意义。

距吴堡著名旅游景点、壮观的"黄河二碛"不远处，"吴堡黄河古渡（川口渡口码头遗址）"古旧石碑旁，矗立着吴堡的红色地标"毛主席东渡黄河纪念碑"。纪念碑右侧有石窑洞为"河神庙"，见证了当年的东渡壮举。"河神庙"前，一簇簇山丹丹花开红艳艳，在微风中轻轻摇曳。

汽车沿着黄河岸边的崎岖山道，一路盘旋而上吴山。黄河西岸，吴山之巅，有一座石城巍然耸立，东以黄河为池，西以悬崖为堑，南为绝壁天险，北为咽喉狭道。石城西边悬崖峭壁的下方，黄河自东向西奔腾而去。山上乱石穿空，山下惊涛拍岸，石城真乃雄奇险峻、磅礴壮丽，可谓独造之域至高之境。

这就是黄河文明的璀璨名片、名闻天下的"华夏第一石城"：古吴堡石城。

扼秦晋之要冲，古为兵家必争的吴堡，凭借石城这一雄关险隘，千余年来，虽饱经战争创伤，却始终"一夫当关，万夫莫开"，从未被破城。这座坚不可破的天堑雄堡，使吴堡成为享誉天下的"铜吴堡"；这座固若金汤的军事要塞，抗战时期再立新功，它抵抗住了日寇的侵略，守住了陕甘宁边区东大门，护卫了延安，保卫了中国共产党党中央。

古吴堡石城年代久远，据成书于唐代的《元和郡县志》记载："赫连勃勃刘裕子刘义真于长安，遂虏其部，筑城以居之，号曰吴儿城。"若此说不谬，其当建于公元四一八年，距今近一千六百年。还有一个说法是，吴堡石城始建于五代十国时期的北汉国，只不过那时只是北汉御敌的一个军事要塞。史料确凿的文字记录为《宋史·外国列传·夏国上》，其记载显示：一千多年前，吴堡石城已颇具规模。金正大三年，吴堡由寨升县定名吴堡县，石城成为县府治所，由军事堡垒升级为政治、经济、军事、文化中心，且一直沿用到元、明、清。

石城不大，占地约十万平方米，但作为曾经的县府所在地，倒也"麻雀虽小，五脏俱全"。城内原有南北大街一条、小巷十余条、店铺数十处，不仅设置了县衙、捕署、监狱、官仓，还建造了观音阁、魁星阁、文昌宫、文庙、城隍庙、娘娘庙、祖师庙、龙王庙、关帝庙、七神庙、衙神庙、土地祠、节孝祠、节义祠等众多庙祠，并且建有南坛、北坛、先农坛、校场、点将台、兴文书院、女校、清廉牌楼、贞节牌坊等。大部分建筑为石砌窑洞式，只有少量砖木结构建筑。各式建筑星罗棋布，错落有致遍布全城。可恨侵华日寇占领山西后经常隔黄河炮击石城，致使城内大部分古建筑损毁，只留下众多遗址、遗迹，幸而尚有七十多处明清时代所建的窑洞和民居保存得较为完整。

庙堂文化与江湖文化，在这座古老石城相融并存。

登山临水，不禁发思古之幽情；登高望远，进而怀激烈之壮志。元代诗人萨都剌的《念奴娇·登石头城次东坡韵》，不由就浮现脑海，挥之不去："石头城上，望天低吴楚，眼空无物。指点六朝形胜地，唯有青山如壁。蔽日旌旗，连云樯橹，白骨纷如雪。一江南北，消磨多少豪杰。"只消换几个名词，何尝不是眼前这座石头城的写照。

吴堡石城城墙里外的墙面均由石块砌成，最重的石块一吨有余，普通筑石也多在三百余斤，令我惊奇在生产力那么低下的古代，劳动人民是怎样"与天斗，与地斗"的？古吴堡石城就像古埃及金字塔，留给人们一个未解之谜。

走在石城，触目皆石：石门、石庙、石屋、石塔、石街、石墙、石道、石碾、石雕、石刻、石狮、石墩、石碑、石桥、石鼓、石凳、石碾、石磨、石柱、石臼、石杵、石板、石垛口……在阳光照耀下，它们熠熠发光。这是一座别开生面的石艺博物馆，是别具一格的"全国重点文物保护单位"，极具艺术观赏价值和科学考察价值，国家文物局古建顾问马旭初先生为之赞赏不已，马老说：中国古建以砖木结构为主，吴堡石城以石为主，实属少见，这些东西留下来真不容易。

在我看来，石城南门外的瓮城，更加具有历史文化价值。瓮城大门的匾额题字原为"带砺"，现为"石城"，城垣东、南、西、北四门均建有门楼，四方门顶上分别对应为"闻涛""重巽""明溪""望泽"字样的四块石匾，皆为清乾隆年间知县倪祥麟所题。更早年代的"生聚""南熏""威远""北固"匾额可惜已毁。从民居门匾题"义行可风"可窥民风一斑。城南西侧石壁上刻有"流觞池"，为明万历三十六年知县杜邦泰题写。流觞池位于石城南石塔寺下。古时每逢农历三月初三，文人墨客们纷纷前来聚会于此，酒酣之际必玩"曲水流觞"：放置酒杯于水池，让杯随水流，停留在谁面前，谁即取饮并作诗助兴。石城北官道旁西侧石壁上，刻有"逝者如斯"四字，落款"道光二十年冬，山右刘元凤题"。

风流云散，逝者如斯。想起孟浩然诗句："人事有代谢，往来成古今。江山留胜迹，我辈复登临。"历史，就像石城西侧悬崖下方的黄河水，不停地流淌，不断地翻腾。

陕北之子、红色革命先驱习仲勋曾经说过："城市的历史要延续下去，应该留下一些历史符号，没有实实在在的东西就是空的。"古吴堡石城，就实实在在地屹立于黄河之畔、耸立于吴山之巅，成为"记得住历史沧桑、看得见岁月流痕、留得住文化根脉"的中华艺术瑰宝。

　　夕阳西下，枣花飘香。下得山来，奔往高家塄村，去品尝央视纪录片《舌尖上的中国》力推的"天下第一挂面"——吴堡手工空心挂面。该挂面须经十二道工序，是原生态的民间传统技艺，是农耕社会生产形态的缩影，是一份宝贵的历史遗产，对研究陕北饮食文化具有重要的参考价值。它绵细而又筋道，色、香、味十分诱人。餐间，有村民兴起唱起《赶牲灵》，歌毕，四座掌声经久不息。歌者大声宣告："《赶牲灵》作者张天恩，就是我们吴堡人！"自豪之情，溢于言表。我惊喜交加。传唱于世的《赶牲灵》，陕北民歌中最具代表性的《赶牲灵》，被誉为中国民歌之首的《赶牲灵》，我曾登台演唱的《赶牲灵》，原来就源自我脚下这片黄土地，而且，这位为民间音乐作出巨大贡献的艺术家，竟是一位时常赶着牲灵往返于秦晋的普通乡民。陕北民间艺术，有时简单至极，有时丰富无比，令人绝倒，令人迷醉。

　　当战争的硝烟散尽，当历史的尘埃落定，正是人性中对美和爱的向往和追求，让天地间充满生机，让人世间充满美好。

北面山河

　　第一次到陕北时，瞬间被击中了：脚下是世界上最广最深的黄土，地球上最大的黄土高原，被鬼斧天工切割得千沟万壑，气势磅礴地伸向天空；中华民族母亲河黄河，狂怒咆哮一泻万丈，浩浩荡荡泥沙俱下……

　　而当我来到陕北偏北的榆林横山，目睹"龙隐之脉"横山山脉穿过黄土高原横亘天际，亲见无定河趟过塞北沙漠漫延横山全境，我对这片土地充满了敬畏；当得知在这片神奇辽阔的黄土地上，一代代帝王将相大展雄才伟略，一位位英雄豪杰泼洒满腔热血，一曲曲历史交响激越昂扬，一首首壮丽诗篇千古流传，我对"龙兴之地"横山高山仰止。

一

　　"欲知塞上千秋事，唯有横山古银州。"

　　陕北的深冬季节，让我感觉犹如置身于西伯利亚般寒冷，昔日沙漠与高原相接的横山，经过长期植树造林，早已被层层绿色覆盖，看不到我期待的塞外风光，但在寒冬腊月里，郊外岇塬上也还是衰草枯黄。刺骨寒风将我的脸抽打得生疼，我瑟缩在超厚的大棉袍里，循着时间的线索，探听古银州废墟下的历史回响。

古银州林茂粮丰、马壮羊肥，是漠北游牧民族活动的历史舞台，也是他们进犯关中的跳板。汉人、匈奴人、鲜卑人、突厥人、回纥人、契丹人、蒙古人，曾在这儿龙争虎斗，绝大部分又像天上的神鹰一样不知所踪。

银州城势扼中央总绾南北，分为"上城""下城"两座城池，上城始置于南北朝周武帝三年，即古银州遗址所在地，为全国重点文物保护单位；秦朝增建的下城，为上郡肤施城，是秦始皇迷信"亡秦者胡也"而修筑的军事防御城堡。

隋朝战乱，银州城被废；隋末唐初，横山人梁师都建立梁国，大举重建。

举旗抗宋的党项族英雄李继迁，就是古银州人。但凡历史上的重要人物，总是奇人异相。《宋史·李继迁传》记载："继迁生于银州之无定河，生而有齿。"《辽史》说，李继迁本是北魏皇族拓跋氏的后裔。

文献资料称："横山天堑，下临平夏，夏国存亡所系。""夏国素恃横山诸族帐劲强善战，用以抗衡中国。"北宋大将种谔、沈括联名上书皇帝，对横山有过一段高论："横山延袤千里，多马宜稼，人物劲悍善战，且有盐铁之利，夏人恃以为生。其城垒皆控险，足以守御。今之兴功，当自银州始。其次迁宥州于乌延，又其次修夏州，三郡鼎峙，则横山之地已囊括其中。又其次修盐州，以据两池之利，尽归中国。其势居高俯视兴、灵，可以直覆夏巢。"

横山是党项人的根据地，银州是西夏政权的发祥地。

北宋国策崇文抑武，漠北游牧民族趁机坐大。战争是最有效的征服方式。李继迁招兵买马，银州南山寨是他的练兵场。当羽翼日丰，他拥兵自重封疆自立，建立起割据王朝：夏国。他练兵的山寨得名李继迁寨。李继迁长子李德明"为人深沉有气度，多权谋，幼晓佛书"，守着父亲遗下的小金銮殿韬光养晦，"深挖洞广积粮不称霸"。公元一〇〇四年，李继迁长孙李元昊，也在银州呱呱落地，甫一亮相就不同凡响，"坠地啼声英异，两目奕奕有光，众人异之"。元昊果然非慈眉善目之辈，少时"喜兵书，甚英武"，成年后"性雄毅，多大略"，心雄万夫觊觎天下，八方劫掠四处扩张，三十四岁时终于如愿称帝建国，史称西夏。他大兴文教，创建西夏文字，强令所有文书、佛经以之书写；他大举改革振衰起弱，发展农牧鼓励垦荒，促使国力十分雄厚，自有底气先后与宋、辽、金鼎立。

两军对垒，无论哪一方，"得横山之利以为资，恃横山之险以为固"。银州地势险峻、群山拱卫，更是易守难攻，成为宋兵北进的屏障。党项人当然知道银州的重要性，一直严防死守，双方激烈争夺，拉锯战中各有胜败。种谔谋划占据横山，无奈始终不得，有次终于得胜回朝，北宋满朝文武弹冠相庆，苏轼以诗咏之："闻说将军取乞银，将军旗鼓捷如神。应知无定河边柳，得共江南雪絮春。"此时的苏氏之作，与"谪居于黄，杜门深居，驰骋翰墨，其文一变，如川之方至"后的东坡诗词，真不可同日而语。

无定河边柳，俗称"断头柳"，枝条昂扬向上，越是被砍越是长得粗壮，是陕北独有的特殊景观，其顽强坚韧的生命像极了陕北汉子。

于政治、军事、外交、科学、文学无所不能的全才沈括，因揭发文友苏轼"诗文愚弄朝廷"，成为"乌台诗案"的始作俑者。苏轼连遭贬谪——"问汝平生功业，黄州惠州儋州"，沈括则借此官运亨通。"君子难敌小人",古今皆然。"回看秦塞低如马,渐见黄河直北流。天威卷地过黄河,万里羌人尽汉歌。莫堰横山倒流水,从教西去作恩波",是"知延州,兼任鄜延路经略安抚使"沈括在横山写下的战歌,那时春风得意的他,何曾料到日后横山会成为自己的滑铁卢。西夏出兵二十万侵宋,兵败如山倒的"永乐之战",成为他跌落的悬崖,加上背叛旧主王安石,他令皇帝不齿,被弹劾,遭贬谪,也是现世现报。他心灰意冷,专心治学,在著述《梦溪笔谈》中回忆道:"余尝过无定河,度活沙,人马履之百步外皆动,倾倾然如人行幕上,其下足处虽甚坚,若遇其一陷则人马拖车应时皆没,至有数百人平陷无孑遗者。"寥寥数语,生动描述出无定河的漂浮无定,可见北宋时期的无定河,已不复赫连勃勃所赞叹的"美哉斯阜,临广泽而带清流,吾行地多矣,未有若斯之美"。正是因为无定河甚美,赫连勃勃以横山为根据地建立大夏国,定都无定河畔统万城。

为除心头之患,大宋先后派狄青、夏竦、韩琦、范仲淹、韩世忠等重臣名将,在塞北重镇横山戍边,以抵御征讨西夏。狄青旗开得胜的峁塬"狄青塬",在县城西南四十公里处,现入选"横山新八景"。当时民谣云:"军中有一韩,西贼闻之心寒;军中有一范,西贼闻之胆战。"说的就是韩琦、范仲淹令西夏人闻名丧胆。年过半百的范仲淹,于横山边境作"春思""秋思","人不寐,将军白发征夫泪"一句,最是动人心弦。因大败西夏沙场建功,直言上谏一再遭贬的范仲淹,终于得以回到京城。

古人尚武,文人大多是热血男儿,"宁为百夫长,胜作一书生";反过来,很多武将也文采过人,岳飞的《满江红》横绝古今。颜真卿、高适、岑参、王昌龄、谢安、文天祥、范仲淹、辛弃疾、陆游、岳飞、王阳明,这一串在中国文化史上熠熠生辉的名字,这些"上马能杀贼，下马能草檄"的才俊英杰，个个剑卷长虹、笔挟风雷，人人刚直忠烈、视死如归，是真正的国家栋梁、时代脊梁。

对西夏来说，虎患未除狼祸又起：横山防线被破，本已进退失据，漠北蒙古又正崛起，成吉思汗所向披靡。银州被屠城、龙兴寺、皇宫王陵被毁，党项被屠戮几百万人。要彻底灭亡一个民族，必灭其语言文字，"灭其国而并灭其史"。虎踞西北近二百年、对中国民族历史发展产生过深远影响的西夏王朝，湮没于元军铁骑飞扬的滚滚黄尘里；灿烂迷人的西夏文化，消失于历史的云谲波诡中。

国破山河在，城春草木深。古银州渐渐被人遗忘，直到李自成逃难而至绝地逢生，才刷了一次存在感。民国时期，由本土进士邀请临时大总统徐世昌书写"古银州"三字、时任县长主持勒石的摩崖石刻，至今悬于无定河南岸，无言地诉说这片古老土地的昔日辉煌。

虽然遭到无休止的破坏，古银州也还是留下了可观的历史遗存，从石器时代以降，几乎每个历史时期的物器都有。党项人留下的历史遗迹更多：肃穆寂寞的王陵、党项贵族的墓志、琳琅满目的壁画、粗犷拙朴的石刻、形状各异的陶罐、精雕细琢的玉饰、制作精美的青铜器……这些珍贵的历史文物，曾零落于荒野蔓草间，经历过漫长的等待，尘封着西夏的荣光，而今陈设在古银州城遗址上的几间民房里。

古银州民间博物馆，是我见过最简陋的博物馆。

二

西夏亡国四百多年后，李自成出生于李继迁寨。

旧县志写道，李自成降生时，家里土窑"洞壁现蛟蛇奇纹，层剥不没"。我钻进过他家窑洞，没有看到"蛟蛇奇纹"，或许因为我俗人凡眼吧。土窑下方有一个被淤的隧洞，据说是李继迁的兵器库，民国时村民从洞中掘出过冷兵器。土窑前方地势平缓，是李继迁的练兵场，窑后梁峁相连的"蟠龙沟"，时而高挺时而平缓，犹如巨龙盘旋。登高四顾，千壑拱四周，万塬拜其下，的确风水宝地。

王侯将相宁有种乎？《明史列传》称，李继迁是李自成的远祖，李自成是李继迁的后裔。当年，有少数西夏王公贵族从元军的血洗中侥幸逃出，隐匿民间，或游牧或农耕。穷人家的孩子李自成，七岁到长峁墕打童工，"天地一笼统，井上一窟窿。黑狗身上白，白狗身上肿"，这首别有趣味的《咏雪》诗，被认为是少年放羊娃李自成之作，可看出他从小就胸有丘壑。如此说来，李自成才是"打油诗"鼻祖。

关于李自成，有很多民间传说、演义，最神乎其神的是说他乃天宫紫薇星下凡，他在仙界佩戴过的九龙宝刀，随之同时降世，落于李继迁兵器库，直到一九四六年，横山游击队员还拿着它攻过波罗围过榆林，此后宝刀不知下落。长峁墕留有"坐龙墩""坐朝峁""旗杆""饮马泉"等遗址，加上三代土龙碑的传说，还有"六月天冰冻黄河"的传奇，以及闯王台闯王显灵的传言等等，都神话着这位土生土长的"真龙天子"。民间最为津津乐道的是：崇祯皇帝让人挖了李自成的祖坟以断其龙脉，李自成攻入北京逼得崇祯皇帝上吊自尽，正所谓"天道好轮回，苍天饶过谁"。还有康熙御驾巡幸陕北，明察波罗城堡，暗访闯王故里……

话说李自成率起义军从陕北出发，威号闯王，一路攻城掠地，好不威风。"剑光闪闪亘长虹，百怪惊逃竟避锋。点缀江山无限景，吟身疑在画图中"，这是闯王自题，何等意气风发。李闯王定陕西，灭明朝，龙袍加身，登上大位，国号"大顺"，建元"永昌"。当时的形势，对李自成及其大顺政权来说一派大好，谁也没有想到很快就被翻了盘，真是"其兴也勃焉，其亡也忽焉"。这一曲历史悲歌，引得多少人扼腕。底层的人一旦掌权，难免把握不住自己，智识的盲点、道德的弱点、文化的缺点，使闯王和他的执政团队迅速忘掉了"初心"，权争、骄奢、腐败、怠政四起，焉能不败？郭沫若在《甲申三百年祭》文中，将其剖析得淋漓尽致，新鼎初得的中国共产党，视其为前车之鉴。

大顺政权像一颗流星，在历史的天空划过，闪过一道短暂而耀眼的光芒，然而，它在世界农民战争史上留下了浓墨重彩的一笔，在中国历史长卷中写下了绚丽的篇章。"农民领袖"李自成仍不失其伟大，欧洲人称之为"十五世纪最伟大革命家"。在我看来，李自成是一个革命家，是一个统治者，不是一位杰出的政治领袖。

中国堪舆祖师、风水宗师杨益说"自古英雄多出西北"，盖因"西北多山，得天地严凝正气，其龙最垂久远，形胜完全，上钟三垣吉气，宜英雄出于其中"。雄伟的高原、巍峨的横山、奔腾的无定河，养育了无数横山儿女，塑造了他们独特的精神气质。简直不可思议，以李继迁寨为中心，区区方圆几十里，横山竟然出现过大小八位帝王。这些枭雄豪杰，在黄土高原上搅起历史风云，在刀光剑影中书写铁血人生。

革命是陕北男人的本色。榆林地接甘、宁、蒙、晋，又是明清朝廷流放京官之所，历史上多民族的融合，赋予横山人强健的体魄，壮阔绝域对民众人格的潜移默化，使横山人拥有悍勇刚烈的性格。

在中国革命史上，横山游击队之壮举之盛名，可与"铁道游击队""平原游击队"相媲美。"没有陕北闹红，就不会有中央红军来陕北"，横山人自豪地告诉我。中央红军爬雪山过草地抵达陕北后，作为陕北红色革命发源地的横山，成千上万的群众追随着队伍要求参军，加上兵强马壮的横山游击队员，只剩下六千勇士的中央红军得以迅速发展壮大。《横山里下来些游击队》，就是那时候诞生于横山的一首陕北新民歌，真挚的感情、优美的旋律，使它从陕北风靡全国，被编入音乐课本，成为红色经典，至今传唱不衰。

三

当孤独的牧羊人，失意地踟蹰在拦羊的崖畔上；当辛勤的庄稼汉，孤寂劳作在空旷的圪梁梁上；当赶牲灵的脚夫，独自行走在荒凉的山道上；当窑前院落的婆姨，思想起离家远行的那个人……信天游就由衷而生脱口而出。高亢悠长的曲调，随天而游跌宕起伏；九曲回肠的歌声，唱尽了人生的况味。

贝多芬说过："音乐是比一切智慧、一切哲学更高的启示，谁能参透我音乐的意义，便能超脱寻常人无以自拔的苦难。"理论终究是灰色的，而信天游是活色生香的。

谨遵孔老夫子谆谆教导的汉民族，"非礼勿视，非礼勿听，非礼勿言，非礼勿动"，多少人失了本心本性，陕北人却普遍例外。"城头上跑马还嫌低，面对面睡下还想你""对面山的那个圪梁梁上那是一个谁，那就是咱们那要命的二妹妹""山挡不住云彩，树挡不住风，神仙挡不住人想人""你若是我的哥哥哟，招一招的那个手；哎哟你若不是我那哥哥哟，走你的那个路"……天真未凿，真挚热烈，大道至简，至纯至美。有时候听到它们，全身就像过了电，这样的歌曲，拥有摧毁人的力量。难怪王洛宾感慨："最美的旋律最美的诗就在西部，就在自己的国土上。大西北的民歌，有欧美音乐无法比拟的韵味和魅力！"

面对这样的艺术，今天的音乐家们，只能甘拜下风，承认自己无能为力。

不知为什么，陕北民歌总是让我感觉到苍凉，或许因为过美的事物往往让人内心脆弱。旋律明快的管弦乐曲《春节序曲》，以陕北民歌、唢呐和秧歌音调为素材，用以表现人们喜气洋洋过佳节，然而在热闹欢腾的深处，我始终感受到一种隐隐的忧伤。"城头上跑马"的旋律，被马思聪演变成闻名中外的《思乡曲》，更是直抵我内心最柔软处，从中丝丝缕缕抽出难言的怅惘。

腰鼓、说书、信天游，陕北这三大文化遗产，全都源自横山。横山盲艺人韩起祥，曾在延安给中共领导人说书，担任过新中国首任曲艺协会主席。

横山老腰鼓又称"文腰鼓"，是现存唯一的老腰鼓，根据庙宇石碑文字存证考据，它出现的年代可追溯到明代中期。古时戍守长城的士兵，身佩腰鼓作为报警工具，发现敌情即鸣鼓为号，一传十、十传百传递消息。在骑兵阵战冲锋中，也以腰鼓助威，激发将士斗志。鼓角是冲锋的命令，鸣锣是收兵的号令。打了胜仗，将士击鼓起舞狂欢；鼓手行走的队列，诸如"黑驴滚轴""转九曲""十二莲灯"，便是作战阵图。边民久居塞上，也习而为之，腰鼓逐渐应用于民间娱乐，演变成激昂刚劲、带有军旅色彩的腰鼓艺术。

而高家沟给我们展示的是"武腰鼓"，比老腰鼓还要威猛的武腰鼓，又一次带给我们绝大的惊喜。

　　苍天下，厚土上，一群强壮的农家汉子，带着憨厚的笑容，身着闯王起义服装，以黄土地为舞台，手中的鼓槌一飞扬，立刻龙腾虎跃，如万马奔腾，似狂飙突进。雄迈的鼓点、雄健的步伐、雄强的舞姿、雄壮的呐喊……令地动山摇，令目眩神迷。女子为数不多，在队伍中只是点缀，但牢牢抓着观者的眼睛。俏丽的花衣、动人的身姿、羞涩的神情、纯真的眼神，使她们清新妩媚得就像崖畔上的野山花，那种自带而不自知的风情，让我感叹有的人煞费苦心装扮却只是徒劳。

　　这种反差强烈的混搭堪称极致。同行的各界大佬不住赞叹："男是男，女是女，真好，真美！"我嚷嚷："还以为本宫已如老僧入定，刀枪不入、百毒不侵了，今天又乱了芳心！"

　　我情不自禁哼唱起《赶牲灵》。听到"白脖子的那个哈巴哟朝南的那个咬"时，音乐界大神田青老师没好气地打断我："黄土高原上哪来的哈巴狗？原生态陕北民歌，怎么会出现这样的歌词？'白脖脖的那个下巴哟朝南的那个窑'！注意没有，陕北的窑洞全都是朝南的。"我弱弱地为自己辩护："我也一直纳闷，但看到歌本、影碟都这么写……""都这么写，就一定正确吗？"他丝毫不留情面。田老师特立独行，极力挖掘推广原生态民歌。

　　早在延安时期，红色文艺家已致力于搜集、整理、传承、创新陕北民歌，使信天游老树发新枝，成为革命艺术中一枝奇异花朵。对延安艺术家来说，音乐不是殿堂艺术，不是沙龙风雅，而是信仰与奋斗的精神，是革命人格的象征。

　　"文字铭心，音乐刻骨。"朝代兴替，山河易主，一代人去了，一代人又来，陕北民歌生生不息，在天地间永远传唱。

四

横山古堡古寺很多，建筑艺术独树一帜。明代建成的响水堡龙泉大寺，是横山规模最大的寺庙，其名源于寺内的龙井。响水堡盘龙寺名闻遐迩，史志记载，盘龙山"横江怪石，盘绕无定河边，远望若踞河中，石如盘龙，故名"，盘龙寺因山得名。寺门外九龙壁背面的回文诗"桥水响流双浪开，寺龙盘塔绕河来。迢迢路远岸垂柳，樵唱晚舟鱼钓台"，系本土人士、清朝吏部官员曹子正所作。

然而，比起大名鼎鼎的波罗堡接引寺，龙泉大寺和盘龙寺弱爆了。

波罗，山环水抱，万壑朝宗，秦直道纵贯其境，无定河流贯其境，古长城横贯全境；波罗，北魏建城，明初建堡，城堡雄踞大漠边关，崛立于无定河畔，坐落于长城脚下。波罗的来头不得了，《怀远县志》记述："波罗堡西山石峻起，上有足形，一显一晦，俗传为如来入东土返西天之所，故构波罗寺，供如来像于其中。"

"波罗"为佛经梵语，即"波罗蜜多"的简称，佛偈咒语"揭谛揭谛，波罗揭谛"，意为"去吧，去吧，快到彼岸去吧"。"死就是生"，是佛教教义真谛，眼前一座题刻"梦回天国"的巨大牌楼，让我恍兮惚兮不知天上人间。

黄云山上的波罗，弥漫着佛光紫气，乃"佛掌上的明珠""来自天国的地方"。

然而，波罗不只有香火，还有战火，不只有诵经，还有杀伐，所以，在凝紫、重光、凤翱、通顺这四座城门里，既建有玉帝楼、三官楼、魁星阁、城隍庙、老爷庙等佛道庙宇，也建有总兵关、中协署、参将府、守备署、炮台、箭楼、钟楼等军事设施。座座城门，气势恢宏；处处城楼，尽显峥嵘。

我非常喜欢波罗的建筑风格，不雕龙画凤，不金碧辉煌，大气不失精致，简约而又典雅。整座城堡呈灰色基调，有佛门静穆之气，宜于安放心灵。

无论手持玉帛者，还是手持干戈者，无论是无神论者，还是虔诚的佛教徒，这些帝王都有波罗情结：李继迁驻军于此，李德明常来拜佛；李元昊奉佛教为国教，将接引寺定为国寺，将波罗作为粮仓"金窖"；继位的李谅祚遵父元昊嘱前来行礼还愿，西夏三世李仁孝依祖训为国寺赐龙虎旗；李自成侄儿、大顺制将军李过，奉闯王命在接引寺立"闯王碑"；康熙大帝御驾亲征噶尔丹时，专程绕道波罗驻跸礼佛，御笔亲题"接引寺"；乾隆皇帝为接引寺御书"慈悲千古"，并特赐匾额；嘉庆皇帝钦遗御用红绸，上书"奇佛一座，万古留传"……

波罗还有一处名胜，也与帝王有关——马鞍山上的一个险要关隘，俗称"斩贼关"，因将士连续三年在此击退进犯的蒙古骑兵，万历皇帝龙颜大悦，且认定三战三捷有赖于当地关公庙保佑，将此地赐名"三捷关"。

横山佛塔和石窟也不少，以波罗的凌霄塔和准提寺石窟最为著名。唐代，波罗城里还有一座大雷音寺，相传寺内有一口神奇的水井，井水能照出来者的前世今生和善恶果报，老百姓称之为"前世井""来世井""三世井""劝世井"。可惜的是，因为它成了州官的照妖镜，被恼羞成怒的州官给填平了。

登上灵霄塔，远眺无定河，"可怜无定河边骨，犹是春闺梦里人"，这悲壮又凄美的诗句，立刻涌上心头。"无定河边暮笛声，赫连台畔旅人情。函关归路千余里，一夕秋风白发生。"同样令我"登高望远，心中生悲"。

几千年来，无定河日夜不息，流过匈奴人最后的都城，划分出游牧与农耕文明的界限，冲刷出黄土高原上的湿地绿洲。无定河，贯穿着横山的古往今来，记录着横山的沧海桑田；塞下、无定河，催生出多少流传后世的边塞诗。

从某种意义上来说，人类历史就是一部战争史，历史的车轮滚滚向前，有时是由鲜血来润滑的。"三国"之前，雄豪列强争夺天下，多在黄河流域开打，自夏、商、周始，从秦、汉、隋、唐到宋、元、明、清，无定河畔硝烟弥漫，连佛门净地波罗也不能幸免。战争舞台的背后，是佛家虚远的空门，对于饱经战乱者来说，倒不失为一种解脱之道，毕竟虚无里也有一点好的东西：超脱。

饱经战事的波罗，可谓一座铁血古城：宋朝，波罗是抗击西夏的前沿阵地。明朝，元军入侵波罗，闯王也打进过波罗。康熙年间，农民起义军攻占波罗城。同治七年，回民起义军攻下波罗堡。清末明初，"哥老会"占领过波罗城。一九四六年，国民党大军围困延安，双方力量极为悬殊，形势异常严峻，危难关头，中共西北局书记习仲勋策反驻守波罗的国民党将领胡景铎，胡率五千多官兵举行横山起义（波罗起义），为中共中央转战陕北打开了通道，为建立新中国作出了卓越贡献。

横山起义驻军司令部，系明清民居建筑，是波罗的红色地标。明清时波罗最为繁盛，为陕北军事政治要地，得名"小北京"，也是陕北经济文化交流中心，别名"小扬州"。

独特的边塞文化、丰富的军事文化、神秘的宗教文化、厚重的红色文化，交织出波罗城堡与众不同的迷人气质。走在波罗古镇上，随处可触摸到历史：每一段断垣残壁，都是历史的痕迹；每一片灰砖青瓦，都落满历史的尘埃；每一座古寺佛塔，都散发历史的华光。

一个地方就像一个人，难免盛极而衰。波罗显赫过，衰落过，现又金身重塑：波罗通用航空机场在建，波罗发电厂是陕西电力的肱骨。波罗"千亿矿产"世人皆知，不知波罗还能给人带来多少惊奇。

横山，地底下埋藏着历史深层的奥秘，也埋藏着无比富饶的能源矿藏。而今的横山，是国家的一座宝库，是陕西能源走廊的核心地带，是"中国科威特"榆林的缩影，正创造着黄土高原上新的奇迹。

永远的丰碑

作为生长于江西这片红色土地的女儿，我无比景仰方志敏，对祖国和人民赤胆忠心的他，是永远屹立于我心中的一座丰碑。

少年时在课本中学过《可爱的中国》，"假如我还能生存，那我生存一天就要为中国呼喊一天；假如我不能生存——死了，我流血的地方，或者我瘗骨的地方，或许会长出一朵可爱的花来，这朵花你们就看做是我的精诚的寄托吧！"多么赤诚的心灵，多么崇高的品格，我为方志敏"是我们江西人"感到骄傲。

方志敏心中"可爱的花"，就是杜鹃。在江西，杜鹃花还有一个美丽动听的名称：映山红。

我曾三上南昌城郊的梅岭，无限崇敬地瞻仰庄严肃穆的方志敏烈士墓。墓碑正中镌刻着毛泽东题词"方志敏烈士之墓"。毛泽东曾说："方志敏同志是有勇气有志气而且是很有才华的共产党员，他死得伟大，我很怀念他。"

而真正了解到方志敏的"有勇气有志气而且是很有才华"，是在今年清明时节，在我走进横峰之后。

位于赣东北、地处闽浙皖赣四省要冲的江西横峰县，是著名的革命老区。在那如火如荼的岁月里，方志敏在此叱咤风云，率领民众以两条半枪起家，发动弋（阳）横（峰）暴动，领导建立江西红军独立第一团、中国工农红军第十军，创建全国六大革命根据地之一的闽浙皖赣革命根据地。当年，横峰六万人口就有两万儿女参军参战，有名有姓的烈士逾六千，几乎家家户户都有为国捐躯的革命先烈，横峰为中国革命的胜利作出了重大牺牲和突出贡献。闽浙皖赣革命根据地，被毛泽东誉为"方志敏式的根据地""我们光荣的模范苏区"。而今，保存完好的闽浙皖赣革命根据地红色旧址群被列为"全国爱国主义教育基地"，系国家级重点文物保护单位。

与毛泽东、彭湃一道被公认为"农民大王"的方志敏，是一位饱读诗书之士。

十六岁时，他挥就自况自勉自励的对联："心有三爱奇书骏马佳山水；园栽四物青松翠竹洁梅兰。"后来他分别以松、竹、梅、兰为四个儿女取名，其心志高远、心性高洁可窥一斑。

青年时期他求学上海，担任过《民国日报》校对；他写作的白话小说《谋事》在《觉悟》副刊发表，与鲁迅、郁达夫、叶圣陶等著名作家的作品一起入选上海小说研究所编印的《小说年鉴》。在上海，他结识了陈独秀、瞿秋白、恽代英、向警予等著名中共领导人，加入了中国共产党。回到江西后他创办"文化书社"，创建"马克思学说研究会"，出版《青年声》周报和《寸铁》旬刊。身为党政军领导人的他，还曾编写话剧《年关斗争》并登台演出。

出众的文学艺术才华，加上理想主义精神、浪漫主义气质，使他气度超群、卓尔不凡。他三十来岁就担任国民政府江西省委委员兼农业部部长，正可谓青年才俊"前途无量"。然而，为了信仰——共产主义信仰，他毅然决然踏上"革命"这条九死一生的道路。

横峰县葛源镇，峰峦交织，地势险要，自古为兵家必争之地，方志敏在此把马克思主义与赣东北实际相结合，创建了中国共产党苏维埃政权，创造出一整套建党、建军和建立红色政权的经验：率领起义农军开展游击战争，提炼出"出其不意、攻其不备、声东击西、避实就虚"的十六字战略要诀；首创地雷战，把人民战争提高到新水平；建立拥有"铁的纪律"的红十军，一年内连续打退国民党军多次"进剿"。

在葛源——当年赣东北革命根据地的心脏，方志敏亲手缔造出一个红色天地：创建中国工农红军第一座军校、第一所医院、第一支军乐队，首创中国共产党第一家银行、苏区股份制、对外开放的边贸政策、第一座公园（列宁公园），还创办了一批学校和文化、教育、卫生单位。

天纵英才，他在政治、经济、军事、管理、文学、艺术上都有那么高的天分；岁月流逝，斗转星移，而他创造的那些传奇，永远不会失去光辉。

沿着崎岖蜿蜒的山路，我来到横峰葛源，踏着革命先驱的足迹，走进闽浙皖赣革命根据地旧址群——闽浙皖赣苏维埃政府旧址、中共闽浙皖赣省委机关旧址、闽浙皖赣省军区司令部旧址、红军操场司令台遗址的综合体——也就是方志敏的理想王国、红色王国。

方志敏故居前，有一棵他亲手种下的芭蕉树，神奇的是，八十多年来，这棵芭蕉树年年春天发新绿。我轻轻地抚摸着它，想象着当年他在树旁是怎样的英姿勃发、笑如朗月，心底一阵阵发痛。在列宁公园，他也兴致勃勃地亲手植下了一株梭椤树，传说那正是月亮里吴刚永远砍不倒的桂花树。他是那么地热爱生活，他是那么地富有生活情趣。他住着一间阴暗简陋的屋子，所有家当就是一张挂着土蚊帐的老式架子硬板床、一张破旧办公桌和一把破损木椅，与赣地普通农夫住处无异，只有墙壁上糊着的因年代久远字迹已模糊的《红色东北》报和英文报纸，提示着房间主人的非同寻常。他曾在美国人创办的教会学校念书，能直接无碍阅读英文报刊。

一九三四年，为宣传中国共产党的抗日主张，推动全民族抗日救亡运动，策应中央主力红军战略大转移，病痛在身的方志敏临危受命，出任中国工农红军北上抗日先遣队总司令，去开辟新苏区并迫使国民党变更战略部署。这是"小马拉大车"的极其困难的军事行动，但方志敏誓言"党要我们做什么事，虽死不辞"。历时半年多、行程五千余里、在冰天雪地里浴血奋战二十多天后，他的队伍弹尽粮绝。本来已经突围的他，认为"在责任上我不能先走"，非要亲自接应后续部队，仅仅率领着十几名警卫人员，又返回敌军的重重包围圈。

这个至情至性的硬汉子，这个舍生取义的大丈夫，不幸被俘。国民党士兵从他身上只搜到一只怀表和一支钢笔。敌人怎么也不肯相信，这个闽浙皖赣苏维埃政府主席兼财政部长，全部财产只有两套旧褂裤和几双线袜。

他被押解到南昌，当时一家美国报纸记者描述了在国民党驻赣"绥靖公署"举办的"庆祝生擒方志敏大会"上见到的情景："戴了脚镣手铐而站立在铁甲车上之方志敏，其态度之激昂，使观众表示无限敬仰。周围是由大会兵马森严戒备着。观众看见方志敏后，谁也不发一言，大家默然无声。即使蒋介石参谋部之军官亦莫不如此。观众之静默，适足证明观众对此气魄昂然之囚犯，表示无限之尊敬及同情。"

撼山易，撼英雄难。在狱中，方志敏严词拒绝敌人高官厚禄的诱惑，宁死不屈。他声明："我愿牺牲一切，贡献于苏维埃和革命。"他英勇就义，年仅三十六岁。很多人目睹了他就义前的情形：举止汪洋，巍然刚毅，视死如归。

他已经杀身成仁，他的确功德卓著，他堪称道德完美。在生命最后的日子里，他克服种种难以想象的困难，写下十几万字重要文稿和信件。在《在狱致全体同志书》和《我从事革命斗争的略述》这两篇遗墨中，他在深切怀念战友的同时，不断反省自己的过失，主动承担战争失利的责任，不时沉痛严苛自责。

峻拔如孤峰绝壁，明净如高山积雪，高远如长空彩虹，坚润如金石蕙兰。这就是方志敏。

而他的不朽之作《清贫》，我每读一遍都会为之动容："我从事革命斗争，已经十余年了。在这长期的奋斗中，我一向是过着朴素的生活，从没有奢侈过。""清贫，洁白朴素的生活，正是我们革命者能够战胜许多困难的地方！"

《清贫》，是中华民族难以磨灭的文化记忆；清贫精神，是中国共产党的理想信念，是中国革命精神的重要组成部分。英雄虽逝，浩气长存，功勋不朽，精神永在，光耀千秋。

暮春四月，葛源杜鹃花漫山遍野，撼人心魄。我来到方志敏烈士纪念馆，为这个赤诚忠勇的先烈、清贫自守的领袖、灵魂圣洁的英雄、雄才大略的伟人、人格伟岸的革命家，以及所有牺牲在这片红色土地上的革命烈士，敬献花圈。大山静默，林风轻拂；我深深鞠躬，泪洒衣襟。

天赐玉山

北方已进入凛冽寒冬，秋韵还在玉山徘徊，藏在林中，凝在叶上，飘在天空，落在花间。

千年古邑玉山，雄居江西东大门，以境内有怀玉山得名，历史源远流长，文化积淀深厚，文人墨客遗留的观光游记、诗词、歌咏数不胜数，其中以古诗词"冰为溪水玉为山""半江青山半江城""水含金沙山怀玉"，最能道其神髓；近代著名文学家郁达夫誉之"东方威尼斯"，更使其美名远扬。

玉山外揽山水之秀，内得人文之胜。集中国山川之美的玉山，不仅多名山秀水，风景星罗棋布，且人文荟萃，多名胜古迹。"唐宋元明清，从古看到今"：唐阎立本墓，宋怀玉书院、端明书院，元"青花云龙纹象耳瓶"，明文成塔、状元牌坊、红石条城墙，清童生考棚、旌德会馆，还有民国时期的机场，以及武安山东麓的南宋行宫遗址、名震遐迩的东岳庙……一一见证着玉山昔日的繁华与辉煌。地球上有三大生态系统：湿地、森林、海洋。玉山有三清山世界地质公园，有怀玉山国家森林公园，有信江源国家湿地公园，三居其二。

漏底村，名字让人感觉很神秘，缘于地下有天河，因而村庄从未被洪涝肆虐过。她遗世独立、静谧从容、本色天然，让我一见动心。村头有沉寂千年的青岩石壁，村里屋前舍后山花烂漫、遍地野果、鸡鸭成群、童子嬉戏。原生态的漏底村，就是一个桃花源。

金色的阳光从云层间洒落，照耀着澄澈剔透的三清湖水，湛蓝的湖面，犹如一匹闪闪发亮的绫罗绸缎。看着湖水荡漾的光影变幻，我想起梭罗的瓦尔登湖，明白了他为何要弃绝浮华回归自然。湖中有连绵十里的溶洞群，有佛教圣地少华山，让我联想起韩国经典影片《冬去春来》，它演绎的就是一个湖心小岛上的悲欢离合，以四季更替阐释人生无常。

"三清第一景"天梁，既勾连三清山，也连接漏底村，还有地下暗河与三清湖相通。天梁山峰峻谷幽、怪石林立，石门天梁雄伟壮观，暗河溶洞神秘莫测，民间传说丰富多彩，历来为文人雅士垂青。据史书记载，状元洞旁原有洞底松一株，宋高宗赵构曾为之写下《题汪状元洞底松》，御题我国历史上最年轻的钦点状元、玉山人士汪应辰。

走出天梁，泛舟金沙湾。弯弯曲曲、缓缓流淌的金沙溪，美得让我意乱情迷，曾经钟情过的那些河流，一下子就黯然失色了。河水波光粼粼，两岸茂林修竹，芦苇成片，水鸟成群，让人如临仙境。树林里造型各异的枝干，倒映在水中的树影，横在溪流上的拱桥，还有岸边浣洗的村妇和写生的学子，共同构成一幅美丽生动的江南水乡画卷。

怀玉山之名来自"天帝遗玉"。与三清山山脉相连的怀玉山，山顶玉峰被誉为"中国的普罗旺斯"，是难得的避暑胜地；山间有朱熹手书"蟠龙岗"摩崖石刻，有赵佑手题"高山流水"摩崖石刻；山下有金刚峰法海寺，寺旁有与江南四大书院齐名的怀玉书院，朱熹曾于此讲学并著述《玉山讲义》。怀玉山还曾是闽、浙、赣革命根据地，是方志敏烈士的蒙难地，是中国共产党清贫精神的发源地。怀玉山也矿藏丰富，盛产青石板材——一种世界稀缺矿产。

王安石、陆游、费宏、杨万里、顾况、郭劝、戴叔伦、王宗沐……一干文人墨客，对玉山不吝赞美，留下了大量诗文和摩崖石刻；"众里寻他千百度，蓦然回首，那人却在，灯火阑珊处"，这不朽诗句是辛弃疾在玉山写就的。

文人墨客流连驻足玉山，书画大家阎立本却是将身家性命奉献给了玉山，这位画出过传世名作《步辇图》《历代帝王图》的唐代宰相，对玉山一见倾心，竟至于抛却荣华富贵隐居于此，在此地悟无为、参佛法，将一切财物捐与僧人，后由六祖惠能将其宅院改建成江南名刹普宁寺。普宁寺环境清幽、风景秀丽，寺前，冰溪河似环形玉带，绕武安山潺潺流过。阎立本去世后，僧人将其墓筑于普宁寺后百余米处。

玉山如此多娇，引无数英雄竞折腰。玉山是江南重镇，位居闽、浙、赣三省要冲，"两江锁钥，八省通衢"，自古乃兵家必争之地。元末徐寿辉、陈友谅，太平天国石达开、李秀成，清代左宗棠等人，都曾踏上玉山留下足迹。

儒的博大、道的紫气、佛的灵光，皆汇聚于玉山，多元文化在此激荡融合，玉山兼容并蓄、传承创新，因而造就出往昔的"中国翰林第一村"、当今的全国"博士县""才子乡"。玉山得天独厚，玉山生机勃勃。天赐玉山，祝福玉山。

怀美人

姬别霸王

千年古县灵璧，因"山川灵秀，有石如璧"得名。它是奇石之乡，是钟馗故里，是"垓下之战"所在地。"虞姬、奇石、钟馗画，灵璧三绝甲天下"，是灵璧人的骄傲。

灵璧，别称霸王城。

霸王城、虞姬墓、散楚山、垓下古战场、张良吹箫台、金银山韩信点将台、十面埋伏、四面楚歌、霸王别姬……多少经典故事，多少历史传说，发生在灵璧，结束于灵璧，神话着灵璧，影响着灵璧。

垓下之战，是楚汉战争的关键之役，在中国战争史上地位举足轻重。《史记》《汉书·地理志》《安徽通志》，都确切表述了这场战争的发生地。郭沫若说得更是明白确凿：垓下在安徽省灵璧县南、沱河北岸。

司马迁在《史记》中写道：项羽军败垓下，兵少食尽，汉军及诸侯兵围之数重。夜闻汉军四面皆楚歌，项王乃大惊曰："汉皆已得楚乎？是何楚人之多也！"遂夜饮帐中，慷慨悲歌，自为诗曰："力拔山兮气盖世，时不利兮骓不逝。骓不逝兮可奈何，虞兮虞兮奈若何！"项王泣数行下，左右皆泣，莫能仰视。

一篇《项羽本纪》，在中华民族的文明史上，树起了一个悲剧英雄，还原了一个"败亦英豪"的西楚霸王。还有李清照一首《夏日绝句》："生当作人杰，死亦为鬼雄。至今思项羽，不肯过江东。"让一个大英雄、伟丈夫，永远屹立于国人心中，成为男子的榜样、女子的偶像。

而我此时此刻，"次灵璧之逆旅，面垓下之遗墟"之际，心中只有一代佳人虞姬。

"虞兮虞兮奈若何！"生死关头的深情泣问，能不让虞姬肝肠寸断？

恍惚之间，我看到虞姬泪流满面，听到了她的心声：

"大王！当年你我初逢，只惊鸿一瞥，我就知道自己的命运从此要与君生死与共。这正是我的梦想。我希望我的名字与一位伟大的人物紧密相连，永传于后世。我是不能容忍生命平庸的，然而我的世界一片混沌，直到你出现在我眼前，我才如获新生。你一身风云气，又如此情深意重，正是我渴慕的男人。两心相许，只在一盼；一见钟情，才是爱情的本质。外人不知情，对我们说三道四，胡说什么你是强夺美人，非说你霸王硬上弓，以为我心不甘情不愿，那些凡夫俗子哪里能懂得我的衷情。"

"自从我随大王东征西战，你的一切尽收眼底，从'一举两得'的雄心勃勃，到'鸿门宴'的优柔寡断，从'诸将皆作壁上观'中你的孤立刚烈，直至你破釜沉舟以一当十打出天下，你让我见识了什么是铮铮铁汉，什么是正直君子，什么是贵族精神，什么是高尚人格，什么是悲悯情怀。你重信义，你守规则，你真性情，这正是你最贵重的人品。你是一个理想主义者，不是一个机会主义者，你固然错失良机、铸成大恨，但你泼洒的是一腔热血，你昂扬的是宁为玉碎、不为瓦全的骨气，这才是我心目中真正的英雄。世间有比生命更宝贵的东西，这就是大王你教给我的真理。女人，没有崇拜就没有爱情。你这样的男人，哪个心灵高洁的女人不爱慕？而今，我死亦无憾！"

这就是虞姬的唯美气质，这就是虞姬的浪漫情怀。

"汉兵已略地，四方楚歌声。大王意气尽，贱妾何聊生。"虞姬一转身，拔剑自刎。这个瞬间，永远定格在历史的画卷中。鲜血落到地上，绽放出美丽的花朵"虞美人"。

一代佳人，其情惊天地，其义泣鬼神。

霸王的洒泪一歌，美人的挥剑一舞，让多少英雄豪杰为之折腰，让多少才子佳人为之掬泪。韩愈、孟郊、杜牧、王安石、苏轼、辛弃疾、袁枚……都曾为心目中的英雄美人留下诗篇。李清照的"生当作人杰，死亦为鬼雄。至今思项羽，不肯过江东"，豪气干云，力压群雄，最是让我拜服；"遗恨江东应未消，芳魂零乱任风飘。八千子弟同恨汉，不负君恩是楚腰"，清朝诗人何溥这首《虞美人》，最是让我肝肠寸断。

虞姬墓前，芳草萋萋。赢得英雄知己，桃花颜色亦千秋。

洛阳怀洛神

"若问古今兴废事，请君只看洛阳城。"这对于洛阳来说，一点也不过誉。

河南，东方文化的发源地；洛阳，华夏文明的发祥地。悠久的历史，孕育出洛阳灿烂的文化：经学盛传于洛阳，佛学兴起于洛阳，理学渊源于洛阳。源远流长的文化积淀、博大精深的文化遗存，使洛阳成为古代中国的缩影。

十三朝帝都洛阳是历史文化名城：牡丹国色天香、少林寺名闻天下、龙门石窟令人惊叹……还有关林、塔林、白马寺等名胜古迹，都让我感受到洛阳历史文化的厚重。

踏上这片土地，我最先想到的却是一个绝色女子，她"翩若惊鸿，宛若游龙。荣耀秋菊，华茂春松。仿佛兮若轻云之蔽月，飘飖兮若流风之回雪。远而望之皎若太阳升朝霞，迫而察之灼若芙蕖出绿波"。

她是"洛水之神"甄宓。

多年前读过的《洛神赋》，记忆犹新，对心灵的冲击犹在。曹植与"洛神""容与乎阳林，流眄乎于洛川"后，留下这篇赋中名作，将世俗的男女爱慕之情升华到诗意的美妙境界，其语意让人猜测甚多，但世人几乎一致公认：曹植心目中的洛神，就是他的皇嫂甄宓。

这又是一个薄命红颜的故事：三国第一美人甄宓，原是袁绍的儿媳妇，曹丕杀了她丈夫袁熙，强占她为妻，后来又冷落她，最后狠心赐她自尽。而甄氏，原本不爱曹丕，却与小叔子曹植互相倾慕，然而，身不由己的她，与被曹丕"相煎太急"的曹植，只能把爱意永远埋在心底。

每想到《洛神赋》，眼前就浮现出一张美丽凄婉的面容，浮现出两双深情幽怨的眼睛。曹植与甄宓，这对痴男怨女，让多少人唏嘘不已。

然而，假使当初他们如愿以偿，有情人终成了眷属，还会有千古绝唱《洛神赋》问世吗？家国不幸诗家幸，诗家不幸读者幸？

亘古流传的，永远是爱情悲剧。

生长明妃尚有村

"禹划九州，始有荆州。"荆州，古时又称江陵，是春秋战国时期楚国都城所在地、楚文化的发祥地之一，是著名的三国古战场。三国时期建造的荆州古城墙，被誉为"中国南方不可多得的完璧"，历史上著名的"瓮中捉鳖"之战就是在这座城墙下展开的。登上城楼，极目楚天舒，耳畔隐约回荡着千军万马的厮杀声。

当金戈铁马渐渐隐去，另一种声音更加激烈地回旋于脑海，那是"大弦嘈嘈如急雨，小弦切切如私语"的琵琶声，那是哀叹幽怨"一曲琵琶恨正长"的《王昭君》。

流芳后世的中国古代美人中，我最敬佩虞姬，最怜惜王昭君。

"昭君本楚人，艳色照江水。楚人不敢娶，谓是汉妃子。谁知去乡国，万里为胡魂……"多少年后，苏轼写下《昭君村》，怜香惜玉，怀金悼玉。

王昭君，名嫱，正是荆州的女儿。王嫱出生前，其母梦见一轮圆月入怀，昭君因之得乳名皓月。汉元帝民间选秀时，可恶的地方官员奏报："城西王襄之女，称归第一美人。"王襄即王昭君父亲，乡间一介草民。无奈，十六岁的王嫱拜别父母，顺香溪，过长江，走汉水，越秦岭，终于来到长安。

"群山万壑赴荆门，生长明妃尚有村……一去紫台连朔漠，独留青冢向黄昏。"忧国忧民的"诗圣"杜甫，也不忘抒发一下对美人的追思。

昭君故里宝坪村，面临香溪河，背靠纱帽山。香溪河发源于神农架，民间传为炎帝神农氏的洗药池，池水尽得百草之精华。据《兴山县志》载："香溪水味甚美，常清浊相间，作碧腻色，两岸多香草，故名香溪。"以《茶经》闻名于世的唐代"茶圣"

陆羽，泛舟长江经过香溪口时，被清澈甘甜的香溪水吸引，一直寻到香溪源头，用香溪源之水煮茶品茗，顿时满口清香，遂称赞香溪源为"天下第十四泉"。更富有传奇色彩的是，香溪河口长年没有浪潮。香溪与长江交汇处，清粼粼的香溪水与黄澄澄的长江水"泾渭分明"，婉转成一段优美的曲线，且一年四季风平浪静，不像在三峡中汇入长江的其他河流，河口总是浪潮汹涌。当地流传着一则美丽的民间传说：昭君出塞前回家省亲，坐龙头雕花木船沿香溪河顺流而下。木船到达香溪河口时，长江浪花纷纷涌来朝拜昭君，昭君感激地说"免朝（潮）"，从此，但凡长江洪峰浪涛，涌到此处便自动退去。

用这个故事来解释奇特自然现象，寄寓着乡亲们对昭君的深切怀念。

据说汉元帝临幸宫女前要先看画像，后宫佳丽便争相贿赂画师。昭君心性高洁，不肯趋炎附势，被宫廷画师毛延寿丑化，于是不得宠幸。时逢北方匈奴呼韩邪单于请求和亲，昭君"自请求行"，临行前受天子接见，倾城之貌始为汉元帝发现。汉皇悔恨莫及，但君无戏言，只能眼睁睁看着她远去。他越想越气，君王冲冠一怒，画师一命呜呼。

昭君携着琵琶，随老单于进发塞外漠北。告别故土，离别亲人，一路黄沙滚滚，一路马嘶雁鸣。她拨动琴弦，弹奏起悲壮的《出塞》。听到凄婉悦耳的琴声，望着骑在马上的绝色佳人，大雁惊艳，纷纷跌落，是为"平沙落雁"。四大美人"闭月""羞花""沉鱼""落雁"，古人的想象力真是丰富。

"明妃去时，仰天太息。紫台稍远，关山无极。望君王兮何期，终芜绝兮异域。"南朝江淹作《恨赋》，对昭君远嫁寄予深切同情，将昭君之愁怨刻画入神。

　　还有人感慨：天生孔子不为君而为师，昭君不为妃而远嫁匈奴，皆由天命，人力岂可更改？

　　元代诗人赵介则认为，对边境安宁来说，王昭君的功劳不亚于汉朝名将霍去病。

　　关于昭君，古往今来，多少诗咏，多少慨叹！

　　王安石所作《明妃曲》颇富争议，其为画师翻案，赞昭君大义："意态由来画不成，当时枉杀毛延寿……汉恩自浅胡恩深，人生乐在相知心。"不愧为变法的改革家，王安石察人观事自有异于常人的卓见高识。

　　我还要说一遍，流芳后世的中国古代美人中，我最敬佩虞姬，因为她最有气节，多情又坚贞；我最怜惜昭君，因为她有绝世美貌和才情，却"不为妃而远嫁匈奴"，受尽颠沛流离之苦、怀乡思亲之痛。当然昭君也是非常有风骨的，如果说，昭君不肯巴结贿赂画师，以至于失宠于皇上被打入冷宫，那正见出她的超凡脱俗；如果说，昭君的确"意态由来画不成"，也正是缘于她的傲然风骨滋生出来的美态和气韵。

　　命运，是多么不可思议的东西啊。然而，它成全了和亲，对结束边塞战乱起到了重要作用，为民族友好往来作出了重大贡献；它也成就了王昭君，让一个荆州女儿为世人所景仰，让她的名字永远载入中华民族大团结的史册。

扬州慢

平生第一次真正意义上的旅游，去的是上海和扬州。扬州，仙人骑鹤之乡、神女吹箫之地，对于一个热爱文艺的少女来说，是《红楼梦》里林黛玉魂牵梦萦的故乡，是《鹿鼎记》中韦小宝念念不忘的温柔之所，是南柯太守"南柯一梦"的原生地，是杜十娘怒沉百宝箱后投江自尽的魂断之处。

传说中，一部《红楼梦》，其实就是一场才子佳人的扬州旧梦；而扬州，实实在在是我少女时代的瑰丽绮梦。

一

"故人西辞黄鹤楼，烟花三月下扬州。孤帆远影碧空尽，唯见长江天际流。""诗仙"李白的千古绝唱，充满火焰般的力量，古往今来，不断撩起人们对扬州的倾心与梦想。

烟花三月，难免让人浮想联翩。其实，在扬州极尽风流的才子，不是豪放不羁的李白，而是诗赋俱佳的杜牧。"街垂千步柳，霞映两重城""春风十里扬州路，卷上珠帘总不如""十年一觉扬州梦，赢得青楼薄幸名"，是杜郎笔下的扬州；"十里扬州，三生杜牧，前事休说"，是姜夔笔下的扬州才子杜牧。

"天下三分明月夜，二分无赖是扬州""绿杨城郭是扬州""人生只爱扬州住，夹岸垂杨春气薰""愿当扬州刺史，众人仰慕""腰缠十万贯，骑鹤下扬州""人生只合扬州死，禅智山光好墓田"……关于扬州的锦章佳篇，不胜枚举。唐五代权德舆一篇《广陵诗》，就写尽扬州的繁荣昌盛，四海传扬。

总之，唐人的美梦，都与扬州有关：赏景必到扬州，风流必在扬州；有钱必去扬州，当官必上扬州；生要住在扬州，死要葬在扬州。

白居易对扬州"长相思"："汴水流，泗水流，流到瓜洲古渡头，吴山点点愁。思悠悠，恨悠悠，恨到归时方始休，月明人倚楼。"哀怨缠绵，情韵无限。

"四海齐名白与刘。"白居易被称为"诗魔"，刘是"诗豪"刘禹锡，两人神交已久，扬州相遇，悲喜交加。席上，诗魔慷慨悲歌，诗豪激昂酬答，"真谓神妙"的千古名句应运而生："沉舟侧畔千帆过，病树前头万木春。"

唐时扬州，"四方贤士大夫无不至此"，"诗圣"杜甫虽不能至，心向往之，"商胡离别下扬州……老夫乘兴欲东游"。

"两情若是久长时，又岂在朝朝暮暮"，扬州才子秦观的杰作，是我少女时代的爱情座右铭，也慰藉了世间多少痴男怨女的心！

《春江花月夜》，标题就令人心醉，春、江、花、月、夜，集中体现最动人的良辰美景：

　　　　春江潮水连海平，海上明月共潮生。

　　　　……

江天一色无纤尘，皎皎空中孤月轮。

江畔何人初见月？江月何年初照人？

人生代代无穷已，江月年年只相似。

不知江月待何人，但见长江送流水。

……

诗风一反盛唐的雄壮博大，具有幽美邈远的意境，当得起"孤篇盖全唐"，所以被闻一多称为"诗中的诗，顶峰上的顶峰"。作者张若虚，也是扬州人。

到了宋朝，欧阳修、苏东坡、王安石，三位文坛领袖、诗坛巨擘，"千古文章四大家"之三，都有济世安邦之才，竟前赴后继任职于扬州，真是扬州的造化。欧阳修名句"平山阑槛倚晴空，山色有无中"、王安石名篇《泊船瓜州》，还有黄庭坚的《广陵早春》、王建的《夜看扬州市》……都使得扬州四海扬名。

扬州，怎样的物华天宝，怎如此这般地灵人杰？

二

扬州到处是花木，花木，花木。

集"北雄南秀"为一体的园林，是扬州人写在大地上的诗篇。清代扬州有"园林之盛，甲于天下"之誉，《扬州画舫录》序文中描写当时盛况："增假山而作陇，家家住青翠城埅；开止水以为渠，处处是烟波楼台。"曾经的辉煌，留给扬州人精致的生活态度，城市建设在全国首屈一指的扬州，仍保留着许多古典园林：壶园、个园、徐园……以"晚清第一名园"何园为最。清画家刘大观有言，"杭州以湖山胜，苏州以市肆胜，扬州以园亭胜"，清人李斗赞道："其妙在十余家之园亭，合而为一，联络至山，气势俱贯。"

扬州四季花开，柳媚花娇。"扬州芍药冠天下"，寒冬蜡梅吐芬芳。扬州琼花，冰肌玉骨，"维扬一枝花，四海无同类""东方万木竞纷华，天下无双独此花"。宋仁宗曾把琼花移植到汴京御花园，花儿不久就枯萎了，送还扬州后，复茂如故。琼花被宋孝宗移往临安宫中，很快便憔悴，归还扬州后，鲜活如初。到元世祖时，蒙古大军攻破扬州，琼花当即亡故。各种神奇传说，使琼花愈显神秘，琼花令天下人称奇，令扬州人自豪。

千年古刹大明寺名扬天下。汉白玉须弥座"唐鉴真大和尚纪念碑"，是寺中最著名的文物古迹，由梁思成设计，郭沫若、赵朴初分别书写碑名和碑文，被誉为"三绝碑"。鉴真大师，扬州籍僧人，曾在大明寺修行，以年迈之躯，十二年里六次渡海，历尽艰险劫波，甚至双目失明，信念始终颠扑不灭，六十六岁时终获成功。鉴真将中国佛学、医学、文学、建筑、雕塑、书法、印刷等介绍到日本，被日本人民尊为"文化之父""律宗初祖"。

由欧阳修建造的平山堂，坐落于大明寺内，"衔远山，吞长江，其西南诸峰，林壑尤美；送夕阳，迎素月，当春夏之交，草木际天"，秦观赞其"游人若论登临美，须作淮东第一观"。帝王将相、达官贵人、墨客雅士，只要来到扬州，必访平山堂，对其顶礼有加。

平山堂对面，二十四桥若隐若现，《扬州鼓吹词》曰：是桥因古之二十四美人吹箫于此，故名。"二十四桥明月夜，玉人何处教吹箫？"杜牧妙笔生花，一笔勾勒出诗情画意。曹雪芹借黛玉思乡之情，一抒心中扬州梦，在《红楼梦》中写道："春花秋月，水秀山明，二十四桥，六朝遗迹……"毛泽东偏爱杜郎诗作，特手书诗碑，该石碑立于二十四桥景区主建筑熙春台东。

扬州还有一座桥，造型绝无仅有，艺术价值极高，那就是乾隆年间建造的五亭桥，因矗立于莲花堤，且状似灿然盛开的莲花，也名莲花桥。《扬州览胜录》载，"上建五亭，下列四翼，桥洞正侧凡十有五，三五之夕，皓魄当空，每洞各衔一月，计十五洞，共得十五月，众月争辉，倒悬波心，不可捉摸，观此乃知西湖之三潭印月，不能专美于前"；《扬州画舫录》述，"月满之时，每洞各衔一月，金色混漾"，真是美轮美奂。清代诗人黄惺庵著词《扬州好》赞之："扬州好，高跨五亭桥，面面清波涵月影，头头空洞过云桡，夜听玉人箫。"

虽说有举世无双的琼花，有举世闻名的月亮，然而，论名气之大、影响之广，扬州风景名胜之最，首推瘦西湖。瘦西湖是扬州的名片。"也是销金一锅子，故应唤作瘦西湖"，便是"瘦西湖"美名的由来。瘦西湖垂杨十里，暗香浮动，画舫笙歌，涟漪荡漾。虹桥是瘦西湖第一景，"朱栏数丈，远通两岸，彩虹卧波，丹蛟截水，不足以喻。而荷香柳色，曲槛雕盈，鳞次环绕，绵亘十余里。春夏之交，繁弦急管，金勒画船，掩映出没于其间，诚一郡之丽观也"。上天把瘦西湖赐予扬州，何其偏心。

难以置信的自然美景，遍地皆是的名胜古迹……扬州何其幸也。

三

隋炀帝痴爱扬州，做梦都与扬州纠缠不清，梦醒后诗云"我梦江都好，征辽亦偶然"。他痴迷琼花，为一睹其"俪靓容于茉莉，笑玫瑰于尘凡"（宋张问《琼华赋》）的仙姿，开凿京杭大运河，三下扬州，大造迷楼，极尽奢华。明代冯梦龙在《醒世恒言》中描写道："那扬州隋时谓之江都，是江淮要冲，南北襟喉之地，往来樯橹如麻。岸上居民稠密，做买做卖的，挨挤不开，真好个繁华去处。"扬州成为陪都，一跃成为全国政治、经济、文化中心，而年轻、"天下称之为贤"的隋炀帝，却误了卿卿性命，被缢死并葬于扬州。这是他的命定，是他与扬州的孽缘。可怜隋文帝开创的"开皇之治"，二世而斩。

"运河千年琼花路，流尽黄金望孤舟"，之后的唐、宋、元、明、清，大运河一直是国家的运输主动脉，也为扬州带来了上千年的繁华。"为后世开万世之利，可谓不仁而有功矣"，算是对隋炀帝较为客观的盖棺论定。

正是隋朝的铺垫，成全了唐时扬州的绝世繁华——"天下之盛扬为首"。《资治通鉴》写道：扬州富庶甲天下，时人称"扬一益二"。那时，扬州以蜀冈为界分上下两重城，码头商船穿梭，街市店铺琳琅，外商上万，是超级国际大都市。"闻说到扬州，吹箫有旧游"，扬州是脂粉地，红妆佳人争芳斗艳，莺啼燕啭；扬州成为销金窟，富豪骚客争相前来醉生梦死。

清代扬州"采铜以为钱，煮海以为盐"，依然流金泻银、奢华绮靡，"广陵繁华今胜昔"。沈复在《浮生六记》中如此盛赞扬州：奇思幻想，点缀天然，即阆苑瑶池、琼楼玉宇，谅不过此。

所以，清朝皇帝酷爱往扬州跑。康熙六巡江南五下扬州，每次必到蜀冈，御题"蜀冈云潃山光近，江渚漕分水派清"，他也必访名刹，留下诗篇《幸天宁寺》。大明寺西园，存有康熙御碑亭。

乾隆六到扬州，九次游览大明寺、平山堂，留下大量诗篇、对联、福字、匾额、碑刻。这个风流皇帝对扬州的偏爱，到了无以复加的地步。为了讨得乾隆欢心，富甲天下的扬州盐商，一次次建造园林、修缮行宫，使得从瘦西湖到平山堂"两堤花柳全依水，一路楼台直到山"。

道光皇帝，虽说才学不如祖上康熙雍正乾隆，也还是有样学样，在瘦西湖畔平远楼留下墨宝，横行石碑"印心石屋"留存至今。

从那些具烟火气息的老字号里，也能解读出清代扬州的繁华。谢馥春，中国第一家化妆品企业，创立于道光年间，获过国际金奖；扬州美食，曾令苏东坡绝倒，清朝时登峰造极，"涉江以北，宴会珍馐之盛，扬州为最"；就连扬州酱菜，也是清宫廷御膳小菜。著名红学家冯其庸说："红楼菜实在是扬州菜的体系。"

吴敬梓也对琼花情有独钟，不仅多次来到扬州，还期望死于此地，晚年寓居扬州时常常流连于琼花观，其名著《儒林外史》中，很多内容以扬州为背景，不少人物以扬州人为原型，涉及诸多扬州名物和方言。他去世后，好友挽诗"生耽白下残烟景，死恋扬州好墓田"，一语道尽其生平。

康乾年间，扬州"诗国城邦"声名更隆，每每成千上万诗人来自天南地北，一次次会聚虹桥，共襄盛举"红（虹）桥修禊"，"江楼齐唱《冶春》词"，场面盛大，蔚为壮观；启蒙思想家魏源、戏剧家孔尚任，为之推波助澜，造就包罗万象的"扬州竹枝词"诗系，为诗坛树起一座丰碑，留下一段佳话。

"无恙年年汴水流，一声水调短亭秋，旧时明月照扬州。曾是长堤牵锦缆，绿杨清瘦至今愁，玉钩斜路近迷楼。"纳兰容若，这位出身豪门的"清朝第一词人"，写下《红桥怀古》凭吊修禊盛事，只是，格调一以贯之的凄婉忧伤。

扬州也是音乐之城。"春风荡城郭，满耳是笙歌""院院笙歌送晚春，落红如锦草如茵""谁知竹西路，歌吹是扬州"，都是其写照。寻常陌巷，烟柳人家，四处笙歌，清曲悠扬。柔婉优美的民间小调《茉莉花》，就源自扬州清曲《鲜花调》。琴曲《广陵散》，则是我国现存唯一有杀伐之气的古曲，具有很高的思想性及艺术价值；"竹林七贤"的精神领袖嵇康，因桀骜不驯获罪，临刑弹奏《广陵散》，使之成为千古绝响。

扬州还是戏曲之都。汉代，就有百戏在扬州上演；元代，扬州人士睢景臣的散曲《高祖还乡》，名闻遐迩；明朝戏曲大师汤显祖之作《牡丹亭》《南柯记》，都与扬州有着深厚的渊源。最著名的戏剧，当属清代孔尚任的《桃花扇》——淮扬四年为官治水，使孔尚任深刻认识到现实社会的丑恶，他多次登临梅花岭，拜谒史可法衣冠冢，激发出"借离合之情，写兴亡之感"，成就了戏剧史上的不朽名作《桃花扇》。

追根溯源，扬州亦是徽腔的发源地、京剧的孕育地。

汉代兴盛，隋唐繁盛，明清鼎盛……扬州之盛，正所谓"淮海雄三楚，维扬冠九州"。

四

因其"包淮海之形胜，当吴越之要冲"的地理位置，扬州，自古亦兵家必争之地，秦汉风云、楚汉相争、藩王割据、吴越之争、七国之乱……都曾在这片锦绣江山上演。

还有，徐敬业讨伐女皇帝武则天，就是在扬州起兵；燕王朱棣夺权登基，也是从扬州起家。

最为吊诡的是，中国历史上两场极其惨烈的抗御外侵战役，都发生在扬州。

金人入侵，宋室南渡，徽宗、高宗先后逃亡到扬州建立小朝廷苟安，岳飞、韩世忠在扬州与金兵鏖战，尽忠报国"天日昭昭"，却被诬陷残害。辛弃疾举旗反金，"上马杀贼、下马草檄"，却被弹劾落职，他抚今追昔、悼今伤古，写下被誉为"辛词第一"的沉痛雄章，"想当年，金戈铁马，气吞万里如虎……四十三年，望中犹记，烽火扬州路"，倾诉壮志难酬的悲愤，谴责执政者的屈辱求和，其爱国主义思想光耀千秋。

家国飘摇，与"词中之龙"辛弃疾并称"济南二安"的"词中之凤"李清照，以掷地有声压倒须眉的《夏日绝句》示夫，之后逃难到扬州，寄托她的拳拳家国梦。

南宋末年，元兵围攻扬州，南宋名将李庭芝率军坚守城邑，来人招降，一概杀之，对招降榜，一概焚之。逃亡中的南宋皇帝竟诏谕劝降，末路英雄仰天长啸"我唯一死而已"！李庭芝被凌迟，扬州山河同悲。

李庭芝不是一个人在战斗。他麾下勇将姜才，直捣瓜州，痛击元军。扬州沦陷，姜才"宁为玉折兰摧"，引颈受刑，忠肝义胆感召天下。"经纶弥天壤，忠义贯日月"的文天祥，亦在扬州与李庭芝有交集，被证得忠义后，领兵抗元，从容殉国，留取丹心照汗青。

"楼船夜雪瓜洲渡，铁马秋风大散关"，陆游的绝吟，让我感受到扬州的坚硬与悲壮。

面对战后破败的扬州，鲍照"驱动苍凉之气，惊心动魄之辞"，悲愤挥就《芜城赋》；面对民生凋敝的扬州，青年才俊姜夔，悲伤吟咏《扬州慢》："淮左名都，竹西佳处，解鞍少驻初程。过春风十里……青楼梦好，难赋深情。二十四桥仍在，波心荡，冷月无声。""黍离"之悲，烁古震今。

哀哉，国家不幸诗家幸。

扬州人的铁血硬骨，在明末清初的扬州之役中，表现得淋漓尽致。吴三桂引兵入关，清军南下势如破竹，唯独到达扬州时，遭到军事统帅史可法率军民浴血抵抗，誓死不降。清军血腥屠城，史称"扬州十日"。民族英雄，人皆敬仰，南明追谥史公"忠靖"，清廷赠谥其"忠正"，忠烈史公，世代景仰。

琼花，象征着扬州人的不屈灵魂；梅花，象征着扬州城的不挠风骨。

五

秦汉时期，波澜壮阔的长江广陵潮，是一大名胜奇观，其奔腾汹涌的宏伟景象，使无数文人墨客荡气回肠，留下许多传世之作，最早可追溯到西汉大文学家枚乘的《七发》："春秋朔望辄有大涛，声势骇壮，至江北，激赤岸，尤为迅猛。"

东汉王充《论衡》中也提到：广陵曲江有涛，文人赋之。

魏文帝曹丕看到广陵潮，发出惊叹："嗟呼，天所以限南北也！"可见广陵潮之惊天动地、撼人心魄。

沧海桑田，斗转星移，自唐代中叶以后，广陵潮逐渐销声匿迹。

广陵潮起潮落，扬州几度兴衰，但历史气息不绝，文化气脉不断。

扬州八怪，都是天纵之才，个个能破能立。石涛主张"笔墨当随时代"，影响了一代画风；"诗书画三绝"的郑板桥，放言"要有掀天揭地之文，震电惊雷之字，呵神骂鬼之谈，无古无今之画"，对扬州则柔情蜜意："我梦扬州，便想到扬州梦我。第一是隋堤绿柳，不堪烟锁。"

风骨铮铮的朱自清先生，自称"我是扬州人"，文章和人格皆为后世典范。

多情才子、抗日烈士郁达夫，迷恋瘦西湖上俏船娘，在《扬州旧梦寄语堂》中津津乐道："梦想着扬州的名字，在声调上，在历史的意义上，真是如何的艳丽，如何地使人魂销而魄荡。"

还有，被誉为"抒情的人道主义者、中国最后一个纯粹的文人、中国最后一个士大夫"的现代文学、戏剧大家汪曾祺，捐建扬州鉴真图书馆，成立"扬州讲坛"的当代名僧星云法师，无论人生际遇如何，总是魂牵梦萦故乡扬州。

华光流转，春秋代序，今日扬州依然坐花载月、风流宛在（"坐花载月""风流宛在"均为平山堂匾额），且因增添了现代文明，更加流光溢彩，更加熠熠生辉。

千秋万载扬州梦，"人生代代无穷已"。

是为文成

　　沧桑阅尽，会感觉到微笑的苍白；世态看尽，会越来越向往单纯。即便是出游，我现在也不喜"烟柳繁华地，温柔富贵乡"，而更倾心于巍巍高原、莽莽群山、苍苍大漠、茫茫草原……

　　但是，温州文成吸引了我，因为它是大明王朝第一谋臣刘伯温（刘基）的故乡。刘伯温，世人比之诸葛亮，朱元璋则多次称其为"吾之子房也"，赞其"学贯天人，资兼文武；其气刚正，其才宏博。议论之顷，驰骋乎千古；扰攘之际，控御乎一方。慷慨见予，首陈远略；经邦纲目，用兵后先……凡所建明，悉有成效"。

　　刘伯温吸引我，因为他文韬武略：政治家、军事家、思想家、文学家、法学家、道学家，因为他功勋卓著："三分天下诸葛亮，一统天下刘伯温"，因为他自有风骨："疾恶如仇，与人往往不合"，因为他扑朔迷离：早慧神童、洞悉天机、神机妙算、运筹帷幄、英雄落幕、结局离奇、后主追赐、民间神化。

　　"后主"明武宗对刘伯温推崇备至："慷慨有志，刚毅多谋，学为帝师，才称王佐""占事考祥，明有征验；运筹画计，动中机宜"，称其为"天下策士无双，开国文臣第一"，故"今特赠尔为太师，谥号文成"。

经天纬地为"文"，安民立政为"成"。刘伯温，令人仰止。刘基家乡，从此定名，是为文成。

中秋前夕，我来到文成南田，走进了刘基故里。华夏子孙过中秋吃月饼的习俗，来自江南人纪念八月十五杀鞑子，民间流传杀鞑子是刘伯温策划的，这个说法难以考证，但足以说明刘伯温有多么深入民心。在民间传说中，刘伯温是神人、先知先觉者、料事如神的预言家，"上知天文，下知地理，前知五百年，后知五百年"，老百姓甚至演绎出神话故事：刘伯温本是玉帝身前的天神，元末明初天下大乱，战火不断，饥荒遍地，玉帝便令刘伯温转世辅佐明君，以定天下，造福苍生。所谓"明君"，即大明王朝开国皇帝朱元璋。

历朝历代的开国元勋，有些人固然能得高官厚禄，有些人却逃脱不了"狡兔死走狗烹，飞鸟尽良弓藏"的魔咒。以杀伐起家的明太祖高皇帝，对大功臣不会那么温良恭俭让，好在刘伯温未雨绸缪，决意远离庙堂、远遁江湖，故乡的山河大地接纳了他。据《洞天福地记》载，"古称七十二福地，南田居其一"，南田位列"天下第六福地"。刘伯温写诗如此赞美乡土、乡亲、乡俗：

我昔住在南山头，连山下带山清幽。
山巅出泉宜种稻，绕屋尽是良田畴。
家家种田耻商贩，有足懒登县与州。
……
东邻西舍迭宾主，老幼合坐意绸缪。
山花野叶插巾帽，竹箸漆碗兼瓷瓯。
酒酣大笑杂语话，跪拜交错礼数稠。

　　"南山头"乃"万山之巅，独开平壤数十里，号南田福地"。

　　此诗画面生动，有清奇之气。我在刘基故里读到其诗作《春蚕》，含义深远，乃其境遇自况："可笑春蚕独苦辛，为谁成茧却焚身。不如无用蜘蛛网，用尽蚩虫不畏人。"《即事》一诗，低沉消极，令人心情郁结："春半余寒似暮秋，掩门高坐日悠悠。树头独立知风鹊，屋角双鸣唤雨鸠。芳意自随流水逝，华年不为老人留。浮花冶叶休相笑，自古英贤总一沤。"《四库全书总目提要》评价刘伯温"其诗沉郁顿挫，自成一家……"清内阁学士兼礼部侍郎、诗论"格调说"创立者沈德潜，在著述《明诗别裁》中，对其评价更高："元代诗都尚辞华，文成独标高格，时欲追韩杜，故超然独胜，允为一代之冠。"

　　刘伯温有二十卷文集传世，绝大多数重要作品是在"告老还乡"后完成的，其学术醇深、文章古茂，《明史》誉之"所为文章，气昌而奇，与宋濂并为一代之宗"《卖柑者言》一篇，已成经典，"金玉其外，败絮其中"一句，家喻户晓。他还有不少格言警句传世："大器欲虚，至理欲实。""夫大丈夫能左右天下者，必先能左右自己。曰：大其心容天下之物，虚其心爱天下之善，平其心论天下之事，潜其心观天下之势，定其心应天下之变。"透过这些文字，我感受到一颗丰富的心灵。刘伯温经世致用的文学思想，对于鼎革、振举明初新一代文风举旗开道，为晚明讽刺小品的勃兴也起了先导作用，同时，也使他本人成为举足轻重的诗文大家。

　　南田现存的明清建筑有刘基故居、刘基庙、参政公祠、忠节公祠、盘古亭、辞岭亭、武阳亭、刘基墓等。后人谒刘基墓诗云"卧龙名大终黄土"，让我想起恭亲王那悲凉透骨的诗句："千古是非输蝴蝶，到头难与运相争。金紫满身皆外物，文章千古亦虚名。"刘伯温与恭亲王，诗文与命运何其相似。

不。文章既千古，又岂是虚名？虽说逝者如斯、生命短暂，但人总还是能抓住一些永恒的东西。美国现代哲学家詹姆士有言："不朽是人的伟大的精神需要之一。"我的理解，"不朽"，既指向宗教性的永生不死，比如灵魂不灭、生命轮回，也指向俗世性的永恒价值，比如"立德、立功、立言三不朽"。刘伯温，就被后人称为"三不朽伟人"，明朝吏部右侍郎兼文史家杨守陈如此评说他："汉以降，佐命元勋多崛起草莽甲兵间，谙文墨者殊鲜，子房之策不见辞章，玄龄之文仅办符檄，未见树开国之勋业而兼传世之文章如公者，公可谓千古之人豪矣。"日本学者奥野纯的评价与杨守陈之说异曲同工："际会风云，平定海宇，既辟一代之规模，又阐一代之文章，盖诚意伯刘公一人而已矣。"真应该感谢那位"明君"，让他冥冥中走上了一条通往不朽的道路，那些弄权得势者又如何，他们有官运没有命运，"尔曹身与名俱灭，不废江河万古流"。

文成还有一大名胜古迹——药师佛道场安福寺，坐落于西坑镇天圣山。安福寺始建于唐宪宗元和三年，四面环山，东有百丈漈，南临飞云湖，西接铜铃峡，北靠刘基故里。佛教与儒、道文化有着深层、内在、高度的契合，那就是：自我修炼、自力解脱。综观刘伯温生平，他正是这样做的，而且做到了极致。传说中最终出家当了和尚的清世祖顺治帝，曾为安福寺亲笔御书"大雄宝殿"；乾隆年间，该寺属皇帝敕封的皇家寺院；光绪年间，"安福寺"石匾刻成，现保存于寺院且完整无损。我猜测，皇恩浩荡于安福寺，与刘基有关，与文成有关。因为，忠心正气，千古不磨；因为，辉煌会黯淡，生命会消亡，而文学、文化、文成永恒。

南澳漫笔

汕头拥有全国唯一的内海湾——三江口，拥有广东唯一的海岛县——南澳岛。

车过跨海大桥，就进入了南澳，一个迷人的岛屿，唯一的国家 AAAA 级旅游区海岛。独特的自然生态，使得它一年四季都是天然渔场；良好的自然环境，使得它成为候鸟天堂，其中不乏国家级珍惜候鸟。南澳美如斯：蓝天碧海、金沙白浪、阳光明媚、山海相映、森林茂密、风光旖旎、鸟翔天空、鱼嬉水中……同行的绍武兄一见钟情，铁了心要在此地买房养老。

北回归线分开热带与亚热带，这道无形的地球分界线，横贯南澳全岛。矗立在南澳岛青澳湾的"自然之门"，是最年轻的北回归线标志塔，造型设计融合了天文现象和科学知识，用别致的建筑形式诠释着北回归线。青澳湾有国内顶级沙滩，站在这"中国最美丽的海岸"上，我一时有些恍惚。去年的这个时候，我正在台湾花莲东部海岸，见到的北回归线地标是圆形灯塔状擎天柱，那儿是北回归线中国段的最后华章。

南澳距高雄仅一百六十海里。也就是说，南澳是海防前哨，如果台海有事，南澳和高雄首当其冲。在高雄作文化交流期间，汕头籍的台湾文友，指着海对岸说：那边是汕头南澳。他声音有些异样，眼神掠过忧伤，定是动了思乡之情。

也还记得，在台岛最南端、中央山脉尽头的垦丁鹅銮鼻公园，台湾文友手指浩渺的海面告诉我：南海与东海的水域分界线，太平洋、巴士海峡和台湾海峡的分界处，就在你眼皮底下。我眺望着前方，默然无语。我又想起了伯母。当年，十九岁的伯母和她半岁的儿子被远走台湾的伯父狠心抛下，为了儿子的前途，伯母登报与丈夫离婚，但一直守身如玉，生活的艰辛、无尽的相思，使她不到五十岁就油尽灯枯，临终前她念着"前夫"的名字捧着他的照片，在场的人无不动容。成年后，我每次听到著名粤曲《彩云追月》，眼前就会浮现出伯母美丽而哀愁的面容，此刻，脑海中又回荡起这凄美的歌声：

> 站在白沙滩
>
> 翘首遥望　情思绵绵
>
> 何日你才能回还
>
> 波涛滚滚延绵无边
>
> 我的相思泪已干
>
> 亲人啊亲人　你可听见
>
> 我轻声的呼唤
>
> 门前小树已成绿荫
>
> 何日相聚在堂前
>
>
> 明月照窗前
>
> 一样的相思　一样的离愁

月缺尚能复圆

日复一日　年复一年

一海相隔难相见

亲人啊亲人　我在盼

盼望相见的明天

鸟儿倦飞也知还

盼望亲人乘归帆

"南澳是东海与南海的分水岭"，南澳前县委书记张泽华先生的话，把我的思绪拉了回来。南澳也是东海与南海的分水岭？原来，南澳东端往东南延伸过去，即是台湾海峡鹅銮鼻一线。

因跨闽、粤两省，南澳曾称闽粤镇，乃"粤东屏障，粤闽咽喉"，地理位置非常特殊，处于闽、粤、台海面的交叉点，位于高雄、厦门、香港三大港口的中心点，距太平洋国际主航线仅七海里。海路四通八达的南澳，自古为兵家必争之地，也是海上贸易的重要通道，还是海上丝绸之路的重要出口——史载"郑和七下西洋，五经南澳"。军事要冲、黄金水道、海上丝绸之路，给清新美丽的南澳增添了神秘厚重的色彩。

最神秘的，是太子楼和金银岛的藏金之谜。

南宋末期，元兵不断进迫，两个年幼的皇子赵昰、赵昺以及年轻的太后杨淑妃仓皇出逃，至温州江心寺与张世杰、陆秀夫汇合，然后乘船一路南逃进入闽地，次年，张世杰、陆秀夫等在福州拥立九岁的益王赵昰为帝，即为宋端宗。我在温州江心寺拜谒过"文信国公祠堂"，但找不到关于张世杰、陆秀夫的纪念物，看来在当地人心目中，文天祥才是神一样的存在。有人说，文天祥来到人间，天命就是来受膜拜的。元军统帅伯颜一心想把南宋皇室残存的血脉斩草除根，遣张弘范、李恒率军继续追击。与文天祥同中进士的陆秀夫，跟张世杰一道护送赵昰、赵昺兄弟和杨太后等逃至南澳驻跸，开掘出分别供皇室、大臣和将士兵马饮用的三口水井：龙井、虎井、马井。它们非常神奇，虽处海滩却是淡水井，七百多年来时隐时现，出现时清泉不绝、水质甘甜，久藏不变味。

赵昰登基前为太子，人们按习惯将其住所称为太子楼。

太子楼遗址有一棵茂盛的古榕，长在硕大的石壁上，石壁下侧有一裂缝，裂缝两边歪歪斜斜刻着难以辨认的文字。传说榕树下、石壁后有一座石质暗室，里面藏着南宋皇室未能带走的大批金银珠宝，谁要是能将石壁上的文字完整地念出来并解释准确，石壁就会自动开启。近千年过去了，石壁上的文字依然可见，但太子楼藏金谜仍未解开。太子楼附近的青蛙与众不同，当地人说，这也与少帝有关：赵昰夜里被蛙鸣吵得心烦，命人捉来蛙王问罪。蛙王悲泣，少帝心生怜悯，随手拿起朱笔在蛙王脖颈画上一圈，挥手让人放生。从此，太子楼四周的青蛙脖子上都有了一个圆圈。为报皇上不杀之恩，它们的叫声变得低微暗哑。说来也是奇怪，这种奇特外形、独特叫声的青蛙，只在南澳太子楼附近有。

后来发生的事情，可谓家喻户晓。两年后，年仅十一岁的赵昰去世，陆秀夫与张世杰又拥戴卫王赵昺为帝。南宋皇室君臣子民退至崖山，出任左丞相的陆秀夫继续率部抗元。彼时，南宋右丞相文天祥已在海丰落难。崖山海战南宋兵败，陆秀夫背着八岁的幼帝投海殉国，南宋皇族八百余人相随跳海自尽，许多忠臣紧随其后，伟大的爱国主义诗人陆游的玄孙也在其中。带着宋人最后的血气与尊严，南宋十万军民争相蹈海，情景何等悲壮！曾经繁花似锦的大宋王朝彻底覆灭，史称"崖山之后无中华"，而把南宋王朝逼进大海的元军头等功臣，却是西夏第七代皇帝夏神宗的嫡曾孙、西夏被元军灭亡后担任元军大将的李恒，又是多么可悲可叹！

明万历年间，南澳修建陆秀夫墓，清乾隆时期，南澳为陆秀夫题刻"丞相石"，以纪念忠君报国之士。

金银岛藏宝的传说更为神奇。金银岛三面环海、奇石相叠、岩洞穿插、地形错综复杂。明朝海盗猖獗，戚继光、俞大猷联军进兵南澳，围剿海盗首领吴平，屡屡出师不利，后来出现转机，按民间传说，得归功于戚都督夜梦关帝。有天夜里，戚继光梦见关帝授予计谋，让他用火羊阵从背后奇袭敌方，戚都督照此计谋部署作战，一举获胜。吴平败逃前问妹妹是走是留，其妹愿意留下来看护财宝。寇首恼怒，杀心顿起，将胞妹分尸十八块，连同十八坛金银一起埋于金银岛，让她"遂愿"永远守护金银财宝。"吾道向南北，东西藏地壳。潮涨淹不着，水涸淹三尺。箭三支，银三碟，金十八坛。"这是吴平留下的诡谲谜语，似乎也是一个魔咒，谁能破解谁就能找到宝藏。然而至今无解。或许这个千古之谜，将会成为永远之谜。

岛上真假难辨的传说，都指向一个事实：南澳岛充满传奇。

从皇帝到名臣，从英雄到枭雄，从航海家到大海盗……多少风云人物在南澳留下过足迹，岛上遍布历史遗迹、文物古迹、名刹古寺，自然不足为奇。

南澳是东南门户，战略位置极其重要——"争之则我据其胜，弃之则寇得所凭"，引起朝廷高度重视，明万历三年，皇帝诏设"闽粤南澳镇"，派驻副总兵，兼领福建南路、广东东路水师，使南澳拥有独一无二的海岛总兵府。总兵府又称总镇府，始建于明万历四年。明、清两朝，有近两百位正、副总兵赴任，留下了郑芝龙、郑成功父子抗击外夷的辉煌战绩，留下了戚继光、刘永福等抗倭成疆的英雄故事。

明末，郑芝龙剪除群雄称霸海上，招纳福建数万灾民，用海船运到台湾垦荒定居，这是历史上首次大规模有组织地由大陆向台湾移民。郑芝龙以海上武力成功驱逐荷兰人，烧毁入侵船只，效仿朝廷在台湾设官建置，形成初具规模的割据政权。因抗夷剿寇有功，郑芝龙被朝廷招抚为南澳副总兵，加总兵衔。明亡，郑芝龙降清，招降郑成功未成，父子决裂，势同水火。

郑成功坚持反清复明，并且收复了台湾，成为伟大的民族英雄，名垂青史。而郑芝龙，不仅大节有亏，还被大清朝廷处死，落得身败名裂的下场。

年少时的郑成功聪明好学，郑芝龙原指望儿子中状元当文官，但郑成功考中秀才后再不肯求功名，非要子承父业。他注定要成为海上蛟龙。南澳曾属郑成功藩地，他以南澳为基地，高举义旗，到处募兵，又以金门、厦门为根据地，连年出击粤、江、浙等地征战清军。后来，他率数万将士渡海，围攻侵占台湾的荷兰总督所在地赤嵌城，历时八个月，迫使荷兰总督投降，台湾终于回到祖国的怀抱。南澳遗存有郑成功问卜的城隍庙、中澎的"国姓井"以及总镇府内的"郑成功招兵树"。总镇府墙壁上，"东南砥柱""德配天地""学海渊深""积厚流光"等历史遗墨，表达了后人对郑成功的敬仰之情。

康熙年间，南澳升设总兵，负责闽、粤及台湾、澎湖海防军务，成为台湾是中国不可分割领土的历史见证。因语言相通、习俗相同，南澳曾与台湾民间交往密切，而今南澳籍台胞逾十万，远超南澳岛常住人口。南澳台湾，一衣带水；台湾南澳，骨肉相连。两岸人民，都希望海峡永远风平浪静，永不复刀光剑影、鼓角争鸣。

从文天祥到彭湃

　　海陆丰，曾惊天动地：农运风起云涌，农潮风雷激荡，农民翻江倒海，农军铁流千里。海陆丰，曾开天辟地：勇开土地革命的先例，拉开中国苏维埃运动的序幕；首开以农村包围城市夺取政权的先河，实开中国伟大革命的新纪元。《奔向海陆丰》，徐向前元帅雄文，全国语文教材，激励过整整几代人；《奔向海陆丰》，海陆丰的光辉名片，管窥历史的一扇窗口，召唤着多少人奔向海陆丰。

　　此刻，我正奔向海陆丰，奔向中国革命的策源地，奔向驰名中外的红色圣地，奔向"东方红城，彭湃故里"海丰。

　　海丰，取意于"临海物丰"。这个闻名于世的"小莫斯科"，这个毗邻港澳的革命老区，扑面而来的，是浓厚的红色文化气息。红色殿堂红宫红场，震撼视觉和心灵。红宫原为明代学宫，现保存有棂星门、拱桥泮池、前殿、大成殿、五代祠、两厢配殿，一九二七年，在此召开海丰工农兵代表大会，成立中国首个苏维埃政府，通过了八项政治纲领……因会场外墙刷以红色、场内用红布盖壁裹柱，学宫改称"红宫"。红宫东侧的红场，全世界两座红场之一，是由彭湃策划兴建的仿俄罗斯建筑的广场，大门由彭湃设计并题字，红二师、红四师与海丰工农革命军在此胜利会师；红场现保存有红台、平民医院、彭湃铜像、题词碑廊、会师纪念亭等。别具一格的红街，与红宫、红场相互辉映，组成光彩夺目的红色风景。

拨开历史烟云，回溯历史长河，千年古邑海丰，广东"红都"海丰，既是"莲花佛国"，也是南宋丞相文天祥蒙难之地。

南宋末年，二十万元军大肆进犯南宋，飞扬的铁蹄和喋血的宝剑，把往日耀武扬威的南宋君臣吓得魂飞魄散，逃跑的逃跑，投降的投降，丑态百出，颜面尽失。当然，南宋虽腐朽，朝中也有顶天立地的国家栋梁，比如左丞相陆秀夫、右丞相文天祥。文天祥散尽家财集为军资，率兵抗元扶宋，终因势孤力单，一路败退海丰。他率部为海丰凿通东、西溪，使水路交通大为便捷，促进了海丰商贸的发展。不幸的是，文家军在海丰城北五坡岭开饭时，突然被元军包围，文天祥自杀未成被执，南宋走向不归路。

《海丰县志》记载的第一个人物，就是伟大的民族英雄文天祥。

元军久闻文丞相英才威名，许以高官厚禄极力劝降，他们知道，抗元精神领袖一旦屈服，南宋就会失去脊梁骨。文天祥宁死不屈。上谕将他押返京师，一路"江水为笼海做樊"，囚船过零丁洋海域，千古绝唱《过零丁洋》诞生，"人生自古谁无死，留取丹心照汗青"，情怀何等壮阔，文气何等雄伟。多少仁人志士，以之自励舍生取义！对灭宋元帅张弘范的质问"予国已亡矣，杀身以忠谁"，文天祥以"烈士死如归""商亡正采薇"作答，张为之动容。人格伟岸的英雄，连对手也会发自内心地敬仰。张弘范称文天祥为"忠义至性的男儿"，特地派人护送。途中，文天祥绝食八日，"闭篷绝粒始南州"，但敌人不让他死，赤胆忠心的他，又写下《过平原作》，歌颂颜真卿兄弟威武不屈、秉忠殉难。解至元大都，元世祖忽必烈亲自劝降，许以中书宰相，文天祥不为所动。元丞相孛罗咆哮："你要死，偏不让你死，就是要监禁你！"狱卒给他戴上木枷，把他关进土牢施以酷刑，狱中三年，他受尽折磨。在污浊腐臭的牢房中，他写下《正气歌》，诗中历数史册上十二位忠臣义士的壮烈之举，以"时穷节乃见"阐明先贤情操，民族气节壮吞山河，浩然正气直贯长虹。威逼利诱皆失效，元世祖失去了耐心。文天祥"过市，意气扬扬自若，观者如堵。临刑，从容谓吏曰：'吾事毕矣。'问市人孰为南北，南面再拜就死"。

天地英雄气，千秋尚凛然。浩气还太虚，丹心耀古今。祖国大江南北，多处建有纪念文天祥的祠堂、牌坊、公园、纪念馆，其中，以海丰的表忠祠方饭亭最为著名——"半壁江山终此亭"。

明初，海丰知县、惠州守备在五坡岭上先后为文天祥建表忠祠、忠义牌坊、方饭亭。大亭庇盖小亭的方饭亭内，矗立着一块石碑，上刻文天祥画像，画像由惠州知府从文天祥家乡庐陵取来，勒像于石。碑像上方，题刻文天祥"衣带铭"绝笔："孔曰成仁，孟曰取义，唯其义尽，所以仁至。读圣贤书，所学何事，而今而后，庶几无愧！"小亭两侧的亭柱上，镌有明代潮州状元林大钦所撰对联："热血腔中祇有宋，孤忠岭外更何人。"亭前台阶当中，横置碑刻"一饭千秋"，两旁竖立着历代重修石碑。近年，海丰以方饭亭为中心，修建了文天祥公园。

一饭千秋，英名万古。

方饭亭是海丰的精神地标，是海丰人民的精神源头。文天祥的浩然之气，滋养着海丰英才辈出。辛亥革命元勋陈炯明、民主革命家马育航，曾召集海丰进步青年，在方饭亭前结盟"正气社"；

被誉为"海丰三杰"的马思聪、钟敬文、杨成志，以及战地文学开拓者丘东平，都曾在方饭亭前宣誓。"外来人"也一样。明朝爱国将领俞大猷，在海丰奋勇抗击倭寇时，前来方饭亭祭拜忠魂激励军民，终于取得"海丰大捷"，一举扭转乾坤；传世之作《牧童短笛》《天涯歌女》、红色经典《游击队之歌》的作者贺绿汀，奔向海陆丰，拜谒方饭亭，在海丰创作出中国第一首革命战歌《暴动歌》，成为深受爱戴的人民音乐家。

文天祥，这个充满道德光辉的爱国英雄，对中国农民运动杰出领袖、中共早期领导人彭湃的影响，更是巨大而深远。

天资聪颖的彭湃，上小学时最爱听老师讲文天祥、林则徐等英雄故事，考入海陆丰最高学府海丰中学后，在辛亥革命影响下，成为"好读时事、富有朝气的青年"。小小年纪的他，为保卫方饭亭，表现出非凡的胆魄。当地土豪劣绅为了吹捧海丰驻军统领，想以方饭亭为其立生祠，并让其石像与文天祥石像并列供祀。这是对伟大民族英雄文天祥的莫大侮辱。彭湃带领同学贴墙报历数统领罪行、毁坏统领石像，遭到殴打镇压，但迫使对方最终放弃，统领还被革职查办。

少年智则国智，少年强则国强。为了寻求真理、报效祖国，彭湃东渡日本，考入早稻田大学政治经济科。他曾对友人说：我选定此类专业，为的是将来研究我国政治经济，秉志改革。在日本期间，深受苏联十月革命影响的他，参加学校激进组织，发动成立爱国"赤心社"。

学成归国，李大钊要他留在北京执教美术，他执意要回到家乡效力。出任海丰教育局长后，他率领海丰全体学生前往五坡岭植树，以表达对文天祥的崇高敬意。

他锐意整顿教育、刷新人事，令全县学校面貌焕然一新。他创建报馆，创办《新海丰》《赤心周刊》和《岭东日日新闻》报，为农民运动奠定思想基础。他写文著书、改良戏剧、创作歌谣，宣传革命真理。他绘画技术精湛，书法翰逸神飞，中国第一面农会会旗便是他设计的。他深明弘扬民族文化的意义，成立海丰白话剧团、红色梨园工会，还登台出演爱国戏剧《山河泪》。他为海丰的街道命名马克思路、列宁路，看到街上没有标语，批评"没有一点艺术"。他演说时，洪亮的声音、生动的语言、革命的热情、必胜的信心，吸引着四方乡邻，感染着男女老少。

这是一个激情澎湃的人，一个才华横溢的人，一个有雄才伟略、政治智慧的人。

彭湃怀着朴素的信念：革命，让穷人过上好日子。他脱下西装革履，换上草鞋布衣，与农民同甘共苦。他讲究斗争策略，从农民实际利益出发，从发展生产改善生活着手，慢慢引导农民运动从经济斗争转到政治斗争。他当众烧毁自家全部田契铺约，把土地分给农民，这一旷古未有的行动，点燃了农民运动的烽火，革命浪潮席卷整个海陆丰，革命火种向广袤大地燎原。

激情可以煽动起行动，行动可以激发起才情。

彭湃起草《广东农会章程》，开办农民运动讲习所。他撰写的《海丰农民运动》，是第一部关于农民运动的专著，由周恩来题写书名，被毛泽东用作教材。他领导建立起全国最早的养老院、平民医院、童子团、农民自卫军、妇女解放协会，组织颁布全国第一部土地法、兵役法、银行发行条例、保护妇孺权益议案……

"古之立大事者，不唯有超世之才，亦必有坚忍不拔之志。"

彭湃以坚忍不拔的革命意志，带领海陆丰人民先后举行三次武装起义，通过艰苦卓绝的斗争，在火与血的洗礼中，创办起全国第一个总农会，建立起中国第一个苏维埃政权，为中国工农革命树立起一面旗帜，为革命胜利开辟了前进道路，为新中国诞生建立起不可磨灭的功勋，在中国革命史上谱写下壮丽篇章。

中国古人这样定义伟人：定乾坤，净社稷，指航程，明方向。恩格斯说伟人的特征是："他们几乎全都处在时代运动中，在实际斗争中生活着和活动着，有人用舌和笔，有人用武器，有些人则两者并用。"彭湃堪称伟人。

当南昌起义、广州起义相继失败，在革命陷入低潮的危急关头，两支起义军余部都选择"奔向海陆丰"。海陆丰，有第一块革命根据地；海陆丰，是革命的希望所在。在海丰朝面山，彭湃、周恩来等领导的南昌起义军，改编为中国工农革命军第二师，成为中国共产党独立领导的第一支正规军和中国革命的生力军。

周恩来是第二度来到海陆丰，这一次，他与叶挺、贺龙、刘伯承、聂荣臻、林伯渠、李立三、陶铸、徐特立、郭沫若等，在海陆丰人民舍命保护下，安全转移到香港。广东国民革命军第一次东征到海丰时，黄埔军校校长蒋介石、政治部主任周恩来，以及苏联军事顾问鲍罗廷、加伦，都曾住在彭湃家里。

彭湃故居始建于清末，是一幢风格独特的白色楼房，屋前肃立着高大的菩提树，海丰母亲河龙津河从庭前蜿蜒流过。在日本留学时，彭湃凭记忆绘就巨幅布画《龙津夜景》，寄托思乡之情。彭湃卧室里，挂着"人生自古谁无死，留取丹心照汗青"楹联。他的"得趣书室"，成为中国农民运动发源地、中共海陆丰地委办公场所，《赤心周刊》在此出版，中国第一个农会在此成立。在彭湃感召下，还有六人走出这栋仿西式楼房，投身革命，惨烈牺牲，他们是彭湃的亲人和爱人。

一个家有良田万顷的富家公子，却成为毁家纾难、出生入死的无产阶级革命领袖，被毛泽东誉为"农民运动大王"，为什么？

伟大的国际主义战士白求恩，在加拿大过着钟鸣鼎食的贵族生活，却"不远万里来到中国，把中国人民的解放事业当做他自己的事业"，为什么？

因为，他们是高尚的人、纯粹的人、有道德的人，他们胸怀广大可纳乾坤，他们视信仰理想高于一切。哲学家把人的生活分作三个层次：物质、精神、灵魂。"人各有志，岂以利禄易之"，荣华富贵的利益原则，并非于人人适用；玩世不恭的犬儒主义，被有志之士鄙夷。心灵的超拔、信仰的崇高、理想的庄严、精神的明亮、道德的高尚、信念的坚定……使得灵魂高贵者不走庸常之路，他们追求的是绝顶的精神境界。所以，每到历史的节点，总会有人不计世俗得失，"国而忘家，公而忘私"；有他们的存在，国家才有前途，因他们的奉献，民族才有希望。

因叛徒出卖，彭湃在上海被捕入狱，敌人灭绝人性，他昏死过九次，依然坚贞不屈。遇难当天，他给党中央写绝笔信，唱着《国际歌》英勇就义，年仅三十三岁。金星陨落，天地失色，万民同悲。

毛泽东、瞿秋白、张闻天、周恩来等深情撰文，深切缅怀中国革命先驱彭湃，中共中央发表《告人民书》，称彭湃为"广大群众最爱护的领袖"，并呐喊"谁不知广东有彭湃"！为纪念彭湃烈士，一九三三年，中华苏维埃临时中央政府会议决议，在福建宁化县中央苏区增设彭湃县。

先驱的意义，不在于坦途通道上的万众共识，而在于丛林荆棘中的孤奋勇往。先驱是星辰、是灯塔、是火炬，引领人们在黑暗中前行。

从文天祥到彭湃，从方饭亭到海陆丰，英烈逝去，浩气长存，精神不灭，薪火相传。

越王山下

　　这是一座具有王者气派的雄伟大山，方圆两平方公里，从远处看，它四面绝壁，浑如一位大王在士兵护卫下雄视四方。

　　它是越王山，耸立于广东省河源市紫金县古竹镇东江河畔，以南越王赵佗得名。

　　遥思两千多年前，秦始皇兼并六国后，派五十万大军进攻南越，忠勇有谋的河北正定人赵佗，受命"南取百越之地"，率军平定岭南。湖北汉墓出土的《淮南子·人间训》竹简，有秦始皇发兵岭南的记载。

　　赵佗不负使命，岭南纳入秦版图，华夏一统，龙川置县，秦始皇任命赵佗为县令并就地戍边。秦末，中原战乱频仍，为保境安民，南海郡尉赵佗，发兵兼并桂林郡和象郡。广州南越王宫遗址出土了秦铁矛等秦军重要武器，它们就是当年征战的有力证据。

　　秦亡，汉朝天下大定，高祖四海称雄，恩威齐天，政通人和，赵佗接受册封，拜王封爵，成为南越王，并逐渐统一了岭南百越诸部。

　　吕后临朝，朝中情势汹涌，汉越交恶，本就有凌云之志的赵佗，对何去何从权衡不定。一日，他顺东江南下番禺，船经古竹，见此山气势磅礴，心中一动，便下船上山。他登高望远，雄心勃发，决定来一场政治豪赌：称帝。历史总是奉迎强有力的人，他赢了。赵佗建立了南越国，定都番禺，与吕后抗衡。南越王墓出土的玉石"帝印"、"文帝行玺"金印、木简、铜钮钟、石编磬等珍贵文物，印证了《史记》《汉书》关于赵佗建立南越国的记载。

南越国疆域广大，辖今广东、广西等地区。在广州南越王宫遗址出土的木简中，一枚墨书上有"横山"地名。经考证，此横山位于今越南中部，这说明南越国的疆土也包括了今越南中北部。南越王宫遗址出土的"未央""长乐宫器"等铭款陶器，显示南越国仿效汉廷建立了自己的宫殿和宫苑。在政治和军事方面，南越国大多沿袭秦朝；在制度与文化方面，带有明显的中原色彩；在治国方针上，则实行"和辑百越""以越俗笼络越人"。

赵佗的确有乾坤之才，他纳贤举能、开疆拓土、凿山筑道、开渠通航，打通岭南与中原的交通脉络，大力发展内河航运与海上贸易，引进中原先进生产工具，积极推广中原汉文化，使远离朝廷的岭南从蛮荒之地变成富饶之邦，使番禺（今广州）成为秦汉一大都会。开放与融合，让南越国力日渐强盛，几乎能与北方匈奴相提并论，当时有"强胡劲越"之谓。赵佗，被誉为岭南开发第一人，被尊为岭南人文的始祖，被毛泽东称为"南下干部第一人"。

看来，南国改革开放史，可以追溯到南越国。

当汉文帝身登大位、鼎定乾坤、号令天下，识见高卓、器局宏大的赵佗，以华夏统一和民族团结为重，以君子之道对汉朝再行臣子之礼。汉越和解，赵佗功不可没。

计利当计天下利，求名当求万世名。赵佗与时俯仰，进退有度，进王退圣，千古流芳。

因赵佗而得名的越王山，集自然景象和人文景观于一体：天然大佛、乾坤石、转运石、千福岩、三圣岩、狮子岩……让人赞叹；神似赵佗头像的"王头像"，令人称奇；千年古寨门、打铁场、面壁岩、越王榻、越王谷、越王石……这些历史遗迹，都与南越王有关。越王山上遍布摩崖石刻，均为名人要员所题，其中"世界潮流浩浩荡荡，顺之则昌逆之则亡"格外醒目，为祖籍紫金的孙中山先生所书。

然而，最让我感兴趣的不是越王山，也不是南越王，而是越王山下的龙川、佗城。

至今保留最古县名的龙川，是联合国认定的"千年古县"，乃"珠江东水开端，岭南古县第一"。因地理位置独特，古龙川成为中原进入岭南的要塞，成为中国最早的移民之城，成为中原与百越的文化融合地。当年，赵佗通过筑城营防、移民实边、屯垦定居等措施，使龙川快速成为百粤首邑、岭南重镇、商贸都会；兴旺繁盛的龙川，也成为赵佗的"兴王之地"。

英雄崇拜，在历朝历代都是社会常态、大众心理。为纪念龙川首任县令赵佗，民国时期，龙川易名佗城。

龙川是一座美丽的山水城，苏东坡诗作《龙川八景》，将其描绘得淋漓尽致："嶅湖湖水漾金波，嶅顶峰高积雪多。太乙仙岩吹铁笛，东山暮鼓诵弥陀。龙潭飞瀑悬千尺，梅村横舟客家过。纵步龙台闲眺望，合溪温水汇长河。"

佗城位于现龙川县最南端，是最早的龙川故城，素有"秦朝古邑、汉唐名城"之美誉。看似不起眼的小镇，散落着诸多历史遗迹：新石器时代的坑子里文化遗址、牛背岭，秦时的城基、越王井、赵佗故居、马箭岗、点将台，隋代的考棚、东山寺，唐朝的学宫、正相塔、正相寺，宋代的苏堤、古码头、越王庙、循州治所，明朝的城墙、城隍庙、仙塔桥、天后宫，清朝的县前街、南门街、百岁街、东门街，民国时期的龙川商会……不胜枚举。

全国有不少东山寺，以佗城东山寺最为有名，端赖苏东坡的七言绝句："首营古寺在东山，底事钟鸣向暮间。一百八声声响后，僧人从此锁禅关。"始建于东晋、形状恰似"双龙戏珠、铁扇关门"的鹿湖禅寺，也是龙川一大胜景圣境。

佗城南山古寺更是了得，与姑苏寒山古寺并称于世，古语"寒山晨钟，南山暮鼓"说的就是它们，"晨钟暮鼓"即来源于此。南山古寺位于东江之畔、南山之麓，南山主峰如莲座，四周辅山层叠如莲瓣，向正中形成朝笏之势，可谓形胜奇绝。据《南山寺志》记载，南山古寺兴盛于唐朝开元年间，历代高僧辈出，六祖惠能曾于此汲水避难，大颠禅师曾于此驻锡弘法，惭愧祖师曾于此求法证道，韩愈曾在本寺著文施教，李商隐曾隐居本寺吟诗作赋，苏东坡曾于本寺参禅问道……

当年，苏轼贬谪惠州不久，其弟苏辙也因上疏论谏谪居循州（龙川），秋日，苏东坡从惠州溯东江而上循州，苏辙喜出望外，难兄难弟携手同游，十分尽兴。除了历史上著名的"龙川八景"，被誉为"丹霞山第二"的龙川霍山，也让东坡称赞有加："霍山佳气绕葱茏，势压循州第一峰。石径面尘随雨扫，洞门无锁借云封。船头昔日仙曾渡，瓮里当年酒更浓。捷步登临开眼界，江南秀色映瞳瞳。"

苏辙则更多地感慨、感恩于当地乡民之厚德深谊："获罪清时世共憎，龙川父老尚相寻。直须便作乡关看，莫起天涯万里心。"

据《龙川县志》记载，苏辙幽居嶅湖之畔白云桥西，闭门著述《龙川略志》《龙川别志》，其间，嶅湖旱涝不断，苏辙以兄长为榜样，率众筑堤，之后鳌湖波平如镜、润泽于民。后人为纪念苏辙，将鳌湖堤改名为"苏堤"。苏门双杰，苏堤并立。鳌湖旧貌换新颜后，苏东坡又为龙川赋诗一首："鳌湖湖水水澄清，最喜秋来月漾金。夜静问渠天在水，嫦娥推倒玉轮沉。"清康熙年间，时任县令将鳌湖边的关帝庙改建为鳌湖书院，鳌湖书院曾闻名遐迩，惜乎后来不知所终。

正相塔原名开元塔，系六角形楼阁式砖塔，始建于唐开元三年，是广东省重点保护文物。宋代，名相吴潜被贬龙川时，就住在开元塔下开元寺里，为了纪念刚正不阿的吴潜，佗城老百姓改称开元塔为正相塔，将开元寺改称为正相寺。

佗城学宫即龙川孔庙，建筑规模极为宏伟。它始建于唐朝，元、明、清三代，不断遭到兵燹、毁坏，又不断重建、修复，现存的大成殿、明伦堂和尊经阁，是清康熙七年的建筑。大成殿内，康熙帝御书"万世师表"金字牌匾下，大成至圣先师孔夫子肃穆端坐；嘉庆皇帝御颁的"至圣先师大成殿"金匾，则高悬于殿门之上。考棚又称贡院，是科举时代士子们应试的考场、读书人的"龙门"。龙川考棚离佗城学宫不远，由大门楼、至公堂、官员寓所和文武考场组成。学宫与考棚并存，全国仅剩两处：广东龙川一处、河北定州一处。

作为年代最为久远的客家古邑，佗城镇全境有着近两百个姓氏，几乎一户一姓的佗城村，堪称"中华姓氏第一村"。作为"中华古祠堂博物馆"，佗城曾建有一百多座祠堂，至今完好保存着近五十个，在百岁街、横街和中山街，每走几步就能看见一个祠堂，可见其宗姓之繁多。来到佗城寻根拜祖，是许多游人的乐趣所在。佗城百姓友善好客，我请求进院拍摄老宅，每家每户都微笑应允。

城基、古井、学宫、考棚、寺庙、高塔、民居、祠堂、码头、商会等古建筑，共同见证着佗城昔日的辉煌与沧桑。

近现代史上的龙川，农民运动风起云涌，东江纵队威名远扬，"文化大营救"砥柱中流。一九四一年末，香港沦陷，一批暂居香港的文化界名人、抗日爱国民主人士处境十分危险，周恩来指示八路军驻港办事处负责人廖承志，要求不惜一切代价把这些人全部转送出港。在艰苦卓绝的"文化大营救"中，龙川是营救路线上非常重要的一环，最终，何香凝、柳亚子、茅盾、邹韬奋、夏衍、范长江、张友渔、廖沫沙、戈宝权、胡风、胡绳、丁聪、叶浅予、黄药眠、蔡楚生、金山、章泯、胡蝶等近百名爱国人士和文化界名人，毫发无损抵达安全区，这场被茅盾称为"抗战以来最伟大的抢救"，为中华民族和新中国保存了一大批文化精英，在中国共产党历史上具有重大意义。

岁月流逝，世事沧桑。在历史长河中曾波澜壮阔的龙川，弥散着秦汉古风、唐宋遗韵的佗城，而今是岭南民俗风情的万花筒，是中国城镇文化进程的活化石。历史文化名城很多，但像龙川、佗城这样气质的很少。

墩仔寨

从上空俯视，这座占地十余亩、呈椭圆形、中间高四周低的寨子，这座建立在一块一万多平方米大石墩上的寨子，这座在大石墩半坡筑成的龟形客家围龙屋，形状奇特，令人惊叹。

它叫墩仔寨，位于广东省汕尾市陆河县水唇镇墩塘村，始建于清顺治十七年。

客家"围龙屋"与北京四合院、陕西窑洞、广西"杆栏式"、云南"一颗印"，被中外建筑学界合称为"中国五大民居建筑形式"。墩仔寨，这座奇特的龟形客家围龙古寨，是世界上独一无二的建筑形态，是中外建筑史上的经典之作。

寨子坐东朝西，寨门高高在上。远远望去，就能看到有一座飞檐燕尾楼从寨子围墙里突出来，牌楼上镌刻着"川岳钟英"四字，意为山河锦绣、风水宝地。登上几层石阶，便可看见两层三重门，这是古寨的西门，也是正门。门楼上有两个圆窗，神似一对龟目；门楼中间的方窗，造型酷似龟鼻，紧凑在"龟目"中央下方，作观察瞭望之用；大圆拱门似龟口大张，据说利于吸纳四面八方之财。

墩仔寨造型之奇独一无二，门槛之特也举世无双。村民说，当年建寨者宇文公请来高明的风水师勘察风水，明师按地形选方位，格准分金，确定朝东、西两方开门。动土兴工时，在原定开东、西两门的地方锄开表土，竟然出现两道天然生成的石门槛，而且都是长三尺六寸——木干尺尺寸中的三尺六寸是财丁兴旺之数，实在令人称奇叫绝。

越过西门天然门槛，就进入了古寨。从西门到东门，直线距离九十六米。十二条横巷左右穿插于主街道两边，使东、西两街贯通相连。古寨两百多间错落有致的房屋，统一由土砖、木头、青瓦建造而成，共同交织出一片巨大的龟背纹。置身于古寨，犹如身处迷宫，若无村民引路，外人很难辨别南北西东。

寨子正中心有一块凸起的石头，叫龟背石，是整座围龙屋的至高点。跨过东门天然门槛，可看到门外也有一块凸石，状似龟尾，叫龟尾石，与寨基石相连。

大自然这般神奇造化，令我绝倒。

西门和东门上，都开有向外的炮眼，用以防御盗贼、抵御外敌。为了保护寨子风水，嘉庆年间，东、西两门外开始设立"禁碑石"。

龟形围龙屋的外围，是迂回相通的跑马道，跑马道边有上学堂和下学堂，"学堂巷"牌匾犹在。小小墩仔村，清朝出过一百三十五位举人、秀才、仕臣，可见其钟灵毓秀、风水之佳。

在龟形围龙屋外围的外围，有九口池塘围绕着一口方方正正的古井，古井名神泉龙井。八十六岁的村民余阿公健步如飞，领着我们来到井边，声如洪钟地讲述此井之神之奇：它永不干涸，也永不渗出，即使井外洪水泛滥，井水还是清澈见底……

暴雨过后，站在后山顶俯瞰，墩仔寨恰似一只大龟在湖中游弋。

　　墩仔寨寿星特别多，小小村寨有十多位九十岁以上高龄老人，曾有一位寿星达一百零六岁。村民说，这和大石墩有关，和围龙屋呈龟形有关，和神泉龙井有关。

　　像其他村寨一样，墩仔寨有不少屋子已人去楼空，只留下残垣断壁供后人凭吊追忆。自从获评"广东十大特色古村落"后，沉寂多年的墩仔寨，获得了新的生机，成为汕尾最著名的景观，国内外游客纷至沓来，墩仔寨已然喧哗与骚动。

观音山

丝绸之路开通以后，在东西方文化的交流融合中，世界三大宗教之一的佛教，从这条闪耀着丝绸光芒的商贸之路传入中国，派衍蔓延遍及华夏，浸入社会生活各个领域，对中华民族伦理道德影响深远，对中国文化艺术影响巨大，甚至国人的世界观、价值观、生死观都被其潜移默化，可以说，宣扬慈悲与智慧理念的佛教，几乎影响了中华文化的方方面面，进而成为"半个亚洲的信仰"。

随着佛教之兴，九州大地上，一些山水的"神性"开始向"佛性"转化，因为慈悲智慧的佛菩萨，要把受苦难者渡向极乐世界，也能让作恶者"放下屠刀，立地成佛"，因而极大地迎合了普通民众的深层心理，老百姓恨不得处处是佛、时时有佛、物物皆佛。

于是乎，凡山清水秀丛林茂密之地，庙宇纷纭矗立，"天下名山僧占多"。如此一来，佛教更进一步渗透进人们的思想意识：一草一木皆禅意，一山一水俱为佛；大地众生皆有佛性，山水有情生生不息。

山水草木，从某种意义上来说，是世间最原始也最具生命力的佛。

观世音是老百姓最为推崇的菩萨，"大慈大悲靠菩萨现身，救苦救难在观音显灵"，所以，观音文化尤其深入人心，也因此，华夏神州自东至西、从南到北，耸立着数百座"观音山"，建造了无数座观音寺。

在各尽其妙的观音山中，最声名远扬的，是位于东莞市樟木头镇的观音山（东莞是全国五个不设区的地级市之一），它还有个名称：广东观音山国家森林公园。

一座以"观音"命名的山，既是生态型国家森林公园，又是国家级旅游景区，非常少见。

我笔下的观音山，就是广东观音山国家森林公园。

十八万平方公里的观音山，原始次生林连绵起伏，一峰连着一峰，神秘、幽远、壮阔，到处是奇花异草，时有珍禽异兽出没。春光明媚时，这里百花盛开、清香四溢；夏日炎炎时，这里微风习习，有着颠覆常识的清凉；秋风送爽时，这里烟霞满山，仿佛一幅淋漓水墨；北国雪飘时，这里艳阳正好、温暖如春。

森林养育了人类，森林孕育了文明。科学家证实，自然灾害层出不穷，与森林减少关系密切。没有森林，乡村难成美好家园，城市更非宜居之地，而人类也将不复存在。森林给予人类无穷的宝藏，也滋润着人类的心灵，没有森林，人类便失去了诗意的生存环境。过去，在城市的不断扩张中，城"进"林"退"，大片硬化土地不断压缩城市生态空间，使得动植物不断减少、濒危、灭绝，城市环境问题突出。现在，人们越来越认识到森林的重要性：在城市可持续发展中，森林的作用不容忽视。城镇化进程与环境之间的关系已是全球性议题，许多国家已开始保护森林，着力于改善生态环境，人类走上了回归自然之路。重返大自然的森林旅游，正成为都市人的一种生活方式。

二十年前，很多人还意识不到这些，即使在岭南文明重要发源地、中国近代史开篇地——东莞。东莞是著名侨乡，又紧邻深圳，得天独厚的条件使其成为改革开放先行地，经济为"广东四小虎"之首，号称"世界工厂"。当房地产开发风起云涌、国内外贸易如火如荼时，经营不善的昔日观音山被当作"烫手山芋"，东莞本土人士黄淦波先生，既有远见又有社会情怀，为了守护这片森林，为了保护这方生态，凭着一颗热心、一副赤肠，逆潮流而动，勇当接盘侠，几乎是押上身家性命，沐风栉雨，披荆斩棘，建立起国内首家民营国家森林公园。

一千八百公顷的森林覆盖着观音山，其中百分之九十仍然保持着迷人的原始风貌，走进它，就像走进了大自然博物馆。茂密繁盛的森林是最好的空气过滤器，使观音山成为东莞的"城市之肺""天然氧吧"；遵循人与森林互惠的法则，使观音山成为"广东省最佳旅游目的地""国家 AAAA 级旅游景区""国际生态旅游示范基地"……

在经济价值之外，人类还要追求文化价值。生态是永恒的经济，文化是旅游的灵魂，观音山管理者深谙此理，矢志将观音山打造成文化名山。

门楼的设计就匠心独具：飞檐翘角的造型、雕刻精细的屋面、阔大雄硕的拱架、别具一格的屋顶、雍容典雅的气度，集中体现了中国南方古典建筑的特色，巧妙体现出建筑与自然的关系。

一进入山门，清爽幽香的气息，立刻扑面而来。

绿树成荫的佛光路、鸟语花香的百禽园、竹石掩映的回音壁、花木扶疏的斋菜馆、微风轻拂的松涛湾、散珠溅玉的仙女泉、空灵澄澈的普渡溪、微波涟漪的感恩湖、云雾缭绕的仙宫岭、拔地倚天的慈云阁、神秘莫测的古钟楼、雅致幽静的天梯栈道、惊险刺激的高空滑索、飞流直下的三十六级瀑布……观音山糅造化与匠心于一体，集自然和人文景观于一身。

迄今为止世界上唯一的古树博物馆，是观音山的一大亮点，收藏着中国从黄帝时代至民国时期的珍稀古树。时光的刻刀，把近百棵高贵的古树雕刻成了神奇的艺术品：躯干霜皮龙鳞，肌理交错纵横；横截面上的斑驳年轮，轮回着日月星辰的光圈，见证了沧海桑田的变迁。观音山古树博物馆以研究、观赏为目的，向游人免费展出，是岭南公益科普教育基地。

中国民俗钱币博物馆慕名而来，落户观音山。这是全国首家民俗钱币博物馆，展出的三百多枚罕见的品种中，有辽代帝王佩戴的镂空钱币，有明代皇家的宫牌，还有始于汉代兴于宋金的镂空钱币，每一枚都诉说着一段历史典故，每一枚都讲述着一段民俗故事。

观音山国际会展中心是樟木头镇的标志性建筑，是东莞市经济、文化、科技、商贸活动及信息交流中心，也是珠三角地区独具特色的商业活动场所。观音山文化广场大气开阔，立于广场上的瞭望亭，既可鸟瞰"小香港"樟木头镇全景，亦可远眺东莞、惠州、深圳的璀璨夜色。

举世闻名的记者作家马尔克斯说：最幸福的生活，莫过于上午在森林，晚上置身于大都市。观音山，便可以提供马尔克斯所说的这种"最幸福的生活"。

观音山的文化精髓，更在于它的文化情怀：持之以恒举办蜚声海内外的"美丽中国"征文大赛、影响日隆的当代文学高峰论坛、闻名遐迩的"健康文化节"、功德无量的金秋敬老节等等，多姿多彩，雅俗共赏，助力文化事业，造福父老乡亲。

"非尽百家之美，不能成一家之奇，非取法至高之境，不能开独造之域。"传统文化、宗教文化、本土文化、外来文化、园林文化、民俗文化的融合，成就了别具一格的观音山文化。

文化和宗教，是一个民族精神生活的重要领域；文学艺术的极致，就是向宗教无限接近。

社会越发展，人类便越渺小；物质越发达，人心就越孱弱。当今社会过于喧嚣浮躁，人的欲望空前膨胀，在这个物欲横流的时期，在这个人生无常的世间，人尤其需要精神的力量和信仰的支撑，而日新月异的科技解决不了心灵问题，现代人的心灵慰藉依然需要求助于宗教。佛教是启迪人生心智的宗教，国际上最具权威的百科全书《大不列颠百科全书》指出："佛法的可信，是因为从佛陀时代直到如今，一直有佛弟子的修行体验，证明着佛法的正确无误。"

佛在西天，也在人间，就在人的身边，就在人的心中，"佛法在世间，不离世间觉"。深奥的教义，需要浅显有效的传播方式。观音山管理者秉承太虚太师"人间佛教"思想，在坚守中华民族传统文化的同时，立志"造一方净土，结万众善缘"。观音山，原本就是传说中观音菩萨初抵华夏的第一驿站，盛唐所建的山顶观音禅寺，惜乎毁于战乱，而今，观音山与时俱进地"圣山景区化、景区圣山化"，以期帮助众多在金钱与信仰之间纠结的人走出心灵困境，以期帮助诸多在红尘与净土之间徘徊的人心灵得到皈依。

于是，观音山又增加了一类游客：佛教朝圣者。对他们来说，观音山不只是仙山圣境，或许是信仰归处。

在中国文化中，山是可以通天的风云交集之地，寺庙是人与神佛的通灵之所，寺庙建筑都采用升腾之势，观音山自不例外。

顺着岚光花影的菩提小径，在梵音赞唱中拾级而上，山顶上的观音寺殿宇巍峨、庄严静谧，充溢着佛门清净之气。观音寺供奉着佛门圣物舍利子，珍藏着汉文版和藏文版《大藏经》。观世音菩萨端坐于莲花座上，妙相庄严、气度高华，悲悯俯视着芸芸众生。这尊世间最大的花岗岩石雕观音像，携带着菩萨的慈悲和祝福，带给人心灵的宁静和法喜，善男信女们对之跪拜、诉求、诵经、持咒，"为的是让心里有一个依靠"（弘一法师语）。这尊庄严的观世音造像，也是一尊极具盛唐风采的石雕精品，人们仰观礼敬之，不仅能体验宗教的善，还能感受艺术的美。

树木在佛教中具有非常重要的意义：乔达摩·悉达多王子在无忧树下诞生、毕钵罗树下悟道、释迦牟尼佛祖在竹林园中弘法、娑罗树下涅槃。《毗尼母经》说："若比丘为三宝种三种树：一者果树，二者花树，三者叶树，此但有福无过。"又说："有五种树不得斫：菩提树、神树、路中大树……"佛陀早就开示过世人："种植华果树木，得以使人清凉，功德也能日夜增长。"除了守护住原始次生林，观音山还无处不"种植华果树木，得以使人清凉"，来宾触目皆是果树、花树、叶树。

晚明文人十分讲究生活艺术，文学家、戏曲家屠隆说他最理想的生活是"楼窥睥睨，窗中隐隐江帆，家在半村半郭；山依精庐，松下时时清梵，人称非俗非僧"。观音山，就可以提供这种"最理想的生活"。

观音山，以优美的自然景观、深厚的人文内涵、浓郁的佛境氛围、"有求必应，威灵显赫"之盛名，吸引着国内外游客源源不断涌来，甚至吸引着他们年复一年不断返回。

古贝州之春

　　曾经梦到德州，平生足迹未至，梦中情景历历，却似故地重游。十分讶异，求教于江湖高人"马大师"。马大师说：你的前世在德州。他开了天眼，能看穿人的前世今生。

　　从此，秦始皇以水德立国的"水德之始"德州，成为我心中隐秘的故乡，成为我人生中一个重要的关键词。

　　来自德州武城的邀约，即将开启我盼望已久的"寻找前世之旅"。莫非我的前世在武城，或者说在贝州？

　　抵达德州高铁站，心头掠过一阵悸动。

　　武城古亦称贝州，建于北周。战国时期，武城属赵国，地处赵国东部边塞，乃军事要塞，为防御外敌侵入，屯以重兵、坚固城墙，谓武备之乡，故称武城。孔子得意门生子游出任武城首位县令，受命于此；战国平原君任赵国宰相时，受封于此；杰出的农民领袖、"夏王"窦建德，降生于此；中华第一状元孙伏伽，诞生于此；"诗有太白遗风"的豪侠才子张祜，成名于此；明代"圣人"王道，告归于此；还有"千古忠烈"赵苞、辛亥革命先驱王金铭……武城孕育了多少英雄豪杰、硕学名儒。小小武城，出过十八位文武状元、四十二位宰相。放眼神州大地，甚至极目六合八荒，如此这般地灵人杰的县域，除了武城，也是没谁了。

"子之武城，闻弦歌之声"——《论语》提到武城，诚为赞美之词；在著名小说《醒世姻缘传》《太平广记》中，武城也都是正面形象；《金瓶梅》《水浒传》，写的则是武城周边地区发生的事情。

友人开玩笑，说我的前世就在武城，说不定就是张祜。虽然"宫词老大"张祜的宫词"故国三千里，深宫二十年。一声何满子，双泪落君前"让我欢喜得紧，但如果我的前世真在这"弦歌之地，状元之乡"，我倒希望是"夏王"窦建德。或许，我骨子里有草莽英雄情结。

环绕武城的卫运河，古时候为黄河故道，秦汉时期称为清河，隋唐两代属永济渠，宋代称御河，元代临清成为京杭大运河的一段。相传大禹治水，"一生浚九河，其五在德州"，武城境内的鬲津河（现称减河）就是其中之一。上古时期，临鬲津河而居的鬲氏部落，以擅长制作陶器"鬲"而得名，史书记载，神话传说中的"后羿射日""嫦娥奔月"，就发生在鬲氏部落左近。

因水美谷丰，贝州（武城）在商代以酿造国酒闻名于世。"尧舜千钟，孔子百觚。古之圣贤无不能饮也。""少有异才"的东汉名士、建安七子之一孔融说，"尧不千钟，无以建太平；孔非百觚，无以堪上圣"，这个以"孔融让梨"名扬天下的孔子第二十世孙认为，其先祖之所以能万世师表，原因之一就是能喝。这话说得，也不知道孔圣人受用不受用。然而，武城美酒就曾让孔圣人"醉卧"，可见其诱惑力有多大。

古人将酒归功于"酒以致礼，酒以治病，酒以成欢"。据说当年秦军围攻赵国，平原君想求救于楚国，门下食客毛遂自荐，所带国礼为美酒，而且正是武城酒。毛遂不仅成功说服了楚王，还留下了典故成语"毛遂自荐"。

在中华民族传统祭祀活动中，酒必不可少，所谓"无酒不成礼仪"；民间的婚庆嫁娶、节庆生日、修房盖屋、嘉奖慰劳、亲人团圆、朋友聚会，酒也不可或缺。"一壶浊酒喜相逢""酒逢知己千杯少""劝君更尽一杯酒，西出阳关无故人"……酒以成欢，酒亦壮别。

酒与英雄豪杰的故事，几乎人人耳熟能详：荆轲以酒壮别、晋文公莘山温酒、勾践酒壮士气、霍去病"酒泉"犒兵、汉高祖借酒斩蛇起义、曹操"煮酒论英雄"、关云长温酒斩华雄、赵匡胤"杯酒释兵权"、岳飞携酒助威、武松醉打蒋门神……顺便一提，武城有个千年古镇甲马营，因宋太祖赵匡胤曾在此下马巡营而得名。再郑重其事一表：著名爱国将领吉鸿昌率部驻扎武城时，为唤起民众书写"睡狮猛醒"，将其镌刻于县府门前的石狮子背上，这对石狮现存于古贝春文化馆。

历史上，枭雄为美女而战的事例不少，最著名的，国外有古希腊特洛伊战争，为争夺绝世美女海伦，双方足足打了十年；国内有吴三桂"冲冠一怒为红颜"，因为陈圆圆，甚至改写了中国历史。古今中外，唯有一次为美酒而战，那就是一坛赵酒引发的血案：著名军事家孙膑、庞涓生死对决，"围魏救赵"就是这么来的。

魅力如此之大的赵国佳酿，是不是就是古贝春的前世呢？史书没有记载，不过真的很有可能。古贝春的历史渊源，就追溯到了赵国国酒。

古贝春是坐落于武城的一家酒厂，也是白酒行业中的一个大品牌。

岁月更替，贝州"国酒"随之销声匿迹，但到西汉时期，武城"东阳好酒"又声名鹊起。至隋唐，武城"状元红"被唐太宗定为宫廷宴酒。京杭大运河开通后，德州作为运河要津，号"九达天衢""神京门户"，"商贾辐辏，仕女如云，车水马龙，奔赴络绎，极一时之盛"，运河上"帆樯如林，百货山积"，运河两岸"市肆栉比，绵亘数十里"；武城成为重要码头，武备之乡华丽丽变身为商贸之城，市肆林立店铺连门，酒市更是红火，民谣传唱"买好酒，贝州走，大船开到城门口"，可见贝州美酒之盛极于世。清朝鼎盛时期，"状元红"演化为"小米香"，成为向宫廷进贡的民间名酒。惜乎清末民初以降，因战火频仍、民生凋敝，贝州佳酿渐渐消弭于历史烟云中，多少年来，失落的武城人，只能不胜惆怅地"遥想当年"，喟叹一句"我们祖先也曾阔过"。

"俱往矣，数风流人物，还看今朝。"

一九七八年，那是一个春天，武城县酒厂的五粮浓香型酒问世，起名"古贝春"，意为"古代的贝州又焕发了青春"。从此，古贝逢春，流风余韵散新香。所谓旧瓶装新酒，正是他们的高明之处。无法而法，乃为至法。四十年过去，古贝春先后荣膺"中华老字号""中国驰名商标""巴拿马国际金奖""联合国千年金奖"等，在世界白酒版图中，占有一席之地。在古贝春的无数荣誉中，最让我肃然起敬的，是"全国守合同重信誉企业"。

敦实的体形、敦厚的笑貌，隐藏其后的，是大智若愚的些许狡黠，这是古贝春现在的"带头大哥"留给我的印象。无论来宾尊贵与否，只要在厂，"带头大哥"一定要来见个面、敬杯酒。所谓"周礼尽在鲁"，同时也是古贝春的待客和经营之道。

短暂客套寒暄之后，大家开始推杯换盏。男人似乎是天生的酒精动物，一有高兴事儿就喝酒，有了不高兴的事情也喝酒。不多久，同伴都喝嗨了，他们说："今儿个高兴！"或许日常的忙

碌琐碎，容易腐蚀掉生活激情，只有依靠酒精或爱情的燃烧，才
能感觉自己不那么平庸。蒙古族男人酒兴更豪，并且一喝酒就唱
歌，一唱歌就能把女人的心融化，我在乌珠穆沁大草原上领教过。
更难忘的，是三个月前，在雪域高原听到藏族"酒仙"的天籁之
音："我是贡品，奉献给尊贵的喇嘛，奉献给慈悲、怒目的神灵；
我是国王和王妃结缘的胶水，我是平民百姓的喜乐，我是勾引可
爱姑娘的圈套。我助你更加欢快地歌唱，我助你更加轻灵地舞
蹈。""你流泪时，我抚平你的忧伤。我是哑巴开口的钥匙，我
是聪明人的头脑。我帮助勇士荡平敌寇，我引领懦夫穿越荒山野
岭。我是曝光伪君子的明灯，我是智者说出警句的天赋。没有我，
世间的丰功伟绩由谁完成？"语言多么平实，却又多么睿智。这
是藏族人对酒的赞歌，也是对神灵的献礼。莲花生大师让酒融入
了藏传佛教，也许这位印度佛教史上的伟大成就者、藏传佛教的
主要奠基者认为，如果让藏族人放弃世俗的习惯、剥夺他们饮酒
的快乐，就很难有那么多追随者了。

文友们喝得开怀，酒兴之下，吟诗作赋者有之，自比"诗
圣""诗佛""诗仙""诗豪""诗魔""诗鬼"者亦有之。文
人与酒，自古纠缠不清。王孝伯"痛饮酒，熟读《离骚》"，怀
素酒醉泼墨，刘伶整日狂醉，李白"斗酒诗百篇"，孟浩然"且
乐杯中酒"，柳永"疏狂图一醉"，苏轼"把酒问青天"，晏殊"一
曲新词酒一杯"，辛弃疾"醉里挑灯看剑"，陶渊明"斗酒聚比邻"，
岑参"斗酒相逢须醉倒"，秦观"为君沉醉又何妨"，黄公望"酒
不醉，不能画"，欧阳修"颓乎其中"著《醉翁亭记》，刘禹锡
"暂凭杯酒长精神"，唐伯虎"以花为邻以酒为友"，张索懿"有
酒学仙无酒学佛"，蒲松龄"名士由来能痛饮"，曹雪芹"酒渴
如狂"，弘一法师出家前也还"一斛浊酒尽余欢"……真的是"古

来圣贤皆寂寞，惟有饮者留其名"！

不过，美酒的发明人是女性，这一点，恐怕令男人很是泄气。仪狄酿酒，史料凿凿：《吕氏春秋》云"仪狄作酒"，《战国策》进而言之"昔者，帝女令仪狄作酒而美，进之禹，禹饮而甘之"。所以，真要喝起来打擂台，男人未必是女人的对手。文君当垆，贵妃醉酒，班婕妤借酒浇愁，李清照"夜来沉醉"，唐婉"红酥手，黄藤酒"……女人的含蓄与狂放、悲喜与嗔怨，在喝酒后便能体现得淋漓尽致。

不管谁用什么话来刺激，我都是脖子一梗打死不喝，一副"刀枪不入，百毒不侵"的师太尊容。也曾喝过几次，无论喝的是白酒，还是红酒、啤酒，每次都难受、过敏，后果很严重。小命要紧，礼数就顾不得了。鲁迅文学院高研班学弟庆杰说："常言道，'喝贝州老酒，吃德州扒鸡'，人生莫大享受。来到古贝春，不喝古贝春，说得过去吗？师姐前世在德州，连'故乡'酒都不肯沾一滴，以后还好意思提德州？"字字击中软肋，句句戳到泪点。又想起十九岁那年坐火车上北京，在德州站台上买了只德州扒鸡，那个黄灿灿、香喷喷、油滋滋，啃得我满嘴流油，吃得我满心欢喜，多年过去了，当时的情形和心情，至今忘不了。原来，那是"故乡"的美味啊。"故乡"美酒，又怎能辜负？把心一横，喝！即便一命呜呼，也是魂归故里，也算死得其所。不仅酱香型、浓香型混着喝，甚至还喝下了度数高到吓人的原浆。结果安然无事，白白壮怀激烈一番。什么叫好酒，什么叫佳酿，什么叫匠心，什么叫传承……我懂了，这就是。

抬眼望窗外，老树绽新枝。南运河德州段已成为世界文化遗产，几只小鸟落在河畔大树上，叽叽喳喳叫得挺欢，好像鸣叫的是"布谷，布谷"。又一个春天来临了。

登黄山记

　　走出合肥高铁站，跳进一辆夫妻合开的出租车，讲好了价钱上黄山。

　　貌似忠厚老实的司机，不一会儿工夫，"老司机"本相尽显。也怪我途中多嘴多舌，忘了"言多必失"的古训，被"老司机"瞅准了软肋，他唾沫横飞地推介起九华山，他老婆也不断聒噪，夫唱妇随，大有不达目的决不罢休之势。实在经不住他们的摇唇鼓舌，我败下阵来，出租车转而开往池州方向。不能不佩服"老司机"看人下菜的本事。话又说回来，地藏王和观世音是中国老百姓最为推崇的两位菩萨，因为观世音菩萨大慈大悲救苦救难，地藏王菩萨含藏无量善根种子，因而，九华山是我久仰的佛教圣地，早就发愿要前往朝拜，这回能偿夙愿，也是机缘已到。

　　"众生度尽，方证菩提；地狱不空，决不成佛！"当地藏王菩萨大誓愿映入眼帘，我的泪水情不自禁夺眶而出。在九华山天台峰天台禅寺抽到一枝上上签，使我对地藏王菩萨更是一阵顶礼膜拜。

　　现在，中国佛教四大名山普陀山、九华山、峨眉山、五台山，我全都拜谒到了，阿弥陀佛，善哉善哉！

春风得意马蹄疾。马不停蹄奔下山，快马加鞭往黄山。蜚声中外的黄山"四绝"——氤氲飘忽的云、迷离缥缈的雾、绮丽多彩的霞、苍劲青翠的松，诱惑了我多少年啊，"四绝"之首的奇松（古人云"黄山之美始于松"），曾几度在梦中向我招手呢。能不"归"心似箭吗？

"老司机"夫妇把我拉进黄山的宾馆时，已是后半夜。

清早五点半，被 morning call 叫醒，酒店服务生告知：你参加的黄山一日游旅行团，七点钟要赶到缆车站等候上山。

启明星还在天空中闪烁时，缆车站就早已人头攒动、人声鼎沸。我们团队在导游小姐的示意下、在缆车站公安干警的掩护下，鼓足干劲，力争上游，过五关斩六将，总算闯到了比较靠前的位置。被挤到后面去的人，气得横眉竖目，却敢怒不敢言。我既于心不忍又暗自庆幸，不由想起这句话"人人痛恨走后门，试问不走后门有几人"。

很快，每个人都被前后左右夹成面饼，动弹不得又无可奈何，只有在感到呼吸困难时，才费尽力气试图转动身体。有几个脾气火爆的，怨声载道、出言不逊，差点打了起来，好在事态及时得到了控制。当然，这种外力促成的紧密无间，对情侣来说正中下怀。我左边的一对年轻恋人，就很善于因势利导，旁若无人，竭尽缠绵之事，让大家没法不"羡慕嫉妒恨"。右边不远处，两位北京侃爷谈笑风生，嘴皮耍得那个溜活像在说相声，我竖起耳朵，听得乐不可支，再不觉得时间漫长难熬。

总算得到行动号令，被挤成一堆失去队列的人群，开始以蜗牛爬行的速度，一点一点向前蠕动。

　　有句俗话说：黄山的天气是孙猴子的脸，说变就变。果然。我们好不容易挪到了缆车入口，眼见天空刚才还阳光普照，突然间就乌云翻滚。景区管理员宣布：马上有电闪雷鸣大雨降临，为了保护缆车上的进口零件不出故障，索道缆车停开。这是什么逻辑啊？人群一阵骚动，骂声彼伏此起。已经站立了整整三个小时的我们，现在临门而不能入，自是火冒三丈，很多人忍不住开始"京骂""国骂"。然而，当我们听到脑后一片愤怒的叫骂声，回头看到黑压压一片望不到边际的脑袋，心理优势使得我们立刻换上了另一副嘴脸。尤其是，当看到门槛里面的候车者因内急不得不哀求门卫放他们出来，看到他们使出浑身解数突出重围的可怜样，再联想一下已经上山者的落汤鸡模样，正处在"进可攻退可守"黄金位置的我们，一个个开始面有得色。

　　下午一点半，终于传令让我们登山。我回头看了看后面那些不知还要等多久的人，不由心生怜悯。亲们，好自为之吧，祝你们好运哪。

　　啊，千岩万壑的黄山，高风峻骨的黄山，你真是太美了！难怪轩辕黄帝对你一见倾心（黄山因黄帝而得名），难怪你被誉为"天下第一山"，难怪大画家刘海粟借用古人诗词赞叹你"岂有此理，莫名其妙，说也不信，到此方知"。你的奇美壮丽，由"五岳归来不看山，黄山归来不看岳"一言而尽，我哪还敢用陈词滥调来描述你，只想尽量多拍些照片，把你的美尽情地摄入镜头，让你永远定格在我的相册中。

　　哗哗哗！一阵雨点砸下来，四周顿时兵荒马乱，所有的照相机都被收起来了，所有的雨衣（大一统，黄颜色）都被穿上了。无处藏身，大家只能守在原地不动，眼巴巴等着雨住。然而半小时过去了，雨非但没停，反而越下越大。苍穹一片昏暗，人群一阵恐慌。

在导游倡导和带领下，我们冒着大雨踏上归途。其他团队一拨拨尾随而来。

什么展翅欲飞的凤凰松、神奇祥瑞的麒麟松、悱恻缠绵的连理松、低吟浅唱的竖琴松、国之瑰宝迎客松，这回统统无缘得见；什么黄山绝顶莲花峰、黄山绝胜玉屏峰、宛如初莲的莲蕊峰、黄帝飞天的炼丹峰、瑰丽壮观的光明顶、卓绝云际的天都峰、"真正妙绝"狮子林，一切都是浮云。更有那心仪已久的"梦笔生花"（李白掷下的毛笔，化成一座笔峰，峰顶奇松如花，故名"梦笔生花"。传说文人墨客若文思枯竭，只要到此一游，便会茅塞顿开，妙笔生花），作为一个舞文弄墨者，错过这般殊胜妙景，就像错失了与情郎的幽会，心情有多沮丧可想而知。

好在我很快就调整了情绪。对于不能改变的事实，除了平静地接受，还能怎么样呢？那就一门心思观泉赏瀑吧。山泉和飞瀑，本就是黄山之美景，现如今正好，不用特地奔赴断崖峭壁之间，处处是山泉，时时见飞瀑，不亦快哉。

所谓"一念地狱，一念天堂"。

老天爷似乎是为了成全我，雨益发下得大了，成了倾盆大雨。山泉和飞瀑，越来越壮观。听得见山洪的轰鸣声，但我不敢抬起头来，略一抬头，就会被雨水打得睁不开眼睛，何况，黄山的路径只容得一个人立身，本就"走路不看景，看景不走路"，行者稍一停步就要堵住后面的人，因而也就堵住了正在行进的千军万马，我可不敢造次。当然，人人都和我一样，不敢心有旁骛，只顾低头赶路。每个人都被淋得透湿，每走一步，灌满了水的鞋子就吱呀一声。那一对情侣再也顾不上缠绵，那两个北京侃爷早被大雨封住了嘴巴，整座黄山上只能见到一种状态：人人低头赶路，但能听见三种声音：轰隆、哗啦、吱呀。

　　不知走了多长时间，雨渐渐小了，我敢抬头挺胸了。斜风细雨中，我抬起眼睛前瞻，只见一条黄色长龙在青翠的山谷中上下起伏，我扭过脖子回望，眼中景象并无二致。想到大家"来自五湖四海，为了一个共同的目标，走到一起来了"，因为共同遭遇这场黄山大雨，从而有着终生难忘的集体记忆，我不由失声大笑，笑得花枝乱颤。

　　歌德说过："人之所以爱旅行，不是为了抵达目的地，而是为了享受旅途中的种种乐趣。"正是，正是！

　　晚上六点，雨住了，我也回到了酒店，本人本次黄山之游到此结束。

徽州行

暮春三月，江南草长，杂花生树，群莺乱飞。春日温煦、春光明媚、春风浩荡、春花烂漫、春意盎然、春心荡漾……挤出几天时间，来一趟久已向往的"诗书礼仪之郡"徽州行，去看青山绿水、粉墙黛瓦，去感受隐没在山水间的徽州文化，算是送给自己的一份生日礼物。"欲识金银气，多从黄白游。一生痴绝处，无梦到徽州"嘛！

徽州一府六县，此行首选绩溪。徽州的非物质文化遗产，大多出自绩溪。绩溪文庙，始建于宋代，是皖南规模最大、保存最好的孔庙。胡适先生出生于绩溪，我疑心与绩溪文庙有关。

绩溪的第一站，是徽商发源地、"古徽州名副其实的'程朱阙里'"仁里，距县城仅三公里，也是从县城去龙川的必经之地。

我对仁里的兴趣，不在于它完好地保留了明清时期的"四门、三街、十八巷"，还有古城门、古牌坊、古书院、古祠堂、古码头、古民居、古井古坝……我是冲着"朝圣、问道"去的。看看仁里给自己打的广告，"一个天理、地理、物理和谐统一的千年古村，一幅天道、人道、商道色彩斑斓的历史画卷"，好家伙，能不动心吗!

最早知道仁里,因为胡雪岩的缘故,他少时在仁里读书,成年后得到仁里儒商程松堂援助,这才成就了他"著名红顶商人、徽商代表人物"之功名。胡适也是得到程松堂的帮助,才得以到北京报考然后赴美留学,才能有他"思想家、文学家、哲学家、驻美大使、北大校长、新文化运动领袖"等一大串荣誉、头衔。程松堂为富尚仁、扶困济贫,被称为"徽商典范",因开办的"和阳金矿"出现问题而以失败告终。胡雪岩发迹后不忘程公恩情,特为程家赠上"诒谷堂"匾额,并将米行生意全部交由程家经营。程松堂仙逝,胡适以四百银元奠仪谢恩,沉痛亲撰挽联:"松堂先生不朽!泛爱于人,无私于己,说什么破产毁家,浑身是债;蔼然如春,温其如玉,看今日感恩颂德,有口皆碑。胡适敬挽。"

仁里村呈龟形,据说这样建造是为了聚财蓄气。仁里曾是徽商会集的水陆码头,因而徽州流传"小小绩溪县,大大仁里村"之说。儒家文化深深地沉淀于徽州乡间仁里人家,仁里人经商崇尚"温良恭俭让,让中能取利;仁义礼智信,信内可求财"。仁里每一栋房屋都有自己的堂号,每一个堂号后面都有自己的家族,每家都以"仁爱为本",以"忍让为先",所以仁里世世代代保持着安宁祥和。

仁里之行,不虚此行!从仁里村前的龙川大道,直奔被民间传得神乎其神的龙川。

绩溪龙川,号称"中国真正的风水宝地",来历有文字可考:公元三一八年,胡焱领兵镇守歙州时游历过龙川,后来又故地重游,"见地势东耸龙峰,西峙鸡冠,南则天马奔腾而上,北则长溪蜿蜒而来,羡其山水清丽,便赴龙川之口荆林里,聚族而居"。

龙川貌如船形,有如龙舟出海,古代江湖高人称其"极佳的风水宝地，日后必出真龙天子"。各种传说流传至今，有声有色，有鼻子有眼，不可不信也不可全信。不过，到了这个龙川，对于不可捉摸的"风水宝地"，我似乎突然有点开窍。

龙川古巷沉幽，瓦房栉比，文风鼎盛，宗祠遍布。龙川胡氏家族以耕读传世，以科举报国，以商贸补田土之不足，奕世戴德人才辈出。胡氏宗祠始建于宋代，依山傍水，气势飞动，是胡富、胡宗宪、胡雪岩共同的族祠，有"木雕艺术殿堂""江南第一古祠""中国古祠一绝"之谓，中外建筑专家誉之"规模之大、时间之长、完整之好、装饰之美、天下第一"。

明代，龙川人口众多、经济发达，十分重视科举，遂成为著名的"进士村"，先后有十多人中进士，出过两任六部尚书：胡富、胡宗宪。抗倭统帅胡宗宪平定海疆，最早把钓鱼岛标注在中国海防图上，是将钓鱼岛划归中国领土的第一人。胡宗宪少保府现为抗倭纪念馆。

"船形村"龙川的民居几乎全是明代建筑，每一栋楼房都是一部家族史。砖雕、木雕、石雕，是徽派建筑最引人注目的细节，龙川徽商胡炳衡故居集"徽派三雕"于大成，让我见识了徽派建筑的堂皇气派。

小小龙川却有"龙川十景"，其中"龙草澄心"最合我心。"龙草"即龙须草，状如龙须、细长柔韧、极富弹性，是造纸的极好原料，"澄心"为存放龙须纸的澄心堂。龙川的"澄心堂纸"系非物质文化遗存，已是海内绝版。

龙川及其附近，珍贵文物、历史建筑不胜枚举：奕世尚书坊、进士巷、进士巷古井、乡贤祠、灵山庵、方氏宗祠、尚书府坊、龙峰禅院遗址、堂屋遗址、水碓遗址、跑马场遗址、古官道、丁氏祖坟、胡富墓、胡宗宪墓、胡炳衡墓、浒里水巷、浒里三眼井……

特别值得一提的，是"徽派石雕之最"奕世尚书坊。

它是一座牌坊，专为户部尚书胡富、兵部尚书胡宗宪建造的，是明代正宗的石雕牌楼，用花岗石和茶园石搭配凿制而成，整体结构采用侧脚做法，主体用的是花岗岩，四大立柱的南北两向各有抱鼓石护靠，"歇山式"坊顶用茶园石石板砍凿而成、由斗拱支撑并挑檐，正脊中部置火焰珠、两端鳌鱼对峙，八大饿角翘然腾飞；牌楼正中装置竖式"恩荣"匾，四周盘以浮雕双龙戏珠纹，下方分别镌书"奕世尚书""奕世宫保"，为书法大家文徵明手书。

"龙船"龙川，名不虚传！下一站：黟县西递、宏村。

古色古韵的千年村落，精雕细刻的徽派建筑，堪称完美的徽派三雕，赏心悦目的田园风光，以黟县青石铺就的九十九条高墙深巷，组成"桃花源里人家"西递，不愧为"中国十佳最具魅力名镇""中国最值得外国人去的五十个地方"，让我享受了一场视觉盛宴。"中国画里乡村"宏村，全然一幅清奇秀润的山水长卷，它寓意深刻的半月形池塘，寄托了徽商的女人对远游的夫君多少相思盼归之情，它完美的仿牛形村落，让我对徽商的智慧崇拜得五体投地，清末大盐商汪定贵修建的宏村"承志堂"，是徽州木雕的代表作，也是最豪华的徽派建筑，让我大开眼界、叹为观止。

身在徽州，对费孝通《乡土中国》所言"中国社会是乡土性的"感受最深。

西递处处是景，宏村步步入画。西递、宏村，布局之工、结构之巧、装饰之美、营造之精、文化内涵之深，为古民居建筑群所罕见，为中国古代村落建筑艺术之一绝，它们是徽派民居中的明珠，是独具一格的世界文化遗产。

徽商文化，真是了不起啊。徽文化当然更了不起，是中国三大地域文化之一，与敦煌学、藏学并称为"走向世界的中国三大地方显学"。

　　屯溪是此行最后一站。作为"程朱"故里，作为新安文化的中心，屯溪孕育了徽商、徽菜、徽剧、徽派建筑、徽派盆景、新安医学、新安画派……民国时期，屯溪是皖南的大码头、"小上海"，招惹得郁达夫、林语堂、潘光旦等趋之若鹜，于初春雨季结伴而至。郁达夫写下《屯溪夜泊记》，回忆他们寄身于屯溪桥畔客船过夜的情景，煞是有趣"画面太美"："浮家泛宅，大家联床接脚，大篾篷底下，洋油灯前，谈着笑着，悠悠入睡的那一种风情，倒的确是时代倒错的中世纪的诗人的行径。那一晚，因为上船得迟了，所以说废话说不上几刻钟，一船里就呼呼地充满了睡声。"第二天，这几个文人骚客到处闲逛，百无聊赖地品茶、听戏，终于"遇见了三位装饰时髦到极顶，身材也窈窕可观的摩登美妇人"，可以想象他们有多么开心，尤其对于郁达夫来说。在《屯溪夜泊记》文末，郁达夫果然忍不住要抒怀一番："青衫憔悴的才子，既遇着了红粉飘零的美女，虽然没有后花园赠金、妓堂前碰壁的两幕情景，一首诗却是少不得的；斜依着枕头，合着船篷上的雨韵，哼哼唧唧，我就在朦胧的梦里念成了一首'新安江水碧悠悠，两岸人家散若舟。几夜屯溪桥下梦，断肠春色似扬州'的七言绝句。"

　　好个郁达夫，这才叫"是真名士自风流"。不过我要改他几个字，且由人骂去：新安江水碧悠悠，两岸人家散若舟。旖旎屯溪桥畔景，满目春色似扬州。

在美丽的黔西南

金州

黔西南，是一个王朝的背影：夜郎古国在此神秘出现，之后又神秘消失。黔西南，是一片悲壮的疆场：诸葛亮南征重地、红军长征重镇……

从贵阳出发往金州去，沿途皆风景。

一条攀升于山坡的巨龙，突如其来，惊心动魄。它就是晴隆二十四道拐：二战时期的"史迪威公路"，"抗战生命线"的咽喉要道，举世闻名的"历史的弯道"，公路建设史上的不朽神话。

遥远诡谲的黔西南，就这样来到我眼前。

首府兴义也名金州，洁净、幽雅、精致，有着"保存最完整、集中连片分布面积最大、地貌景观最典型、科学和美学价值极高的景观"，国际专家惊呼在此发现"中国喀斯特精华"。金州人把小城布局得恰到好处，正符合安居乐业和旅游观光的需要。

马岭河峡谷就在金州城郊，雄、奇、险、秀、幽的特点它全有。这儿山高水长，水是这儿的精髓，奔腾的瀑布、明净的溪流，激荡着我的心。呼吸一口清甜的空气，我简直想唱歌。

云朵洁白，万峰延绵。浩瀚苍茫的万峰林，一峰连着一峰，两万余山头"磅礴数千里"，仿佛千军万马奔于眼前，无比壮观。奇美的山峦、碧绿的田野、古朴的村寨，完美地融为一体，构成天底下罕见的特色风光，绘就"奇峰似林，田坝胜锦，村落如珠，古榕若翠"的巨幅画卷，十分壮丽。

万峰林环抱的纳灰村，布依族风情浓郁的纳灰村，"半郭半乡村舍，半山半水田园"。得山水之清气，纳灰村风光如此旖旎，田园如此丰茂，农舍如此安详。清一色白墙黑瓦的民居，使纳灰村像一帧素雅的黑白照，有着梦幻般的气质。

宋人有言，"山水有可行者，有可望者，有可游者，有可居者"，金州的山水，可行、可望、可游、可居。它就是我心目中的家园，真想留下来当一个农妇。

紫云

紫气东来，云蒸霞蔚——多么绮丽的景象，多么美好的意境，多么吉祥的寓意，多么光明的前景。有一个地方，就因"紫气东来，云蒸霞蔚"得名，那就是位于格凸河畔的紫云——全国唯一的苗族布依族自治县。

"紫云洞，在城西北二里，雾结云蒸；洞极幽邃，常有紫气腾于其上；中建佛寺，祈祷辄应。"这是《安顺府志》的记述。紫云洞天然生成于石山腰部，居高扼险，非常奇特。从山脚到洞边，共有数百条石级弯曲上伸，两旁竹木葱茏，清幽宜人。洞门之上，建有四层楼阁，巍峨耸立。入洞即见财神殿，四周岩浆叮咚成韵；复折向上，为观音殿，系清道光年间所建，青瓦、黑柱、红壁、风格鲜明；第三层为大佛殿，一尊四米高的镀金如来佛悲悯地俯视众生；顶楼为玉皇殿，岩壁上刻有旧时名士手书、五言诗、洞志铭，也镌刻着赞扬执政者政绩的文示，以及记录苗族、布依族义军攻打归化清军的情景。

见证过历史风云的紫云洞，集儒、释、道、法为一体的紫云洞，成就了"紫云"这个诗意无限的地名。

格凸河岸峭壁如削，真乃"其山惟石，壁立千仞，临之目眩"。常人眼中的悬崖绝壁，却是徒手攀岩的"蜘蛛人"心头之好，"国际攀岩圣地，国家攀岩公园"的桂冠，因之落在了紫云。

无数奇观美景分布于格凸河两岸，以四层立体巨型穿洞和天生桥最为奇绝，尤其是那洞洞相通、桥桥相连的景观，十分罕见。每当旭日东升，透过一个个奇异的穿洞，金灿灿的阳光照耀着薄雾笼罩、碧波荡漾的格凸河，形成神奇瑰丽的"格凸河天地神光"，令人目眩神迷。

格凸河的精灵鹰燕，从天地间翩然而至，"燕王宫"里万燕翻飞。

通天洞是国内最深的竖井，酷似火车隧道。从洞壁攀岩而上，可达宛若天桥的大穿洞。荡舟而入，在河湾的尽头，洞顶突然斜开天窗，一缕缕阳光扑射进来，与状如银丝的岩浆交织，形成一道道七色彩虹。往里、向上，是世上海拔最高、保存最好的古河道遗迹"盲谷"，是一片世隔绝的洞中原始森林。

天坑，顾名思义是天然生成的巨大坑洞。格凸河畔高达百余丈的响水洞，是世界上最深的巨型竖井天坑，因其巨大和深邃，被称为"地球漏洞"，可以想象它有多么壮观。

小穿洞出口的上方，有上、中、下三个溶洞，分别为上洞、中洞、下洞，它们是世上海拔最高的溶洞。引起外界强烈关注的"洞中苗寨"——人类穴居的最后部落，世代生长于中洞，死后也安葬在临近的洞里，但他们并不排斥现代文明。中洞有一所小学，几十名学生每天书声琅琅，使石洞充满生机。

在大山底部，格凸河和地下河共同发力，掘出世界第二大喀斯特洞厅、世间容积最大的地宫"苗厅"。苗厅有"地球空壳"之称。洞中巨型石笋成林，各种钟乳石千奇百怪。近二十条暗河纵横交错于地宫，水流声震耳欲聋，让人胆战心惊。中法联合探险队探明苗厅后兴奋不已，称"任何华丽的词语用来形容这个巨大的地下景观都显得无力"。地宫仍有六个支洞尚未探明，对苗厅的探险科考还任重道远。

格凸河河水扎进下洞后，以不可阻遏的冲力从蘑菇潭涌出，飞流直下，形成落差几十米的瀑布，发出雷鸣般的响声，震撼山谷。

还有天星洞、悬棺洞葬、阴阳河谷、星星峡谷、暗河瀑布群……隐秘杳渺的苗疆气息，随着格凸河流弥漫四方。

二十年前，法国科学院博士、地理学教授理查德·迈耶三次考察紫云，他说："安顺是中国喀斯特地貌最集中、最完善的地区，格凸河是世界上最美的地方之一。"格凸河国家重点风景名胜区，集山、水、洞、石、岩之险峻、深幽、神秘、独特、雄奇，被称为"中国最美的地方"。

在优美的苗语中，"格凸"意为"圣地"或"离神祇最近的地方"。

既是圣地，自有圣人。亚鲁，就是苗族子民心中的圣王，是"东郎"世代唱诵的英雄，是永生不死的魂灵。以木鼓和芦笙伴奏吟唱的《亚鲁王》，苗家儿女引以为傲的英雄史诗《亚鲁王》，穿越两千多年的时空，走出了山高水长的紫云麻山腹地，走进了庄严神圣的人民大会堂，向听众讲述苗家祖先创世纪的神话、飞龙马的传奇、刀光剑影的悲壮、开疆辟土的功德、拯救与召唤、神力与护佑……

"这是狭窄的地域，这是陡峭的山区，这方能躲避追杀，见不到战地烽火。"《亚鲁王》中对紫云这般歌吟。

这只是苗人心中的向往罢了。古老美丽的紫云，也曾饱经战火洗礼。三国诸葛亮南征到此地，遇到顽强抵抗；太平天国石达开过此境，曾与清军恶战……毛泽东、周恩来、朱德、张闻天、彭德怀、刘伯承、邓小平等人，以及他们领导的红军队伍长征过贵州时，遭到敌军三方合击，紫云成为唯一通道。在红军英勇顽强的拼搏下，左、右路军终于胜利渡过北盘江，打开了北上抗日的通道，完成了战略大转移任务。红军在紫云帮助苗族同胞挖的水井，被乡亲们亲切地称为"四方井"（红军井）。

紫云古属夜郎国，但紫云人不自大，他们依托独特的资源优势，脚踏实地地建设美好家园。亚鲁王青睐的"有山有水的地方"紫云，"山前山后桂花儿开，苗家从苦难中走出来"的紫云，格凸河畔紫气东来、云蒸霞蔚的苗族布依族自治县紫云，青山绿水正在造福子孙后代。

景东美如斯

　　早在数千年前，就有人类在景东（古称"银生"）这块土地上繁衍生息，并创造出新石器文化。唐、宋时期，银生在南诏国中疆域最为广阔；元代，银生列入了中国史册和版图。

　　"景东"系傣语转音，意为"坝子城"。

　　在淅淅沥沥飘洒不停的细雨中，汽车从昆明出发，穿过以山歌著称于世的弥渡，绕过以苍山洱海闻名中外的大理，数小时后，终于抵达滇西南历史文化名城——普洱市景东彝族自治县。

　　其实，景东县境内还居住着哈尼族、傣族、瑶族、回族等二十多种少数民族，少数民族人口超过总人口一半，汉族倒实实在在成了景东的"少数民族"。异彩纷呈交相辉映的各种文化、古文明在这里汇集、撞击、融合、发展，共同造就景东璀璨夺目的历史文化。

　　暮色中，有婉转动听的歌声，乘着初夏的凉风，滑过古老的城墙，从街巷深处悠扬地传来。夜里，伴着河水的流淌和小鸟的啁啾，我进入了安宁的梦乡。

晨雾中，景东展现出迷人姿容：朝霞从城区顶空撒下轻柔的光线，给古朴洁净的锦屏（县城所在地）披上一件鲜艳的彩袍；穿城而过的川河，在朝阳照耀下泛着温柔的亮光和氤氲的灵气。

拥有这般良辰美景的景东人，除了饱享眼福外，有没有口福呢？我是个信奉"民以食为天"的俗人，是故，每到访一个地方，总要找机会去街市逛逛，以期了解当地的饮食文化。等不及吃早餐，我便兴致勃勃地赶往县城的集市。

上百个大大小小的集市摊档，除了卖蔬菜、水果、肉类，也卖各种日常用品。令我惊奇的是，在京城店铺里高价出售的灵芝、何首乌、草乌、香橼、吴萸、荜拔等珍贵药材，在这儿随处可见，而且货真价廉；黑木耳、香菌、松茸、鸡枞等山珍，在这儿多得就像白菜萝卜，价格便宜得让我咋舌。各种奇花异草，五元钱就能买到一大把，让我羡煞了景东人。我买下一把金黄艳丽的"野花"，边走边嗅它扑鼻的香气，追赶而至"保驾护航"的景东女诗人王云告知：这是一种当地名贵药材，对风湿病有特效。不由感叹大自然对景东的慷慨馈赠。

早餐时不经意一抬头，看到影影绰绰的山峦。锦屏是一座被山岳、河流包围的小城，城西耸立着无量山，城东矗立着哀牢山，它们都是国家级自然保护区，都被世界自然基金会确认"具有全球保护意义"。这真是一个奇迹。怒涛汹涌的澜沧江，缠绕着无量山、哀牢山奔腾不息。众多的江、河、溪、涧，构成景东永不枯竭的生命源泉。

因为水源极其充沛，二十世纪末，景东一下建成两座国家级大型水电站。

五十年前，德籍英国经济学家舒马赫通过经济学的实证，给了世界一个全新的发现："小的是美好的。"这一观点在诸多发达国家和地区成为潮流，成为简单生活方式和社会模式的实践，成为城市规划和市政建设的"圣经"。因为，"小"，能给人带来悠闲生活的慢板，带来美好生活的真谛。景东践行着这一经济理论和社会哲学：在城区建设经济发展中，不贪大求全，不以生态破坏为代价，避开了"经济发展，环境污染"的宿命怪圈。

无量山以"高耸入云不可跻，面积宽大不可量"得名。

道教言"无量"有三义：一为天尊慈悲，度人无量；二为大道法力，广大无量；三为诸天神仙，数众无量。佛教曰"无量"即无量无边无穷无尽，往往用来形容慈悲、善行、寿命、光芒、功德无所不能达。

林海浩渺的无量山，生长着大批历经数百年、上千年风霜的珍稀濒危保护植物。植物种类的丰富，自然生态的完好，为鸟兽栖息、繁衍提供了乐园和庇护所。无量山有巨蜥、云豹、黑熊等上百种珍稀动物，鸟类资源占到全国鸟类近三成，并有"画眉之乡"的美称。

有多少人因为看了《天龙八部》而去的大理？其实，要探寻金庸笔下的奇妙王国，最好的途径就是上无量山。金庸先生对无量山饱含深情，在其著作中，无量山毒蛇猛兽、奇虫仙鸟、琪花瑶草无奇不有。

一条玉龙从悬崖峭壁飞奔而下，跌入深潭形成湖泊，湖边常有挥剑飞舞的神秘身影，飞瀑后面是光滑如镜的紫黑色石壁，石壁又将神秘身影反射到湖面——它们就是金大侠笔下的"无量剑湖""无量玉璧""无量剑""玉璧仙影"。这"一条玉龙"就是无量山的剑湖瀑布，这"无量剑湖"就是无量山的剑湖。《天龙八部》中的"无量石洞玉像"等自然和人文景观，也都在无量山上觅到了踪影。

无量山是现实版的神话之地，是一个真实与神话交融的世界。上到无量山，金庸笔下神话般的世界，将毫无保留地展现你眼前。

文人骚客将中国山水之美概括为"雄、奇、险、秀、幽、奥、旷"，而我眼中的无量山，囊括了所有的山水之美。

山路曲折起伏不断，两旁的树林浓密翠绿，山崖下是欢欣跳荡的溪涧，溪畔是层层叠叠的梯田……越野车左转右转，转过无数密集的弯道后，把我们带入景东海拔最高的村寨——黄草岭。

黄草岭深藏于无量山中，岭上生长着多种奇形怪状的植物，各种树木或高大挺拔，或虬枝盘旋，或横向延伸，张扬着顽强的生命力；热带兰花、山茶花、无量含笑等野生花卉，或妖艳妩媚，或花团锦簇，或婀娜多姿，散发着诱人的吸引力。火红的花椒、硕大的蜜桃、肥壮的刺包菜，还有苹果、黄梨、樱桃、木瓜、山石榴……瓜果带着山野的清新芬芳，向远方的客人点头致意。林中偶尔传来几声蝉鸣、鸟啾，更显出黄草岭的幽静空灵。

掩映在繁茂果林里的黄草岭村民居，密密匝匝地呈现在我们眼前，在阳光下反射出奇异的光芒。因当地没有可烧制瓦片的胶泥，加之普通瓦片难以抵御山风的侵袭，聪明的黄草岭人就地取材，将山中巨石劈为石板砖、瓦，建造出外观独特、冬暖夏凉的房屋。青色石头铺就的村道和台阶，弯弯曲曲、高高低低将各家各户连在一起。

穿过花草树木，走在房前屋后，闻着自然的气息，看着袅袅的炊烟，我突然有点想流泪。这是惬意的农家生活，是真实的人生滋味，也是我内心渴望而久违了的场景啊。

突然，隐隐约约传来了此起彼伏的"噢噢""噢噢"声，当地向导告诉我们：这就是被誉为"世界仅有，中国之冠"的山林精灵黑冠长臂猿的啼声。

顿时，我们敛气息声，然后，跟着当地向导循声追寻。自然垂头丧气而归。景东是"世界黑冠长臂猿之乡"，有多少动物爱好者、摄影爱好者、探险旅游爱好者，在无量山茫茫林海中追踪黑冠长臂猿，然而，黑冠长臂猿极其机警，一有风吹草动便迅速遁入密林，它们超长的双臂攀行时如同鸟儿飞翔，即使两树相隔十多米也能准确腾空、掠过、落下，因此，只有极少数幸运者目睹过它们的姿容。据说曾有大汉因未能遂愿，竟然当众失声痛哭。

景东黑冠长臂猿是世界尚存的四大类人猿之一，是国家一级保护野生动物，因高度濒危、极其稀少，被美国《时代》周刊公布为"世界上25种濒危灵长目动物中数量最少者"。它们神秘高贵，终年生活在古木参天、人迹罕至的原始森林里，只食没被虫害污染的植物嫩芽、花朵、浆果，只饮树叶上的露水，极少下地行走，在树上蜷曲而眠。它们至死保持尊严，从不让人看到尸首。

每天太阳初升时，黑冠长臂猿就开始引吭高歌，宣告对领地的权利，警告外来者不得入侵。它们过着家族式群体生活，性情霸道却极重感情，看到同伴受伤、生病或死亡，会悲伤，很长时间不唱歌、不嬉闹。它们对爱情从一而终，倘若伴侣去世，配偶便哀鸣而终。相比天性见异思迁的人类，它们才是"问世间情为何物，生也相从，死也相从"的典范。

一路为我充当讲解员的景东文联王敬主席告诉我，有一个年轻的博士研究生，离别尚在昆明求学的女友，独自在无量山寻觅、追踪、观测黑冠长臂猿整整四年，因为长年累月与世隔绝，他的性格变得很孤僻，对人世和人事产生了一定程度的排斥心理，却与黑冠长臂猿结下了深厚的情谊。

我默默地想，只有内心对黑冠长臂猿有大爱大悲悯，他才能生出这种大义大奉献的殉道精神。

突然间，泪水就无法控制地流了下来。

哀牢山，一个让我莫名心动又心酸的名字。

"哀牢"系用汉字对古代傣语"哀隆"的记音。公元前五世纪，一个神秘王国——哀牢古国在此出现，开国之王为"召隆"（意为"大王"），各国首领称其为"哀隆"（意为"大哥"，汉译"哀牢"）。它历时四百多年，是云南历史上的文明古国之一，其石器文化、青铜文化、耕织文化、服饰文化、饮食文化、民俗文化以及音乐、舞蹈等民族民间文化，都十分丰富且独具特色。由于历史久远，哀牢国的地上文物几乎无存，只有一些与之相关的地名、山水、传说，依稀传递出远古岁月的信息。

哀牢山山高谷深，终年云缠雾绕，海拔在六百至三千米之间变化，形成寒温带、亚热带、热带气候混合交错的立体气候。山上古老、名贵植物种类很多，繁茂连片、林相完整、结构复杂的常绿阔叶林，性质之原始、面积之广大、保存之完好、人为干扰之少世间罕见，是"天然绿色宝库""镶嵌在植物王国皇冠上的一块绿宝石"。具有国际声誉的著名植物学家、中科院资深院士吴征镒先生说："哀牢山拥有的常绿阔叶林，对全世界生态系统的研究来讲是至为重要的……"

野生动物当然钟爱这样的地方。哀牢山是南、北动物的天然"走廊"，是候鸟迁徙的必经之地，是中国最大的生物王国：有着占全国总量三分之一的物种，有数十种国家重点保护动物，还有大量的珍贵经济动物、药用动物和观赏鸟类。它也是地球同纬度上生物资源最为丰富的自然综合体，被中外学者誉为"天然物种基因库"。

哀牢山以奇特的地质、大气、水文、生态景观，成为联合国"人与生物圈"定位观察点，吸引着国内外专家经常前来实地考察，也吸引着海内外无数旅游探险家慕名而来。

长年不间断的朝雾暮雨，使得哀牢山气候非常潮湿，有人说，"哀牢山是神仙久居之地，但非人类久留之地"。然而，中科院哀牢山生态研究站的工作人员，多年来一直坚守山上，为哀牢山的生态研究无私奉献，刘站长在自己的研究论文集后记中写道："虽然在哀牢山上工作是辛苦的，气候条件差，碰到的困难也多，但是我们的工作是愉快的，我非常珍惜和热爱这个岗位，并全身心投入到工作中……"言如其人，十分淳朴，令人感动。

在哀牢山的崇山峻岭中，还有哈尼人用顽强毅力开凿出的哈尼梯田，在大自然的神奇造化之外，馈赠给世人一方无比壮美的艺术圣地。

踩着地上积得厚厚的枯枝残叶，高一脚低一脚进入"彩林翠海"。在这片密林中，乔木、灌木、附生植物、寄生植物、藤本植物、草本植物高低参差，形态各异，错落的景观真是曼妙多姿：高大的乔木仰望渺渺长空，"欲与天公试比高"；藤本植物攀爬到树冠顶部分披垂挂，附生植物、寄生植物死死纠缠着乔木、灌木；地面上，各类矮小的蕨类、苔藓等草本植物密密匝匝，互不相让，拥挤成堆，展示着另类生命姿态。仔细察看之下，我发现眼前虽然全是绿色植物，其实色彩缤纷，各不相同。

森林静悄悄的，一阵风吹过来，林涛阵阵，如歌如泣。翡翠似的山林，弥漫着植物的芳香，我不禁深深地长吸一口气，尽情呼吸这一尘不染的空气。

一面巨大的银镜闪入眼帘，是镶嵌在山巅的杜鹃湖。白云映照湖水，湖面银光闪闪。

杜鹃湖，因湖边绽放各色大王杜鹃花得名。绚烂多姿的杜鹃花，不仅装点着湖泊，也让这片"世界上保存得最完好的原生态亚热带山地湿性森林"显得分外妖娆。杜鹃湖是哀牢山之巅的"瓦尔登湖"，美得简直让我心碎，在这儿，世间尘嚣诸般烦恼全都被抛诸脑后。

烟雨蒙蒙，天地一片混沌。越野车蹚着汩汩的泥石流前行，前往云南"四大土林"之一的景东文井土林。

所谓土林，原是山势平缓的砂砾岩山体，经过千万年风刻雨雕后，表层的砂土、软岩层都被冲走了，硬岩层和岩层中的铁分子、钙离子凝结成不透水的胶结层保留下来，形成千姿百态的土柱土峰。它们高矮逶迤，或酷似废弃的古堡，或形肖神情逼真的飞禽走兽，或好比静止的雕塑艺术品，大都分布在河岸、河床或沟壑两侧。置身于荒凉雄浑的土林，我仿佛走进了宇宙中另一个时空。

文井土林依附于哀牢山的原始密林，分布于两座小山之间，景观面积约一平方公里。远远望去，它犹如一座中世纪的大教堂，顶上一个个小尖塔直刺苍穹，近看之下，它似重重叠叠排列有序的千层塔林。它也让我想起玛雅太阳神殿。

登临高处俯瞰土林，那些被暴雨冲击出的裂痕，那些被时光雕刻出的沟壑，突然间就把我的心揪住了。霎时我感觉到，这片土林是活生生的，它的脉搏在跳动，它的血液在奔腾，它的身体在受伤，它的心灵在疼痛。

　　"茶出银生城界诸山"，这是唐代学者的论断，意思是：茶叶源自景东的无量山、哀牢山，银生城是茶树的摇篮。无量山孕育了世界上最年长的野生古茶树群落，也是地球上野生茶分布海拔最高的地方。

　　当今世界三大饮品中，茶被誉为"灵魂的饮料"。"茶为国饮，普洱当先"。普洱茶与其他茶类的不同之处在于，岁月的流逝不仅无损其价值，反而益发增其尊贵。普洱茶有个美称：可以喝的古董。这种独特的品质，使它成为各民族宗教祭祀的"圣茶"：佛教坐禅、道教养心、伊斯兰教斋戒，饮品都是普洱茶。莫非，只有在古色古香的普洱茶的浸润下，人类灵魂才能渐渐升华到敬、清、和、静的境界？

　　景东先民不仅为世人发现了"国饮"，还创造了悠久丰富的茶文化。

　　普洱茶源远流长，最早可溯及东汉。及至中唐，饮茶之风盛行，上自皇室贵胄，下至庶民百姓，无茶不欢，品饮普洱茶被视为饮茶的至高境界。宋代，茶文化进一步发展，宋徽宗甚至亲著《大观茶论》。到了明、清，普洱茶成为宫廷贡茶，备受达官显贵喜爱，都市茶馆茶坊林立，成为市民休闲、聚会、娱乐的主要场所，一整套茶文化——茶礼、茶俗、茶禅、茶食、茶道——渐渐形成，并成为国人精神生活的一项重要内容。

　　得天独厚的自然环境，深厚独特的人文历史，使景东普洱茶成为普洱茶原料中的极品，成为人们竞相收藏的宝物。

　　景东文庙始建于元末明初，它前观川河后枕玉屏，依山傍水，古朴雄伟，是景东最具代表性的古建筑遗存。它的兴建，意味着以"重道崇儒、实行教化"为核心的中原文化与色彩斑斓的银生本土文化相融合，对景东的文化生态产生了深远的影响。

在景东文庙，当身着艳丽民族服装的彝族姑娘笑吟吟上前，为我捧上一杯芬芳的普洱茶，当一片片茶叶在清水中荡开，瞬间迸发出光泽、散发出柔情，我仿佛看到了舒展在茶杯中的岁月、流动在茶水中的光阴，仿佛听到了茶马古道上隐隐传来的马蹄声声。

闻名世界的茶马古道，起源于银生时期的银生古城。

离开景东已经好几个月了，然而，景东的所有景象，在景东的美好感受，让我一次又一次地回味，一次又一次地沉醉。昆明、大理、丽江、迪庆、曲靖、红河……彩云之南这些美丽的地方都曾让我流连忘返，但景东的山水、风土、人情，最是让我魂牵梦萦。

痴迷景东的粉丝大有人在，外国人更是"骨灰级"发烧友。一九八五年，美国加州大学海莫夫博士到景东考察黑冠长臂猿，刚回到美国，就迫不及待地给景东人民写信道："我访问景东之前，曾经考察过世界上很多地方，但从来没有见过像景东这样美丽的地方。景东四季如春，终年鸟语花香山清水秀……我在景东看到的东西太多了，景东多美啊！"更有甚者，一九九六年，荷兰野生动植物保护专家瑞耐斯先生到无量山考察，因贪恋神奇美丽的风光，竟累到走不动路而被担架抬下山。

但凡到过景东的游子学人，无不被她的美好深深吸引。无数人像我一样，在临别之际许下心愿：景东，我一定还会来的。

大河家，小麦加

大河家

大河家是甘肃临夏的一个回民小镇，因黄河古称（大河）得名，因大禹治水闻名。"大""河""家"，这三个字组合到一起，便有了特别的韵致，风华从朴实中出来。

到达大河家时，已暮色四合。街道越来越空旷安静，偶有成群骒马悠悠然走过。广场上，三三两两的人在惬意地散步，一群女人伴着优美的花儿在欢快地跳舞。

是夜，我宿在黄河边的旅馆。

凌晨四点多，一阵高亢的唤礼声凌空骤起，我猛然惊醒。屏息聆听，天地间却已复归万籁俱寂。过了几分钟，清真寺的邦克声再度高扬，紧接着，鸡鸣狗吠，然后，天地间又是无比宁静，我听得见自己的心跳。"清晨，我听见，在中国，有一种声音渐渐出现。它变得清晰了，它越来越强。这是心灵的声音。它由悠扬古朴，逐渐变成一种痴情的激烈。它反复地向着难解的宇宙和人生质疑，又反复地相信和肯定。大约在晨曦出现时，大约在东方的鱼肚白悄悄染上窗棂的时刻，那声音变成了响亮的宣誓。它震撼着时间的进程，斩钉截铁，威武悲怆。"张承志先生在著作中如此描述，这正是我的感受。

一种极致的美，带着不可言说的神秘，直抵我灵魂深处。这样奇妙的遭遇，于我是平生第一次。我激动不已，拉开窗帘往外看，只见远处灯光若明若暗。

再难入眠。天刚亮，我迫不及待出门。

站在大河家大桥上，不见"黄河之水天上来"，不闻"风在吼，马在叫，黄河在咆哮"，四周回荡着微风，清澈的黄河水波澜不惊地从我脚下流过。黄河一路狂欢奔腾，冲出积石关后，立马收敛起野性，变得波平浪静，使大河家得水藏风。

积石关为古二十四关之首，关内"积石神功"为河州八景之首。积石峡两山对峙、峭壁千仞、遮天蔽日。在史书上，"积石雄关"是一个不可忽视的地理名词，许多古代大才子为之留下名篇。解缙《题积石》云："览百川之弘壮，莫高美于黄河；潜昆仑之峻极，山积石之嵯峨。""双峡中分天际开，黄河拥雪排空来；奔流直下五千丈，怒涛终古轰春雷。"李玑写道："地险天成第一关，岿然积石出群山；登临慨想神人泽，不尽东流日夜潺。"刘卓《题积石》云："美哉，山河之固，金城形胜，莫有过此者，皆大禹圣人神功也！"

大禹治水，源头就在积石关。据《尚书·禹贡》记载，大禹治水"导河自积石，至龙门，入于沧海"。稀世珍宝青铜器"遂公盨"上的铭文，不仅记载了大禹治水，还记述了"禹"是夏王朝的奠基人。没有大禹便没有夏，更没有"华夏"。

大河家，是华夏文明最重要的发祥地之一。

在大河家，一河分两省，一镇连五县，一桥联五族。大河南北两岸，也正是黄土高原与青藏高原的分界。隔河相望，对面是积石山脉分水岭，黄河水贴着山根流淌，青海省民和县官亭古镇就在百米之外——古有"官亭伺候"之说，迎送地方官吏都在此地。顺河眺望，不远处是古丝绸之路之要冲：临津古渡。千百年来，积石关前的大河家渡口，以水运沟通着陆运，以中原沟通着西域，以中国沟通着中南亚，边将戍卒、商贾行人络绎不绝，张骞、隋炀帝、成吉思汗……都曾在此地渡过黄河。王震大军从临津古渡强渡黄河挺进青海，被载入了中国红色革命史。

眼前的临津渡口，萧索、静默，只有遗存于黄河岸边的两墩石锁，以及孤零零斜吊于河面的一条铁索，见证着大河家的今昔。

大河家是保安族聚居地。民族瑰宝保安腰刀，曾是"西北王"马步芳部的主要装备，其制作工艺被列入国家首批非遗名录。在保安腰刀的鼎盛时期，大河家的一个村庄就有数百名工匠。

进到一家保安腰刀门店，当琳琅满目的腰刀映入眼帘，恍然间，我穿越到了冷兵器时代。

折花刀是保安腰刀中的珍品，它极其精美锋利，工艺独成一体，优美的花纹让我想起大河家大桥下碧波荡漾的黄河水。在我看来，藏刀刚猛却失之粗犷，蒙刀彪悍但太过霸气，英吉沙小刀锋利而偏于精巧，只有眼前的保安腰刀，璀璨夺目又简洁大气、英气逼人又质朴低调，与大西北风土民情相吻合，极具王者风范，或许这也就是周总理曾将它作为国礼赠送外宾的缘故吧。

我定制一大一小两把折花刀，大的要求刀面上刻七颗星，小的要求刀面上刻五朵梅。我极其耐心地守候着，看着刀匠备料、"炒铁"、锻铸、锻打、折花、淬火、煮刀……一把折花刀的诞生，是多么的不容易啊，刀道如人生，须得千锤百炼方成大器。在顶级刀匠的眼里，腰刀是有生命的，在顶级刀匠的手底，腰刀是有灵魂的。

回到车上，有人吟唱起花儿："什杨锦把子的钢刀子，银子（拉）包哈（下）的鞘子，青铜打哈（下）的夵镊子，红丝线绾哈（下）的穗子。"赞保安腰刀呢，真是好听。全车人都闹着"再来一个！再来一个！"他拗不过，唱起一首更为古老的大河家花儿："大河家里街道牛拉车，车拉了搭桥的板了；你把阿哥的心拉热，拉热者你不管了。"唱的是大河家昔日的繁华景象，好听极了。

腰刀、花儿，英雄主义与浪漫主义总是气息相通。

大河家神奇雄伟，大河家风情万种。

小麦加

临夏的夏，是大夏河的夏；大夏河的夏，来自大禹国号"夏"。

临夏大地上，古文明遗址星罗棋布，珍稀文物遍地开花——世界著名史前文化遗存"马家窑文化""半山文化""齐家文化"，都因发现地而得名。马家窑文化彩陶，是人类远古先民的杰出创造，是世界彩陶艺术发展的顶峰，造型和图案都精美绝伦的双耳四鋬彩陶瓮，被郭沫若命名为"彩陶王"，珍藏于国家博物馆。

临夏古称河州，是史册上唯一以黄河命名的州。河州，居"陇上八州"之首。

历史上，河州是兵家必争之要塞、唐蕃古道之重镇，有"河湟重镇""西部旱码头"之称。河州商业发达，是茶马互市之中心，是回商文化的代表地区，费孝通先生曾赞曰"东有温州，西有河州"。

发端于北宋年间的河州砖雕，可谓中国砖雕艺术的最高成就，它是临夏的历史符号和标本，入选首批国家级非物质文化遗产。马步青私邸东公馆保存得非常完整，馆内的河州砖雕十分精美，上面"一尘不染""清白是福"的字样，让我的心灵立刻端庄。

河州砖雕上，处处可见牡丹。从临夏发掘出的千年金墓中，就有造型生动的牡丹图案。"牡丹随处有，绝胜是河州。"（清·吴镇）临夏是牡丹的故乡，河州紫斑牡丹是洛阳牡丹的原种。临夏人民精神灿烂，连白开水都称为牡丹花水。

比牡丹开得更加绚烂的花儿，是起源于河州的民歌"花儿"。花儿旋律优美广为流传，被誉为"西北之魂"，是世界级非物质文化遗产。临夏是中国花儿之乡，是联合国教科文组织确定的"民歌考察采寻地"。

临夏多民族融合，民族风情独特浓郁。临夏宗教多元文化多彩，悠久深厚的古羌族文化、源远流长的伊斯兰文化、博大精深的儒释道文化，相生相济，共存共融。

早在西汉时期，足迹遍布世界的穆斯林，将中国四大发明、印度阿拉伯数字、西方哲学传遍世界的穆斯林，遵照伊斯兰教先知穆罕默德的圣训"求知对穆斯林男女都是天命""学问，虽远在中国，亦当求之"，伴随着丝绸之路上叮当悦耳的驼铃声，来到河州"久留不归"，繁衍生息。崇尚宽厚、包容、和平、诚信的伊斯兰教，在河州生根开花、世代相传。

临夏清真寺鳞次栉比、瑰丽多姿，成为民族建筑艺术博览园。斑斓清洁之地临夏，是穆斯林心中的"小麦加"，成为中国西北伊斯兰教圣地。

穆斯林服饰庄重、简朴、素雅。临夏的穆斯林男女老少，无论在静坐、在行走抑或在贸易，个个面容仁慈友善、眼神纯正清和。他们勤劳正直、热爱生活、从容面对生死——不是虚无，而是超脱。

信仰和戒律，使穆斯林"清洁的精神"处处体现，这是灵魂中的高贵，是骨子里的血性，是伊斯兰教的文化基因。

在临夏，我自然会想起她，那个十年前在五台山偶遇的女子，那个沉静、清雅、美好的临夏女子，那个让我终生难忘的东乡族女子，她给我留下了地址："甘肃临夏东乡族自治县……"临夏、东乡，自此入驻我的心田。

我当然要去寻访她。"貂蝉故里"康乐、"西羌之地"永靖、"远古伊甸"和政、"古太子寺"所在地广河，这些临夏的佳境胜地，这些早已向往的名胜古迹，这次就统统忍痛割爱吧。

极度的干旱、无边的沟壑、广袤的荒凉，是东乡典型的地貌特征，联合国教科文组织认为它不适合人类居住，然而，民族精神在这儿蓬勃生长！当年，某位国家领导人翻山越岭一路颠簸来到东乡，给人民群众带来亲切关怀，东乡人民排除万难绕山引水，奇迹般创造出一片片绿洲，让我无比敬仰，让我荡气回肠。领导人歇脚过的泥土屋，成为当地人民心中的殿堂。

位于东乡的元代韩则岭拱北中，保存着最古老、最珍稀的手抄本《古兰经》（全世界仅存三本，此为其中的一本），我有幸朝觐，感到无比荣光。

中国大陆地理中心东乡，有一种无形的力量，让我充满敬畏。

正北之北

广袤无垠的草原，在公路两边无限伸展；一群群野鸟，结伴翱翔掠过天空；身着蒙古袍、身姿矫健的牧人，在草原上策马扬鞭；成群结队的牛、羊、马，悠闲地踱步在蓝天白云下……

从海拉尔往额尔古纳，沿途都是这样的画面，我们一行人不住地惊叹，一次次要求司机师傅停车让大家拍照，结果抵达额尔古纳时已是夜晚，比原计划晚了三个小时。

额尔古纳，这个名称似乎有一种魔力，一直吸引着我想投入它的怀抱。它位于中国雄鸡状版图的鸡冠顶端，西部与蒙古国接壤，北边以额尔古纳河为中俄界河。额尔古纳河发源于大兴安岭西麓，犹如一条摇曳生姿的玉带，飘荡在中国的正北之北。

站在额尔古纳河畔眺望，对岸是俄罗斯西伯利亚。地球上最大最深的贝加尔湖，在苏俄文艺作品中经常出现的叶尼塞河、乌拉尔山脉，就存在于这片"宁静之地"、世界上最大的地盾上。想起西伯利亚的曲折复杂历史，想起俄罗斯科学家、作家罗蒙诺索夫的话"俄罗斯的强大在于西伯利亚的富饶"，我一时心情复杂难言。

在蒙语中，额尔古纳为"捧呈、递献"之意。的确，它为我们伟大祖国"捧呈、递献"了辽阔的大草原、壮阔的大森林、宽阔的大湿地，它被称为"呼伦贝尔的缩影"。"我自相矛盾吗？很好，我就是自相矛盾吧，我辽阔广大，我包罗万象……"惠特曼这段诗句，似乎就是为额尔古纳而写的。

一望无际的森林，绵延于大兴安岭，逶迤于额尔古纳。森林到处都有，额尔古纳的森林气质不同，因为有白桦树。白桦树是俄罗斯国树、民族精神象征，我以前只在苏俄电影里见过，而在额尔古纳莫尔道嘎，我见到了白桦林！

莫尔道嘎，鄂伦春语为"白桦林生长的地方"。"南有西双版纳，北有莫尔道嘎"，可见莫尔道嘎之森林繁盛。它是野生动物的天然栖息地，时有棕熊野猪出没，野兔野鸡多到成群结队，是中国唯一的驯鹿栖居地。在莫尔道嘎原始森林中，传奇的中国最后一位鄂温克族女酋长为我们讲述"当年勇"，只是女英雄已垂暮，不再以守护驯鹿为生。"莫尔道嘎遍地宝，松桦杨柳人参草，天涯绿金滚滚流，浆果溢香醉人倒，煤金木铁满山岭，狍獐犴鹿遍地跑。"莫尔道嘎林区人的诗作，句句展示着他们的自豪感。

登上莫尔道嘎山巅极目远眺，大兴安岭的浩瀚与深邃尽收眼底。

莫尔道嘎在蒙语中则是"上马出征"的意思。一千多年前，铁木真的祖先从额尔古纳河两岸的森林启程，不断向草原迁徙，从狩猎民族演变成游牧民族，呼伦贝尔草原任由他们策马奔腾，额尔古纳容纳了他们的狂野与浪漫。铁木真率领蒙古铁骑从草原出发，南征北战，所向披靡，建立起世界上面积最大、军事最强的超级大国。额尔古纳养育了横扫世界的"马背上的民族"，成就了一代天骄成吉思汗，书写了蒙元帝国的壮丽篇章。

岁月的流逝已湮没了历史的痕迹，但额尔古纳蒙兀室韦之子、草原霸主铁木真，永远是蒙古人心中的成吉思汗，蒙古族子民一直以各种方式纪念他。出额尔古纳市区，一路往北约三十公里处，是修葺一新的弘吉剌部蒙古大营。弘吉剌部曾经是声名显赫的蒙古贵族部落，尤以盛产美女闻名，成吉思汗的母亲、妻子、儿媳都出自于弘吉剌部。弘吉剌部蒙古大营浓缩了多民族风情，迎接我们的是蒙古族男子浑厚苍凉的长调、俄罗斯族姑娘热情奔放的舞蹈。

由于历史的原因，额尔古纳居住着很多中俄后裔，坐落于山谷中的恩和乡，是这些混血儿最为集中的居住地。恩和是中国唯一的俄罗斯民族乡，与俄罗斯一河之隔，距中俄友谊大桥不到两公里。恩和民居都是典型的俄式木屋"木刻楞"，极具西伯利亚农庄建筑风格。恩和居民保持着俄罗斯人的生活习俗，家家户户院子里种满花草，屋子里挂着精美的俄式壁毯，主食是大列巴和奶油，菜肴是鱼子酱和罗宋汤。他们信奉东正教，他们性格很豪爽。他们长着深目高鼻，一开口却是地道东北腔，让我感觉怪怪的。俄罗斯族大妈清一色的富态体型，标准的俄罗斯妇女打扮，随时能为我们唱"喀秋莎"，随地就可以跳起头巾舞。迷人的异域风情，独特的异族文化，使恩和别具一格，入列中国"十大魅力小镇"。

"亚洲第一湿地"就在额尔古纳市郊，属于全球两个重要的生态区域之一，是中国保存最为完整、面积最大、物种最为丰富的自然湿地保护区，是天鹅等珍奇鸟类、世界濒危物种鸿雁的重要栖息地和保护区，每年有两千万只各种鸟类这里迁徙、停留、繁殖。

额尔古纳河支流根河，在这湿地与森林的界线，环抱着草甸静静地流淌。

在美丽的黔东南

镇远

落日余晖、渔舟唱晚、青山含黛、锦绣楼台……镇远风景如画，古韵悠然。

镇远。光凭这两个字，就让我心动。来了，看见，爱上。莫非，我跟镇远有宿缘？

镇远"九山抱一水，一水分两城"，亘古不息的舞阳河呈 S 形贯穿全城，令古镇一分为二，仿如太极图案，祝圣桥横跨于舞阳河上，桥上的魁星阁将孔圣庙、青龙洞、中元禅院彼此勾连贯通，使太极古镇儒、佛、道相融相济，携手并进。

青龙洞古建筑群背靠青山、面临绿水，五步一楼十步一阁，均贴壁临空于悬崖地带，集山水楼阁和寺、庙、观、俗于大成，非常雄伟、壮观。传说建文帝出家于此，洞中曾有对联为证：僧为帝帝亦为僧数十载衣钵相传正觉信然皇觉旧，叔负侄侄不负叔八百里芒鞋徒步龙山更比燕山高。

宫廷的权斗、王朝的兴衰、宗教的多元、历史的吊诡，带给镇远神秘的色彩。

镇远的历史，可追溯到远古诸神之战。镇远系交通要道、水陆要冲、滇楚锁钥、黔东门户，其防御体系浑然天成，"欲据滇楚，必占镇远；欲通云贵，先守镇远"。秦时镇远为边关，明朝开始号"镇远"，吴三桂"冲冠一怒为红颜"，曾在镇远布兵鏖战。

明代书画家这样赞镇远，"多佳山水士大夫南边多游焉，或不得游则有为恨者矣"；清代文学家吴敬梓钟情于镇远，在《儒林外史》中多有提及；民国英雄说镇远"有胜水名山，令人盘桓而不忍离去"。最为人熟知的，是林则徐三过镇远后写下的诗作，感叹镇远地势之雄奇险峻："两山夹溪溪水恶，一径秋烟凿山脚。行人在山影在溪，此身未坠胆已落。"

镇远雄奇险峻之最在石屏山，"石崖绝壁高千仞，端直苍阔如屏风"。

名胜古迹遍布镇远：名刹古寺、宫殿园林、戏楼会馆、码头驿道……镇远的民居，基本上为明清古建筑，依山势地貌而建，古街狭长幽深，古巷交叉衔连，古井四季不涸，古石桥风格别致。江南庭院风貌与山地建筑格局，在镇远完美地结合到了一起。

夜幕四合，镇远星空璀璨，舞阳河两岸大红灯笼高高挂，如火如荼，漫无边际。我蓦然回首，正看见一辆红色列车沿河徐徐驶过，欢快地奔向远方。

大利

在晨曦薄雾中，汽车曲折前行。我要去的，是"天下最美侗寨"大利。逶迤的山峦、清澈的河流、奇异的树木、烂漫的山花……窗外美景，令我目不暇接。

　　车停在了一棵大树下，司机让我下车，示意我往下看。从树隙间俯瞰下去，我顿时惊喜地叫了起来。蓝天白云下，青山绿水间，一座超然世外的村寨，隐身于深山山坳间，古朴、宁静、绝美，犹如童话世界。她就是大利侗寨。

　　"天下最美侗寨"，名不虚传。

　　我不坐车了，坚持要步行。上坡，下山，"初极狭，才通人。复行数十步，豁然开朗。土地平旷，屋舍俨然，有良田美池桑竹之属"，这儿正是现实中的桃花源啊。穿过一片古楠木林，走过一片翠绿竹林，跨过一座古老花桥，进入了美丽的大利侗寨。

　　花桥是侗寨的标志性建筑，也是侗人议事、歇息、行歌的最佳场所。大利侗寨中，五座亭廊式花桥风格各异，次第横跨于利洞溪上，其中古色古香的一座建于清光绪年间，桥面由七根整木铺架而成。

　　小小大利，有三条河、溪水流回环，利洞溪穿寨而过。清澈的河水中，有一群鸭子在游荡觅食，有几个孩童在裸泳嬉戏，洁净的河岸上，有身着民族服饰的村妇在捶洗衣服，有慈祥老人悠闲自在地吃着当地野果。无论男女老少，个个面容祥和、眼神纯真。

　　凡侗寨必有鼓楼，必建在寨子正中央，象征寨子吉祥平安。大利鼓楼气势不凡，宝塔造型匠心独具，斗拱木雕工艺精湛，伞形顶盖绚丽多彩，鼓楼檐角玲珑雅致。

　　大利寨子中央还有古井流泉，井与泉既分隔又连接，上游供饮用，中游供洗菜，下游供洗衣。泉源上方建有一个拱门，拱门上挂着几只竹筒，专供人喝水用。无论村民还是外客，都可用竹筒舀水尽情畅饮。村民住宅也与人为善，一色的青瓦木楼，让我感到温馨可亲。

侗族大歌是一朵绚烂的奇葩，绽放在中华民族艺苑乃至世界艺术之林。多声部、无指挥、无伴奏、复调式合唱方式，是它的主要特点；模拟鸟叫虫鸣、模仿高山流水的天籁之音，是它的主要内容。大利侗寨是侗族大歌发源地之一。每逢节日，男女老少聚集鼓楼彻夜欢歌，歌颂美丽的自然，歌唱美好的爱情。

不唱歌的时候，寨子很安静，没有车水马龙，没有人声鼎沸，我只听见树叶在微风中飘落的声音，只听见水流在石头上散开四溅的声音，只听见村妇此起彼伏的捣衣声，只听见小孩嬉戏追逐的欢笑声。

小桥、流水、人家，大利侗寨简约而又丰盈。

石板古道上，有侗族少女缓步走过，犹如出水芙蓉，清新素雅、袅袅婷婷。迎面相逢，女孩羞涩低头，脸上飞起两片红晕，双眸顾盼有情。

穿行于大利，我放慢脚步压低声音，生怕打扰到她。这个最美侗寨，时时、处处、人人、事事体现着"现世安稳，岁月静好"，

岜沙　占里　加榜

　　在我眼里，黔东南是一片神奇的大地，是一座诱人的伊甸园，是一个真实的世外桃源，是一幅现实版的"千里江山图"。

　　美不胜收的自然风光、保存完好的古朴村落、天人合一的生活方式、五彩斑斓的民俗文化、令人炫目的异族风情，使得黔东南荣膺"中国十佳魅力城市"，入选"中国民族文化旅游最佳目的地"TOP10、"返璞归真、回归自然"全球十大旅游胜地、"原生态民族文化保护圈"……苗乡侗寨，则是黔东南的金字招牌：制作精美的苗族服饰，吸引着无数中外游客；天籁之音侗族大歌，在世界上独树一帜。贵州入选《纽约时报》公布的"世界上52个最值得到访旅游目的地"，黔东南居功甚伟。

　　而"黔南门户、桂北要津"从江，"侗族大歌之乡"从江，奇山秀水与民族文化交相辉映的从江，更以"原始、自然、奇特、神秘"独占鳌头，是感受天地大美、苗侗风情的最佳去处。

岜沙

　　月亮山，多么美好有意境的名称。

　　雄奇的月亮山上有很多珍稀动、植物，甚至有世间极为罕见的夜光蛇、脆蛇、七尾蛇、美女蛇。传说中的美女蛇，竟然在黔东南月亮山真有神迹！我十分好奇，它到底长什么样呢？

　　古老的月亮山苗族被称为"苗族文化的历史博物馆"，其中最吸引人的是"最后一个枪手部落"——从江县岜沙苗族部落。

　　岜沙意为"草木茂盛的地方"。岜沙人热情好客，当宾客临门，小伙子在寨门前吹奏芦笙，姑娘们在乐声中用牛角杯敬酒。岜沙汉子吹奏的乐曲铿锵有力，像冲锋号，似战鼓擂。一曲奏毕，他们列队举起长枪，火枪对天齐鸣。

　　据说岜沙人是蚩尤后裔，当年跋山涉水到岜沙落地生根，从此祖祖辈辈开山拓土、耕作狩猎。他们固守传统，至今保留着以茅草、树叶占卜未来的习俗。苗族先民遗风，在岜沙全部得以传承。

　　无领右开衫铜扣青布褂，配上青色大筒裤和黑色布鞋，是岜沙男子的服饰标配。硬朗的着装风格，不苟言笑的神情，加上身挎腰刀、肩扛火枪，使岜沙汉子显得格外阳刚、雄健、英武。他们是"活着的兵马俑"，让看腻了城里阴柔"娘炮"的我耳目一新，暗暗为之喝彩。

　　锋利镰刀是岜沙汉子的剃发神器，"快刀斩乱麻"的剃头神技令我目瞪口呆。岜沙的镰刀剃发乃世间一绝：头顶剩存的一撮头发被束成发髻，岜沙苗语称之为"户棍"，它是岜沙男子装束中最重要的性别标志，也是迄今为止在中国见到的最古老的男性发式。"户棍"象征生长在山上的树木，青布衣裤寓意美丽的树皮。岜沙人依靠天、地、山、树生存，衣食住行取之于山林河谷，因而他们非常崇拜自然和神灵。

日本史学专家断言，"岜沙人就是日本人的祖先"。的确，日本武士的发髻和装束简直是来自岜沙的翻版。

岜沙人热爱生活，自古乐天敬神。当稻田插完秧，年轻人就开始撒欢，岜沙特有的"闹姑娘"拉开序幕。岜沙有秋千节、吃鲜节、芦笙节、鬼节、映山红节、男孩成年礼等节日，有飞歌、斗牛、吃相思、闹姑娘、集体围猎等风俗，总之，岜沙人一年四季欢腾不断、欢声不绝。

在岜沙，我聆听到远古的回声，体察到先祖的足迹，想起一句老话：天人和谐，边宁民康，千秋永续，长乐未央。

占里

"神奇占里，举世无双；生育文化，秘不可宣。"这是我为占里侗寨撰写的广告词。

占里隶属于从江县高增乡，系首批"中国传统村落"，寨子四面环山，寨前河水欢腾。河流两岸的石板道上，高耸着一排排金灿灿的禾晾架。湛蓝的天空，金黄的禾晾，大树、山花、野草，一同倒映在清浅的河水中，美极了。

一幢幢错落有致的木屋，加上萨坛、巨石、花桥、鼓楼、粮仓、禾晾、古井、鱼塘，组合成一个隐蔽、幽静、别致、美丽的侗寨。村头寨尾，壮汉打着糍粑，妇女织布绣花，老人安详地晒着太阳，孩子安静地看着来客。说不清为什么，我感觉到占里弥漫着一种神秘的气息。

占里果然神秘。很久很久以前，占里村的祖先吴公力不知受到了怎样的天启，居然提出了要控制人口增长，并召集村民订立规约：青年男女晚婚晚育，一对夫妇只生两个孩子。从那时候起，占里一直自觉控制人口增长，创造出一项世界纪录：数百年来人口自然增长几乎为零。中国历史上最早的"计划生育"政策，就诞生在侗族古寨占里。

隐隐约约听说：在占里，胎儿性别由"药师"平衡，"药师"的独门秘器是一种藤状仙草，它有一个扑朔迷离的名称：换花草。据说"药师"传女不传男。又据说，为了保守神奇"换花草"的秘密，占里建寨七百多年来，严禁外娶外嫁。村民恪守祖训，以守护他们独特的文化。

前来一探"换花草"究竟的人不少，自然全都无功而返。有日本"专家"和台湾"学者"在占里"考察"过一两年，当然个个失望而归。对不属于占里侗寨的人来说，"换花草"或许永远都将是一个谜。

占里人信奉"萨玛"，认为万物有灵、天地有眼、祖先有知，他们说，无论行善还是作恶，你的一言一行、一举一动，甚至你动过什么念头，天地是看得见的，神灵是知道的，祖先是能感知的，所以人要积德行善，不能胡作非为。

虔诚的信仰、独特的智慧，演变成世代遵循的乡约民规。除了严格的生育制度，占里对婚姻嫁娶、财产继承、土地分配、男女平等、老人赡养、邻里关系、社会管理都有规范化的制度，形成了一套完整的制度体系。

信仰与制度的融合，知与行的合一，给予占里人丰厚的回馈：人与自然和谐发展，人与人和睦相处，生活富足，社会安定。

生命是上天的赏赐，幸福生活则是智慧的赐予。

加榜

从江百里梯田隐藏在月亮山深处，"呈长条环状的水田绕山而行"。它建于秦、汉，到宋、元成形，是山地生态农业的奇迹，是苗、侗、壮、瑶、水等民族先民劳动智慧的结晶。

高山与云海连接，密林与村寨相间，田园与民居交错……使从江百里梯田成为"中国西南大山中的标志性景观"，其中又以加榜梯田最为出众。

加榜梯田位于月亮山腹地，总长度二十五公里、总面积近万亩，不仅整体上极其壮观，而且线条和色彩非常优美。

从蜿蜒流淌的打瑞河谷，到"佛光"普照的月亮山巅，加榜梯田依山顺势渐次而上，层层叠叠延绵不绝。不管山体表面如何弯曲，梯田田埂都沿着山体平行伸展，仿佛大地上镌刻着一条条狭长的"等高线"，又宛如苗家女子编织成的一条条彩练。

当薄雾从山谷缓缓升起，加榜梯田被山岚雾气渐渐笼罩，云雾缭绕中，散落田间、远离尘嚣的吊脚楼影影绰绰若隐若现，让我恍若置身仙境。

随着海拔不同、气候各异，加榜梯田色彩变幻不定。春至，灌满山泉的梯田，无论在阳光下还是在月色中，都闪烁着迷人的银色光芒；夏日，禾苗青翠欲滴，山间犹如铺上了一层厚厚的绿地毯，绿地毯浩阔无边、一望无际；秋天，阳光穿透稻穗洒落在梯田上，山色如金，流光溢彩，微风中稻香袭人；冬季，梯田素面朝天，层次更加丰富、线条更加美好、光影更加梦幻。

加榜梯田被誉为"集天下梯田之精华"、被评为"中国四大最美梯田"，实至名归。

苗族是"稻饭鱼羹"的民族。加榜梯田种植着近百种原始糯稻，但糯稻并不是加榜乡民的唯一收获，梯田里还藏着其他宝贝：鲤鱼和鸭子。央视纪录片《舌尖上的中国》用了足足八分钟详尽介绍过加榜梯田"稻＋鱼＋鸭"的种养方式，这种稻、鱼、鸭共作的古老体系，被列入"全球重要农业文化遗产"，对此，经济学家张五常评价道："这是最符合经济学的中国人的传统智慧。"

最大的智慧在民间。

"这里的每一寸土都是金，每一滴水都是酒，每一棵树都是神，每一株草都是宝，每一片田都是画，每一个村都是景，每一首歌都醉人。"从江人民用这诗一般的语言由衷赞美家乡，然也。

德阳采风录

很多人知道"三星堆",却不知道它就在德阳,在我看来,是因为德阳"大德如阳"。

应"三星堆戏剧节"邀请,金秋十月,我来到"古蜀之源,重装之都"德阳。德阳是国家重要工业城市,是世界知名的重大技术装备制造业基地,是联合国授予的中国"清洁技术与再生能源装备制造业国际示范城市"——没有之一。

不仅有大德,还有大美,它还是国家森林城市,也是国家级旅游城市。

人文彪炳,是德阳的另一标签。大西南最宏大的德阳孔庙,始建于南宋,毁灭于明末,清朝重建后留存至今,成为全国重点文物保护单位、西部首个国家传统文化教育基地。孔庙红色的"万仞宫墙"高大威严,令人一望而生敬畏之心,大门前有"文武官员,至此下马"碑,以示对"万世师表"孔圣人的景仰。庙里有副对联流传甚广:"乃神乃圣神圣祖,非帝非王帝王师。"我以为,这是对孔子最高最好的评价。有意思的是,孔庙与闹市仅一墙之隔,墙里庄严肃穆,墙外红尘万丈。

德阳石刻被誉为"东方艺术瑰宝，人类智慧结晶"。德阳石刻艺术墙令人震撼，由五组大型浮雕群、三十五个木雕拱门、三十二根蟠龙石柱组成，运用了圆雕、透雕、浮雕等各种空间组合艺术手法，表现自然、生命、民族团结、中华传统文化主题，是中国最大的现代艺术石刻雕塑群，开国内"城市挡土墙建筑与造型艺术结合"之先河。《中华魂》《生命之歌》《智慧之光》等大型浮雕，展现民族团结的伟大力量，展示华夏九州的璀璨文化，讴歌炎黄子孙的勤劳智慧，寓教于艺。"三星堆戏剧节"有句口号：艺术改变城市。石刻艺术极大地提升了德阳的城市气质，以标志性符号引领着城市艺术潮流。

广汉因"广至汉水"而得名，源自大汉帝国的强大自信。广汉是历史文化名城，古为"蜀省之要衢，通京之孔道"，今为"世界文化高地、中华文明圣地"。

中国民用航空飞行学院位于广汉，是中国唯一、世界一流、全球最大的飞行学院，拥有一连串耀眼的光环："一所让人仰视的大学""一所学校支撑起祖国一片蓝天""中国民航的黄埔、民航飞行员的摇篮"……美国前财政部长斯诺到访时盛赞"这是一所伟大的学校"。它由周恩来总理亲笔批示建立，前身为中国人民解放军第十四航空学校。

广汉向阳乡，是名副其实的中国农村改革发祥地。

四十年前，向阳第一个摘掉"人民公社"牌子，建立"向阳乡人民政府"，在全国率先实行联产承包责任制，拉开政社分开的序幕，中国农村改革从此发端，"向阳公社摘牌"被载入史册，"中国农村改革第一乡"向阳蜚声海内外。两年后，全国人大对《宪法》进行修改，正式在全国结束了人民公社体制。"向阳之花"从广汉开到大江南北，开遍祖国大地。向阳欣欣向阳，率先跨入全国百颗"中国乡镇之星"行列。

广汉最为世人瞩目的，自然是"世界第九大奇迹""古蜀文明的发源地"三星堆遗址。

三星堆之名的得来颇有意思：一马平川的考古发掘地附近，有三个突兀而起的黄土堆，让人惊为天神遗珠，民间传说是玉皇大帝曾从天界撒下三把土，天土落地后变成三颗金星，于是有了"三星堆"这个诗意的名称。

当年，三星堆遗址甫一出土，立刻轰动世界，令考古学家无比惊喜，使历史学家无比震惊，让媒体记者无比激动，他们大加赞叹："这是二十世纪人类最伟大的考古发现之一。""这些发现，现在看来，比有名的中国兵马俑更非同凡响。""它比湖南马王堆的文物时间早、数量多，其历史价值和艺术价值更高，可以和西安的半坡遗址相媲美！"

虽说曾在柳建伟、麦家两位鲁院同学陪同下，来去匆匆走马观花过三星堆，但对瑰丽、神奇、诡异的三星堆文化，我依然不得要领、知之甚少。

眼前的景象熟悉又陌生。原来，三星堆文物增添了新的展馆，新旧两座博物馆组成双子星座，第一展馆主题为"灿烂的古蜀文明"，重在展示古蜀社会物质生活，第二展馆主题为"青铜铸就的人间神国"，旨在揭示古蜀先民神秘的精神世界。

蔚为大观的玉器、流光溢彩的金器、朴雅大方的陶器、奇异诡谲的青铜器……使三星堆馆藏在世界上享有极高声誉，其中以青铜器最撼人心魄——不仅数目庞大，而且造型前所未见，想象力极其丰富，却没有留下任何文字，更令人不解的是，其中没有生活用品，都是祭祀用品，且带有强烈的玛雅文化、古埃及文化印记。它们的制造水平高于同时代的中原青铜器，也让人不可思议。三星堆青铜器为什么如此与众不同？这给考古学界留下了巨大的疑问。

众多稀世之珍中，最引人入胜的是那些"世界之最"：世界上最早的金杖，是最高权力的象征；世界上最高、最古老的青铜神树，有人推测其为古神话传说中的扶桑树，是古蜀人幻想成仙的登天之梯；世界上最大、最完整的青铜立人像，被称为"世界铜像之王"，被认为是集神权、王权于一体的古蜀国最高领袖；世界上最大的青铜纵目人像，也就是民间传说的千里眼，形貌似天外来客，令人骇异，有人认为是史前文明人。

这些旷世神品，在世界文物考古史上前所未有，是极为罕见的上古人类奇珍，它们浓厚神秘的宗教色彩，显示巴蜀先民崇尚天地、信鬼敬神、热爱自然，但给人留下系列难解而引人入胜的谜团：三星堆文明起源于何方？三星堆遗址居民属于远古时期的哪个民族？三星堆古蜀国是什么性质的政权，信奉何种宗教，是政教互动还是政教合一？它产生于何时，持续了多久，为什么消失，如何消亡的？

据古文献记载，中国夏、商、周三代王朝均以九鼎作为国家权力的最高象征，而以杖象征最高权力，以往只存在于古西亚文明中。那么，中华文明有可能来自于西亚文明吗？中国文明的正源也许在三星堆？对于这些令人头疼、棘手的问题，考古界和史学界曾采取回避态度，三星堆甚至被历史学家刻意对外界隐瞒。与此同时，西方学者提出"世界文明同源"论，或许不无道理。

无论如何，三星堆遗址惊天问世，把古蜀国文明史向前推进了两千多年，这是不争的事实。三星堆出土的文物，更加有力地证明：三星堆是"长江文明之源"，是古代中国的重要文化中心，长江流域与黄河流域同为中华民族发祥地、同属中华文明的母体。

秦皇汉武皆来此

有人说，中国，两百年文明看上海，五百年文明看北京，两千年文明看陕西，三千年文明看山西，五千年文明看山东。

我要说，看山东，其实是看莱州。

莱州是远古文化的发祥地。夏朝，莱州建立了胶东半岛最早的封国"过国"，西汉置掖县（掖县一名，最早见于《战国策》），莱州之名始于隋朝。莱州，曾为国之都、郡之首、府所在、县之治。

所以，莱州有着这么强大的古城遗址群——夏过国都城、商沙丘城、当利故城、临朐故城、阳乐故城、阳石故城、光州故城、曲台故城，并不令人感到意外。莱州还有个蒜园子新石器遗址，出土了残石刀、夹砂红陶片等石器，经中国社会科学院考古专家鉴定为新石器中、晚期遗址。这些故城遗址和出土文物，阐释出中华民族五千年来，在莱州大地上演绎的社会、历史、文化的变迁和发展。

莱州有很多座山，几乎每座都是名山，都有文化内涵和历史承载。

郑文公碑屹立于云峰山，是中国首块书法名碑，是一代文宗、北魏光州刺史、大书法家郑道昭的大手笔。郑道昭笔力雄强，为"北方之圣手"，郑文公碑为天下魏碑之冠，历来为金石家、书法家所推崇，是研究中国字体演变和书法艺术的珍贵资料，后世评价其"云峰魏碑，承汉隶之余韵，启唐楷之先声。不失为一代名作，无愧于千古佳品"。康有为在看过郑文公碑后说："如果谁没有见过此碑，就没有资格谈论书法。"云峰山，成为中国书法第一山、举世闻名的书界圣地、北魏三大文化高峰之一。云峰山峰高谷幽、树茂花艳，春桃、夏槐、秋枫、冬松分别为四季绝景，山上名胜古迹众多，自山麓至山顶分布历代刻石数十处，除了郑文公碑，郑道昭还留下不少宝贵题刻，均刻在山中险峻的摩崖之上。千余年来，国内外学者、一代代书法家不断前往谒碑林，日本书道学者对云峰刻石更是推崇备至，前来访碑者不断。云峰山的摩崖石刻，被列为国家重点文物保护单位。

寒同山西连云峰山，北依大基山，南望大泽山，山腰中的巨大崖壁上，藏有六座闻名遐迩的道家石窟"神仙洞"，系元代人工凿成，为古掖县八景之一，现为省级重点保护文物。神仙洞中有三十六尊道家诸仙大理石雕像，造型圆润，神态俊逸，神仙洞下方有一片枫树林，我到达时正值深秋，远远看过去，这片枫林就像一片火光。

崮山又称韩信山，因为西汉大将韩信曾隐居于此。它山势陡峭，站在峰顶极目远眺，方圆百里尽收眼底：东南方青山莽莽，北面平原一望无际，村庄炊烟袅袅，莱州湾渔船如织。元朝，崮山上道教盛极一时，系著名道士王重阳创立的全真教派。山顶留有紫霞宫遗迹，是道教的一处重要基地，山上的著名古文化遗址还有摩崖石刻、南天门、老母庙、道士塔、韩信书院等。

大基山最富神秘感和传奇性。因山势呈环状起伏，酷似道家太极图，大基山古称太极山，有"郡之甲胜"之美誉。大基山群峰环抱，山谷清泉四涌，山顶白云缭绕，山腰有著名的道士谷，存留千年道观庙宇，现为全国最大的山谷道场。丘处机当年就在道士谷修炼，并在西山摩崖题刻《道士谷春日登览》一诗，至今字迹清晰、完整无缺。在金庸的武侠小说里，丘处机为全真七子之一，武功高强，是抗金护民的民族英雄，其实，丘处机是杰出的思想家、政治家和道教领袖，以成功劝说成吉思汗"放下屠刀"扬名立万，这件宗教史上划时代的重大事件，使全真教成为当时最兴盛的宗教，亦使得丘处机受到后世景仰。清高宗曾亲笔御书对联，盛赞丘处机"万古长生，不用餐霞求秘诀；一言止杀，始知济世有奇功"，《成吉思皇帝赐丘神仙手诏碣》历经七百多个春秋依然保存完好，至今屹立于莱州石堂山山坳里。由于丘处机的卓越功勋，大基山成为一座最能诠释、实践道教精髓的道家名山。像云峰山一样，大基山上遍布历代摩崖刻石，郑道昭在此山也留下题刻十多处，主要有《登大基山诗》《中明之坛》等，均镌刻在险峻的摩崖之上，为国家级重点文物保护单位。郑道昭的大基山石刻、云峰山刻石联成一体，成为国际书法旅游专线，是日本书法爱好者的心头之好。

下山奔往东海神庙途中，听说秦皇汉武多次到莱州，来海水祠（东海神庙前身）求神拜仙，留有"始皇游而忘返，武帝过以乐留"之千古佳话，秦始皇最终还死在莱州，我心生感慨，作打油诗四句，题名《秦皇汉武皆来此》，发布到微信朋友圈：

莱州是个好地方，
有山有海美名扬。
秦皇汉武皆来此，
传统文化渊源长。

不一会儿，热评纷纷，留言对莱州诸多赞词。

何止秦始皇、汉武帝，宋太祖、康熙、乾隆等英主"大帝"，都在莱州留下过足迹，所以，莱州自古就有"齐鲁之甲胜天下之名疆"的美誉。

海水祠（东海神庙）建于西汉，兴于隋唐，盛于明清。相传赵匡胤曾被敌兵追杀，躲进掖县海水祠方脱险，其间受到孙氏食物接济，赵匡胤登基后，即派大将郑子明来掖县，在海水祠基础上大修东海神庙，并建"孙母祠"以报答孙氏一饭之恩。东海神庙占地四十余亩，三进院落，中为大殿，前为庙门，后为寝殿，建筑气势宏伟、金碧辉煌。

经帝王们敕令大建大修，东海神庙彻底建成皇家规制的"国庙"，与泰山岱庙地位同等，成为历朝历代君王祭祀海神、为国祈福之地，每逢即位、用兵、灾荒、军政大事，帝王或亲临此地，或遣大臣前来"福华夏大地、祚九州之民"。

据《古邑春秋》记载，历代朝廷在此拜神祭海九十五次，共有八十一位帝王到此，留下祭海神文四十五篇，显示出东海之祭的崇高地位。东海神庙内的御碑亭，藏有康熙、乾隆御书匾额及万历碑刻三十余通，御碑亭东南建有钟楼，西南建有鼓楼，两侧东西各有偏房九间。大殿檐下横悬两巨匾，上匾是乾隆御笔亲书的蓝底金字"万派朝宗"，下匾是明代奸臣宰相严嵩所书的金字黑底"海天浴日"。殿正中高高的神台上装有神龛，龛内供奉着东海龙王神像，神龛上悬挂的巨匾是明太祖朱元璋御书的"东海神殿"四个大字，南北墙壁画有海神出巡图、四海龙王斗悟空图，东西墙壁绘有海龙王出宫行雨图、海龙王入跸凯旋图。这便是声名赫赫的"海庙画壁"，气魄阔大恢弘、人物形态各异、造型威武生动、神情惟妙惟肖，视之如身临其境，相传为唐代画圣吴道子所画。

曾登峰造极的东海神庙，传承千年，如今虽仅存遗迹、文物，但却是宝贵的历史遗迹，依然具有特殊的文化地位。

毛纪墓也是莱州一大历史人文景观。莱州人士东阁大学士毛纪，是齐鲁大地家喻户晓的明代首辅宰相，为官清正，政绩卓著，后世为表景仰，写下戏曲《姊妹易嫁》为之歌功颂德。毛纪死后魂归故里，陵园规模宏大，至今留有石兽、石马、皇帝谕祭石碑。

莱州千佛阁主要由千佛大殿、文山、文庙、牌坊、罗汉堂、城隍庙、四公祠组成。文山由千吨巧石筑成，山顶喷泉飞花，山腰瀑布轻跌。文山曲水两侧是乡贤祠，记载着莱州的重大历史事件和莱州籍名臣的功德，其中有以名言"天知、地知、你知、我知"名世的莱州清廉太守杨震，有忠贞不屈、杀身成仁的莱州知府朱万年，有重修千佛阁的张忻张瑞父子……它浓缩着一部莱州历史。

莱州悠久的历史、璀璨的文化、深厚的积淀、不绝的传承，造就出熠熠生辉的文化遗产，烟台市列入国家和省级的非物质文化遗产名录数量在全国地级市中名列前茅，以莱州贡献最大。莱州具有浓郁地方特色的民间文化，折射出中国地域文化的丰富多彩。

先说戏曲。元代形成的江西弋阳腔，与昆曲并称为"剧坛两大盟主"，在中国戏剧史上曾开创了一个光辉的新纪元。明代末年，弋阳腔发展到高腔，声震全国，子孙遍地，然而，其他地区的弋阳腔均昙花一现，唯独在莱州落地生根演变为蓝关戏。经数代人打磨提升、发扬光大，蓝关戏成为戏剧舞台上的一枝奇葩，被列入第一批国家级非物质文化遗产名录。

顺便提一句，京剧《锁麟囊》的剧中故事就发生在莱州。

《辞海》记载：我国草编以山东掖县的产品最为著名。莱州是"中国草艺品之都"，由本土先民发明创造的草编已近两千年历史，其花样草编、玉米皮织、麦秆贴画，都是国内外游客喜爱的艺术佳品。莱州草编曾在巴拿马万国博览会获金奖，现已被列入国家级非物质文化遗产名录。

莱州玉雕是饮誉海内外的艺术珍品，在造型上具有圆浑、敦厚、生动、逼真的特点，在刀法上具有洗练、锋利、流畅、张扬的风格，是无数先民打磨出来的艺术精华，凝聚着历代民间艺人的智慧，体现出鲜明的地方特色，在国内雕刻工艺中占据重要地位。莱州玉雕也被列入国家级非物质文化遗产名录。

人类自发明文字始，就与笔结下了不解之缘，而流传地域最广、使用时间最长的毛笔，是中华民族对世界艺术宝库的伟大贡献之一。享有"南湖北掖"盛名的莱州毛笔，是"掖笔纵横，蝉蜕龙变"的状元笔，"助文人高攀桂丹，扶学士直上青云"，在古代为朝廷贡品，是莱州先民奉献给人类的文化瑰宝。时代不断变迁，但莱州毛笔品质不变，郭沫若先生对它情有独钟，小平同志出访日本时将它当作"国礼"赠送天皇……它不仅受到国内书画界青睐，还大量销往国外。莱州毛笔为山东省非物质文化遗产。

毛笔制作成为行业翘楚，莱州人因而普遍热爱书法，书法教育进入小学、从娃娃抓起。说起莱州的文化教育事业，也是让我刮目相看。莱州在古代出过一百多位状元，现代则诞生了中国珠算之父、中国核能之父、中国紧凑型杂交玉米之父、中国红十字会之父……百年名校莱州一中是"山东省高考状元摇篮"，培养了无数考入清华北大、获得博士学位的学子。

莱州中华武校同样美名远扬，央视春晚"年度最受好评节目"《少年强，则中国强！》有口皆碑，表演节目的孩子全都出自该校，威震中外的武术散打精英也多出自该校。莱州历来被称为"武术之乡"，尚武习武之风古已有之，莱州人民英勇善战，在明朝抵御外敌入侵时，莱州古城成为"铁打的莱州"。莱州是"四大国粹"之一吴式太极的故乡。吴式太极以道教五行八卦学说为理论根据，"动中求静、静中蕴动、动静相兼、体用结合"，既可防身制敌也可强身健体、修身养性，名扬京师，威震武林，系太极拳中五大流派之一，是中华民族传统武术的瑰宝。百余年来，其久盛不衰、门徒甚广，在流派纷呈的中国武术中具有重要地位，是山东省非物质文化遗产。

石雕艺术也是山东省非物质文化遗产，雕刻技艺在莱州世代相传，也给莱州留下了众多的珍贵文物。老县城里，一座座石雕牌坊沿街而立，其中以"东莱三凤"气势最为宏大、图像最为精致。毛纪墓、太极殿、海神庙的大型石雕，以及寒同山摩崖石窟造像，皆造型宏伟、刻功凝练，堪称石雕艺术之珍品。

还有莱州面塑、莱州民间剪纸工艺，也被列入了山东省非物质文化遗产名录。

几乎所有中国古典文化——玉石文化、书法文化、武侠文化、武术文化、孝道文化、仙道文化、科举文化、清官文化、海洋文化……都能在莱州找到根基得到传承。莱州兼有中国玉雕之乡、中国书法之乡、中国武术之乡、中国长寿之乡、中国黄金之都、中国月季之都、国家园林城市、全国优秀旅游城市等美名。

丰富的资源、富饶的物产，使莱州素有"齐之福地""山东粮仓"之称。

莱州是中国黄金强市，黄金储量居全国县级市之首。莱州也被命名为"中国石都"，可开采石材有二十多个品种，占全国储存量的十分之一，以硬度好、色泽明快、无放射性元素著称。

不仅有黄金，还有黄金海岸线。莱州一百多公里长的美丽海岸，是黄三角区域唯一的金沙滩，也是"山东最具魅力旅游景区"。莱州湾盛产鱼、虾、蟹、贝、参等上百种海产品，是国内重要的海珍品养殖基地。

"金山银海摇钱树"，是蓝关戏发祥地金城镇的真实写照。金山，指金城镇黄金储量和产量居全国乡镇之首；银海，指金城镇有着数十里黄金海岸线，加上万余亩国家级沿海防护林，共同构筑成天然氧吧；金城镇农民依靠数万亩苹果树发家致富，果树就是他们的摇钱树。早在明清时期，金城镇就是重要的军事和商业埠口，至今保存着最完整、最能代表胶东地域特色的古民居群。国内最大的生态智能化电厂——华电国际莱州电厂，坐落于金城镇。

仓廪实而知礼节。莱州人孝行卓著，孝道文化由来已久，莱州城南建有"孝顺埠"。莱州人长寿，既得益于"物华天宝"，也与子孙之孝密不可分。

全国"道德之乡"仓南村，村舍整齐划一，道路宽敞平坦，村民纯朴的笑脸、憨直的话语，使我如沐春风。村里张贴着"善行义举四德榜"，村民每月评选出"好儿媳""好婆婆"，婆媳们互敬互爱的事迹，在邻里乡亲中传为佳话。与"善行义举四德榜"遥相呼应的，是掖县公园的"道德工程、时代楷模事迹展示区"。莱州无论城乡，处处民风淳朴、家园和谐。莱州基本保留着"路不拾遗，夜不闭户"的古风，获评"全国社会治安综合治理先进市"。

莱州湾畔有一片湖泊，湖面烟波浩渺，环湖大道绿树成荫。这个美丽的地方，就是莱州河套湿地公园，是市民休闲观光的好去处。

占地五百亩的莱州广场，栽植各类树木达四百多种，是山东省第二大植物园。金广场是莱州的明信片，主体雕塑是一支代表莱州"中国月季之都"的鎏金月季，精美别致。

一个县级市，拥有两大公园、两大广场，不愧为全国百强县。

宋代诗人杨万里曾作《腊前月季》歌咏月季："只道花无十日红，此花无日不春风。一尖已剥胭脂笔，四破犹包翡翠茸。别有香超桃李外，更同梅斗雪霜中。折来喜作新年看，忘却今晨是季冬。"莱州人热爱月季，爱其"无日不春风"。莱州是国家月季生产基地，遍地栽种月季，家家户户栽植月季，月季品种应有尽有。莱州四季花开，"别有香超桃李外"。

莱州，一旦走进她，就会情不自禁地爱上她。

锡兰过大年

毫无筹谋，突然决定"锡兰过大年"。除夕之夜，说走就走。

锡兰即斯里兰卡。"锡兰"二字，常常见于中国古籍，可见两国之间的情谊。"斯里兰卡"诞生于一九七二年，尚未"知天命"呢。

对斯里兰卡的了解，最初来源于少时跳过的斯里兰卡舞蹈《罐舞》，其他知识储备非常有限，很惭愧，赶紧问度娘以急补：

> 斯里兰卡，南亚次大陆南端印度洋上的岛，古称"狮子国"。接近赤道，终年如夏。风景秀丽，素有"印度洋上的珍珠"之称。

> 斯里兰卡是举世闻名的"宝石岛"，宝石产量位于世界前五；锡兰红茶是世界三大红茶之一，被称为"献给世界的礼物"。

又是"珍珠"又是"宝石"的，好，真好。

斯里兰卡的形状，恰似一枚宝石吊坠，也像一颗情人的眼泪，被意大利旅行家马可·波罗赞誉为"世界上最美的岛屿"。

无边无际的红树林缠绕着海岸，四面八方包围着"最美的岛屿"，全世界最茂密的森林，铺天盖地覆盖着"最美的岛屿"；森林里有着无比丰富的生态多样性，也潜伏着地球上最狠毒的眼镜蛇……对斯里兰卡，美国作家马克·吐温一言以蔽之："除了雪，这里拥有一切。"

置身于斯里兰卡，我的第一反应就是莺歌燕舞、鸟语花香之类的词语，用在这样的地方才没有违和感。

从中世纪起，斯里兰卡首都科伦坡就是全球重要的商业港口，有"东西方十字路口"之称，诱人的兰卡宝石、"最干净的茶"锡兰红茶，从这里源源不断地运往世界各地。兰卡宝石和锡兰红茶，也是吸引我前来的重要因素啊。

其实，锡兰红茶的祖先就在中国，差不多两百年前，英国人从中国引进山茶树，让它们在锡兰生根发芽。

科伦坡处处可见欧式建筑，这是大英帝国殖民统治留下的历史印记。斯里兰卡是佛国，全国有五千多座佛寺，但看着维多利亚公园门口五短身材的变形金佛，我真是醉了。刚噶拉马寺里的本土产佛祖，则长着一副阿拉伯人的面孔，当然，寺里来自中国的观音菩萨和关公财神塑像，我一眼就认了出来。刚噶拉马寺庭院里还有一尊大玉佛，连同佛龛重达四十八吨，系福建泉州商人捐赠。

这是文化交流，也是礼尚往来。早在一千六百多年前，六十五岁的东晋僧人法显，从长安出发到印度取经，是第一个将梵文经典引入中国的高僧。十年后，法显从印度南部乘船抵达锡兰，十五年远游，锡兰是他最后一站。笃信佛教的锡兰国王听法显说中国的孝武帝崇奉佛教，特遣使者赠给孝武帝一尊四尺二寸高的玉佛，孝武帝将之供奉于南京瓦官寺，可惜后来失传。法显回国后著述《佛国记》，记录了锡兰的风土人情，成为研究锡兰的重要史料。他在斯里兰卡家喻户晓、备受崇敬，栖身过的岩洞被称为"法显岩洞"，一直香火鼎盛。

另一个为斯里兰卡人熟知的中国人是郑和。斯里兰卡国家博物馆保存着一块"布施锡兰山佛寺碑"，石碑顶部刻有花纹和"二龙戏珠"浮雕，右侧的汉字依稀可辨："大明皇帝遣太监郑和王贵通等昭告于佛世尊……"左侧横书的泰米尔文、波斯文损毁较为严重。郑和下西洋前在南京将石碑刻好，分别用三种语言表示对佛教、印度教和伊斯兰教的敬颂，体现出大明王朝的世界眼光和中国气度。郑和在海外多地立碑，但被发现并保存至今的独此一块，它是郑和七下西洋壮举的真实历史见证。

后来，中、锡两国交往越发密切，据《明史》记载，锡兰国王派王子出使中国，船队抵达世界最大港口之一、东方第一大港福建泉州后，王子登岸四处闲逛，对繁华的泉州港以及满城盛开的刺桐花印象深刻。所谓"念念不忘，必有回响"，冥冥中缘分天定，王子在华期间，锡兰国发生重大变故，归国无望的王子索性定居泉州，取"世"为姓，世代繁衍，"狮子"血脉从此融入中华民族。

斯里兰卡的国旗呈长方形，形状奇特、图案漂亮：左边框里是绿、橙两色竖长方形，右侧为咖啡色长方形，中间是一头紧握战刀的黄色狮子，四角各有一片菩提树叶。咖啡色代表僧伽罗族，橙、绿色代表少数民族，黄色边框象征人民追求光明和幸福，恰与国土轮廓相似的菩提树叶表示对佛教的信仰，狮子象征国民刚强勇敢。

同样喜欢"狮子国"民族风格鲜明、宗教意味浓郁的国徽。国徽图案中心也是一头狮子，赭红底色代表矿产丰富；环绕着狮子的十六朵金莲花，象征圣洁吉祥；环绕着金莲花花瓣的两穗稻谷，象征五谷丰登；顶端的佛教法轮，象征佛法永远护佑斯国；下端的花碗，两侧分别是散发着光芒的太阳和月亮，象征国家如日月一样永恒。

在僧伽罗语中，斯里兰卡意为"光明的乐土""光明富庶的土地"。

国树铁木、国花莲花，在斯里兰卡随处可见。自从佛教最有力的护法者、印度阿育王派其子来到"狮子国"布道，僧伽罗人就摈弃婆罗门教而改信佛教，从此，佛教成为锡兰国教，"狮子"们纷纷拜倒在佛祖脚下。

"每年东南信风吹起，海流轻拂印度洋上的明珠，斯里兰卡是世界尽头灵魂的故乡。在东西古城的菩提树下，回想锡吉里耶的经文，赴一场康提的众神狂欢。"

马克·吐温饱含深情提到的康提，位于斯里兰卡中部，是举世闻名的佛教圣地，有亚洲最大的植物园。巨大而秀美的康提湖位于康提市中心，湖边树木参天、鲜花怒放。康提湖之于康提，犹如西湖之于杭州、八一湖之于南昌，是城市的灵魂，是市民的骄傲。

自从佛牙从印度传入，康提便成为全世界佛教徒的朝圣地。闻名于世的佛牙寺，就坐落于美丽的康提湖畔。

佛牙寺始建于十五世纪，有围墙和护寺河环绕，围墙四角各有一庙，都是为保护佛牙而建。寺院建立在高高的台基上，经过历代国王不断修缮扩建，规模越来越宏伟、结构越来越复杂，主要有佛殿、鼓殿、内殿、长厅、诵经厅、大宝库等。内殿是核心区域，正中供奉着一尊金佛，金佛前铺满莲花。内殿左侧暗室里有一座七层金塔，金塔中又有七个大小参差的小金塔，每层小金塔内都藏着各国佛教徒供奉的珍宝。最小的一座小金塔，顶部有一枚钻石，塔内有一朵金莲花，金莲花花蕊中有一只玉环，玉环中安放着国宝佛牙。每天早、中、晚，在震撼心灵的鼓乐声中，三位高僧分持三把不同的钥匙，共同开启内殿大门，先在内殿举行隆重的敬拜仪式，再开启内殿拱门，让恭候在外的信徒与游人鱼贯而入，共同瞻仰供奉着佛牙的神圣金塔。

我抵达佛牙寺当日，正是礼拜天，朝圣者络绎不绝，寺院被拥挤得水泄不通，盛况有如穆斯林朝觐麦加。朝拜者无论男女老幼，皆着一袭白衣，面容庄严肃穆。佛牙寺内外，有老者长跪不起、有大汉痛哭失声、有幼童虔诚膜拜、有女子怀抱婴儿念经诵佛……

花香四溢的佛牙寺，看不到一个"功德箱"，我想捐钱却找不到地方。佛牙寺，真正莲花净土，只有花香没有铜臭。

世上仅存的两颗佛牙舍利，分别供奉于远在南亚的佛牙寺、近在北京西山八大处的灵光寺，两处佛教圣地我都拜谒到了，自豪感油然而生。

一年一度的康提"佛牙节"，是世界上最为隆重的佛教庆典。开幕式上，在万人簇拥下，"武装到牙齿"的领头大象闪亮登场，身驮装有佛牙舍利的银匣子，带领数十只盛装打扮的大象，傲娇巡游全城。每头大象脖颈上都挂着铃铛，每走一步都会发出叮叮当当的声音，十分悦耳。

从美瑞莎到加勒，沿着西南海岸线行走，一路上"又见棕榈，又见棕榈"。在婆娑的棕榈树下观赏世界上最奇特的钓鱼方式，真是奇妙的感受。一个个古铜色皮肤的渔民，任凭风浪起，稳坐钓鱼台，他们的"钓鱼台"是一根根高耸的木杆。渔竿在渔民手中上下翻飞，"嗖"的一下，鱼钩入海了；"啪"的一声，渔民起竿了。那划过天空的一道道银色光弧，便是上当咬钩的沙丁鱼。这种不用钓饵的高跷钓鱼，是世间独一无二的捕鱼方式，是斯里兰卡最著名的标志性画面。

处于印度洋边缘的加勒，是世上保存最完整的古城之一，是最早入列的世界文化遗产。加勒古城的历史和地理都很复杂。

还在远古时代，加勒海湾就投入了使用，加勒港口非常活跃。十六世纪初，葡萄牙人盯上了加勒，强行攻入，并用坚固的花岗岩石建成三个堡垒，称之为"太阳""月亮""明星"。一百年后，荷兰人占领加勒城堡，在葡萄牙人的军事要塞上增建壁垒，就地取材用珊瑚砌筑环岛城墙。之后，英国、法国、丹麦、西班牙等帝国，都对加勒垂涎三尺，一通混战，英国胜出，加勒半岛沦落为大不列颠殖民地。

郑和随船携带的"布施锡兰山佛寺碑"，就是英国炮舰工程师托玛林于一九一一年在加勒城偶然发现的，当时被用作下水道的盖子，简直暴殄天物。

加勒古城及其十四座城堡，以及其他军事、商业、民用建筑，诸如城墙、城门、钟楼、吊桥、军械库、火药库、官邸住宅等，都建筑在岩石半岛上，成为世界上一大奇观。在热带雨林的掩映下，黄色的葡式建筑、白色的西式回廊、青色的荷兰教堂若隐若现。佛教传入锡兰几百年后，基督教、印度教、伊斯兰教相继而至，东西方文化在这里相互碰撞、交融，佛寺、教堂、清真寺、印度神庙在这里如此密集。一个印度耍蛇人吹奏起魔笛，小竹篓里的灵蛇探出脑袋，身子慢慢地爬出来，随着笛声妖娆起舞。这个场景酷似电影《卡门》的镜头，吸引着我长久驻足。要蛇人对其他观者视若无睹，一味纠缠着我索要钱财，最终给了他十美元才得以脱身。被讹诈的感觉使得我心情沮丧了老半天，哪怕西方风格、南亚风情、阿拉伯情调共同造就出的美景，也难以唤回我初来乍到时的欢欣。

日落时分，是尼甘布最迷人的时候。尼甘布，这个西部港口城市，有斯里兰卡最大的鱼市，有造型独特、非常大气洋气的五星级酒店——我下榻于此，价格相当于北京三星级酒店。酒店大门外有很多小三轮Tuk-Tuk，是斯里兰卡特色的出租车，别有味道。

喜欢独逛，免受干扰。走在街上，处处是当地人纯真的笑脸、善意的眼神。我跳上一辆Tuk-Tuk，一脸厚道的"的哥"能领会我的三脚猫英语，载着我一路狂奔往商场。往日心仪而不可得的异域风情衣裙和首饰，终于能有机会一亲芳泽了，太开心了。狂购！老板娘满脸笑容，连说带比划，让我把包包放在门口椅子上。开玩笑嘛，商场人来人往的，这我怎么肯呢？老板娘一脸疑惑，说当地人都是这么做的。Tuk-Tuk"的哥"是暖男，一直好脾气地等候着，还不时竖起拇指夸我眼光好。

天色已晚，回到酒店才感到后怕：异国他乡、地广人稀、语言不通，万一被人劫财灭口抛尸印度洋呢？劫色自不必多虑，斯国绝色佳人多了去了，随处可见身着纱丽、身姿曼妙的美人儿，连农家柴扉也常倚着美目盼兮的妙人儿，千娇百媚，我见犹怜。

可次日傍晚，又忍不住跳上暖男的Tuk-Tuk直奔商业街，一家家地逛，一店店地淘，一包包地买。每满一包，"的哥"就顺手接过送到小三轮上，回来继续陪着我采购。这使我五心不定：这、这、这怎么行呢？随便哪个路人都能顺手牵羊的啊。暖男"的哥"笑眯眯地说："不会的，绝对不会的。"可我哪能放得下心，一直忐忑不安，时不时跑到窗边观察动静。暖男"的哥"见状，憨憨地笑起来，告诉我"有人看着呢"。我出商场后才发现那是他善意的谎言。原来这个国度当真"天下无贼"，夜不闭户，路不拾遗。

位于北部的阿努拉德普勒，有着两千五百多年的建城史，曾经是至高无上的僧伽罗皇城，而今是一座弥漫着信仰与修行气息的佛教圣城。

阿努拉德普勒之所以成为佛教圣城，是因为城中有圣菩提寺；菩提寺之所以成为圣菩提寺，是因为寺中有圣菩提树；菩提树之所以成为圣菩提树，且听我细细道来。

话还要说回遥远的从前——西元前第一个千年的中期。古印度年轻王子乔达摩·悉达多，为了解脱生老病死轮回之苦，为了普度众生，毅然放弃继承王位，舍弃奢华生活，出家修行，云游四方。多年苦修后，在菩提伽耶的一棵大菩提树下，他打坐静思七天七夜，苦思冥想人生真谛，终于在一个月圆之夜大彻大悟，成为佛祖释迦牟尼。

"菩提"为梵文 Bodhi 的音译，意思是觉悟、智慧。菩提树很神奇：从无病虫害，能净化空气，树下冬暖夏凉。因为佛祖在菩提树下修得正果，佛门将见证了佛陀正觉的菩提树称为圣菩提树。

令佛门信徒痛心疾首的是，助佛祖得道的这棵圣菩提树竟被入侵外族毁灭。好在"天不灭曹"，早在公元前三世纪，锡兰国王向印度阿育王请求将圣菩提树移枝锡兰，阿育王派女儿前往相赠，锡兰国王将圣菩提树枝条栽植于皇城菩提寺内高台上，这就是圣菩提寺中的圣菩提树。这棵两千三百多岁的菩提树，是人类历史上有记载的最古老的种植树，被全世界佛教徒视为圣树，在斯里兰卡的地位几近于佛牙。

来自菩提伽耶的圣菩提树小枝长成大树后，国王又将数十根枝杈分植于全国各地，以满足修行者"在每座佛寺至少种植一棵菩提树"的心愿。

圣菩提寺中枝繁叶茂的圣菩提树，成了维系佛祖渊源的"血脉"，现如今印度佛教圣地所植菩提树，都由它"反哺"出来的。佛教徒将礼拜圣菩提树视为礼拜佛陀，每年五六月间的月圆之日，来自四面八方数以万计的信众，聚集到圣菩提树下顶礼膜拜。为防止朝圣者拥挤误伤圣树，锡兰政府制定了严格的法律，先后两次为圣树修建金色围栏。

匍匐在圣菩提树下，我泪流满面、不能自已。据说菩提树能助人解脱罪孽、实现心愿，我不敢奢望，只求从此斩断前尘、不计过往。

在中国，菩提树因《坛经》之"菩提偈"而彰。唐朝初年，受禅宗五祖弘忍之命，僧人神秀与慧能作偈呈心。神秀偈云："身是菩提树，心如明镜台，时时勤拂拭，莫使惹尘埃。"慧能偈曰："菩提本无树，明镜亦非台，本来无一物，何处惹尘埃。"与神秀之作相比，慧能偈意更为深切、法义更为卓越。弘忍于是秘授衣钵与慧能，使之成为禅宗一代宗主。

像世界上其他地方的佛教信徒一样，中国僧众也以从锡兰引进的菩提树为尊。岭南著名佛寺庆云寺，植有两棵二百多年前引自锡兰的菩提树，寺院将其奉为至宝，小心翼翼严加保护。二〇〇五年，为了促进中斯两国佛教文化交流，斯里兰卡僧王级大长老、佛牙寺大管家、菩提长老等人，组成佛教代表团，全程护送三株珍贵的菩提树到云南，中国佛教界在昆明著名古刹圆通寺举行了隆重的菩提树安奉仪式。

菩提树对传播佛法功莫大焉，锡兰对佛教的贡献功莫大焉。

无畏山寺是阿努拉特普勒古城的另一座著名寺庙，法显大师曾在此修行两年，《佛国记》中对它有诸多记载。

古皇城阿努拉德普勒，斯里兰卡最古老的城市，整个老城区被辟为考古园地，这应该是史上唯一的吧。

揖别阿努拉特普勒圣城、圣菩提寺、圣菩提树，拜别群山环抱的"国家文化中心"康提，离别"远东窗口和地中海缩影"加勒古城，作别纯净、迷人、原生态的美蕊沙海滩，告别充满人间烟火味的海边小镇尼甘布，大年初六，我坐上慢悠悠的"千与千寻"海上火车回科伦坡。

没有车门的小火车，沿着风景如画的印度洋海岸慢慢行进，我的心情就像风一样自由。沿途到处可见大象和小动物，它们在人的眼皮底下无所顾忌地晃晃悠悠。在这个莲花遍地盛开的海岛佛国，任谁都会自然而然将生活节奏放慢，不用呼唤"等等灵魂"，灵魂随时都在。

是佛祖保佑了我，在这个碧海蓝天的美丽岛国多日，不管怎么胡吃海塞都不上火，不管如何冷热交替也没感冒。

我是多么喜欢斯里兰卡，多么喜欢这个人们声称"一生必去一次的国度"，这个多少人去了还想再去的地方。我多么适应、多么快乐、多么不舍、多么留恋，甚至希望将来能定居于这个"世界上最美的岛屿"。据说人有三生三世，相信我的一个前世就在那儿，或许是康提湖中的一朵莲花，又或许是菩提寺中的一片落叶。

南海生北国

黄海，南接一望无垠的太平洋，壮阔、浩渺、丰饶。依山傍水的文登，因秦始皇召天下文士登山而得名，

在黄海之滨，在文登之南，有一片热土，来到这儿的人，都有同样的感受：震撼。

仅仅用了三年时间，这个地方从拖拉机步履维艰的一片盐碱荒滩，演变为设施完善、生态良好的黄金海岸，吸引着国内外游客前来。

仅仅用了三年时间，这个地方的规划建设就达到了国际化滨海城市标准，获"联合国人居奖优秀示范新区""山东省十大生态旅游景区"等荣誉。

这个生机勃勃的地方，这个强势崛起的城市，叫南海新区。她是镶嵌在胶东半岛的一颗"金色明珠"，是一条闪亮的蓝色经济带。

天蓝海碧的八月，我来到南海新区——这个"无中生有"的北国新城。

　　地处山东半岛最东端的南海，曾是文登的一个乡镇，位于美丽的海滨城市青岛、烟台、威海"金三角"中心腹地。

　　南海，拥有海洋、湿地、森林三大生态系统，冬无严寒，夏无酷暑，空气质量优良率全年达到百分之百，水分子特别丰富。

　　南海海产丰富，天然绿色，在鱼汛到来的季节，海参、对虾、螃蟹、鲍鱼生猛到几乎要蹦进居民锅里。

　　南海漫长的海岸线上，岛礁错落、坡平浪缓，直延十余公里的金色沙滩岸阔水清、沙细滩软，万人海水浴场浑然天成。岸边，万亩松林苍翠成屏，沿海绵延数十里。

　　南海民风淳朴，社会安定，百岁老人比比皆是。

　　以经济发展战略眼光来看，南海处于东北亚经济圈核心地带，与韩国、日本隔海相望，是规划中的中、日、韩自由贸易区中心。

　　南海，理应是理想的旅游、休闲、养生福地，也是一片蕴藏着巨大能量和财富的土地。

　　然而，拥有丰富自然资源的南海，几年前，处处是一望无际的盐田、虾池、荒滩，空旷、沉寂、荒凉，方圆几十里看不到树，没有自来水，没有像样的路，别说见不着轿车的影子，连跑个拖拉机都十分困难。

　　南海，犹如《格林童话》中的睡美人，沉睡于天地间，沉睡于历史中，须等到英俊王子到来、青睐，才被唤醒，才惊艳世界。

　　大海，是人类永远的家园。当今世界，谁拥有海洋，谁就拥有未来。

　　为打造新的经济增长极，文登将目光由有限的陆地转向无垠的海洋。南海丰富的海洋资源、良好的港口、美丽的黄金海岸，让决策者眼前一亮。

文登开始启动南海开发，利用陆海资源，彰显滨海特色，大力发展蓝色经济、高端产业，保护林地、湿地、海洋、沙滩等天然资源，打造造福后代的国际化生态型滨海城市。"不谋全局者，不足以谋一时；不谋万世者，不足以谋一城。"决策者的长远眼光，决定了南海新区的格局。

南海新区，应运而生。

按照专家总体规划，一百六十平方公里的南海新区，以昌阳河为界将整个区域划分为两大功能区：河东为临港产业区，着力打造支柱产业；河西为滨海旅游度假区，主要依托金色海岸线和翠绿松林，重点发展休闲度假、健身康疗、水上娱乐、商住贸易等第三产业。

东、西两区划分得如此明晰，但昌阳河并非楚河汉界。为方便两区间往来，高岛路、龙海路、昌阳河大桥、香水河大桥、金花河大桥同时开建，它们将成为连接两区的便捷通道。

实行临港产业与旅游养生的联姻，这是南海新区的经济浪漫主义。

蓝图谋定后，南海下大力气做好绿化、美化、亮化工程，笔直的金海路上，矗立的太阳能路灯绵延十七公里，成为一道靓丽的风景线。

万亩松林是开发禁区，任何人任何项目不准占用一分林地，不准损毁一棵松树；对贯穿整个新区的河流，实行严格保护，所有开发建设都必须综合考虑水系的完整性，以确保南海新区人与自然和谐发展。

生态，才是永恒的经济。

水资源被南海视为珍宝。在旅游度假区，规划、建设，开发、保护，一切围绕着"水"字做文章，海、河、湖，"一个也不能少"。

　　环绕海岸和沙滩而建的南海公园，是集运动、休闲、旅游、观光于一体的开放性滨海公园，占地二十平方公里，东西伸展，北侧是海景路，后面是"天然氧吧"松林，游客可享受阳光、沙滩、海浪、松涛，可体验野外垂钓、拉网捕鱼、露营烧烤，可尽情观赏"海上明月共潮生"。

　　香水河是南海最大的河流，正在建造的滨河公园将成为另一大景观。

　　一座让人"住在公园里，放眼皆秀色"的生态新城，正在蔚然兴起。

　　没有文化，经济难以持续发展。

　　文登不仅是一个在全国"百强县"中名列前茅的经济强县，也是一座文脉悠久、儒风盛行、先贤辈出的文化名城。春秋时期，文登被称为"文士之乡"，汉代，文登已广开学堂。文登出过一百多个进士。两千多年来，历代学子崇尚的诗学文化、道教全真派在此兴起的道教文化、本土起源的李龙文化、天福山起义塑造的红色文化，融合发展成特色鲜明的"文登学"。"文士登山""田夫晒字"的佳话流传至今。

　　自古以来，文化的影响力要远远大于权力。

　　文化是一个城市的灵魂，只有注入文化，才能打造出有灵魂的城市，才能提升城市的品质，经济才能持续不断发展。一位国际权威经济学家发出过这样的慨叹：其实，中国目前经济中发展中所有的问题，归根到底是文化的问题。

　　良好的生态环境，成为南海新区招徕文化单位落户的金字招牌。

　　国内知名高校要来建造分校了，科研机构要来建立科研平台了，"学者城"已经在规划了……

一座民丰物茂、商贾云集的南海新城，已经在黄海之滨挺立；一座景色宜人、前卫时尚的北方都市，已经在胶东半岛"雄起"。

什么叫城市竞争力？在经济学上，城市竞争力，主要指城市在竞争和发展过程中，与其他城市相比较所具有的吸引、争夺、拥有、控制和转化资源，争夺、占领和控制市场，以创造价值、为其居民提供福利的能力。

南海新区，已崭露它立足山东、放眼全国的头角。

我以为，南海新区的成就，不仅仅在于已经取得的成功与成就，更在于它摸索出了一种新的经济增长方式，探索出了一种新的城市运营模式。

南海新区的成功实践，向世人强有力地证明：具有伟大的梦想，出以坚决的信心，施以努力的奋斗，必有惊人的成就。

当我漫步在微风习习的金色沙滩，眺望着浮云连海岱的美景；当我徜徉于花繁树茂的南海公园，深深地嗅着沁人心脾的芳香；当我穿行于松林小路，聆听着松涛伴潮声的合奏；当我看见一排排鳞次栉比的现代厂房、一栋栋风情各异的生态住宅；当我看到一张张自信的笑脸，听到一段段发自肺腑的讲述……我都会想起毛泽东主席的一段经典名言，觉得用它来形容眼前的南海最为贴切：

> 它是站在海岸遥望海中已经看得见桅杆尖头了的一只航船，它是立于高山之巅远看东方已见光芒四射喷薄欲出的一轮朝日，它是躁动于母腹中的快要成熟了的一个婴儿。

思想起

　　时光容易把人抛。恍然回首，我离开美丽的海南岛，离开生活过整整十年的海口市，也有好些年头了。

　　每每思绪飞回时，解放西路总是首先浮现于脑海。新华书店里，我多少次买过书也曾签名售书；斜对面的电影院，不少座位上可能还留有我的泪痕。每当看到三轮车，便会想起博爱南路的服装批发市场，想起头戴竹笠、脚踏三轮车穿梭其中的海南妇女。中山路的东南亚风情骑楼，在我梦里出现过多回。和平大道、长堤路、龙昆北路、龙昆南路、南海大道、金盘路这一串线路，直到现在，我闭着眼睛依然能摸过去。

　　最忘不了的是"海口明珠"海甸岛。海南十年，我一直住在海甸岛。

　　海甸岛临江傍海，四周碧波万顷，有"中国威尼斯水城"之称，可惜我不会游泳，只到附近的海南大学游泳池狗刨过几次，生生辜负了身边这个"威尼斯"。海甸岛上的海甸溪，终年绿成一条翡翠玉带。

　　海甸二东路热闹非凡，大排档一家挨着一家，肠粉、清补凉、文昌鸡、加积鸭、和乐蟹、东山羊……"舌尖上的海南"在这儿应有尽有。几张桌子和一群凳子的组合，便是最受市民欢迎的"老爸茶庄"了，不到打烊时分，客人始终是满满当当的。刚坐定，一杯茶立即就放到了眼前，马上就有端着竹筐叫卖小吃的妇女趋前，多是澄迈花生，煮的炒的由着你挑。擦皮鞋的男子、捧玫瑰花的少女、弹吉他唱歌的流浪艺术家……鱼贯而来，熙熙攘攘的场景似一幅《清明上河图》。

民以食为天，这句古训在海口得到了很好的诠释。海口最大规模的食街叫金龙街，大概老板起名时想到了"饕餮"是龙王的儿子吧。

夜幕低垂，海甸三东路的酒吧一条街，是文人雅士、红男绿女的"好一个去处"。令海口人得意的是，它比北京三里屯酒吧一条街更有排场、更富情调。且不说"哈瓦那""苏格兰牧场"之类煽情的名称，也不说"昔日情怀""至少还有你"的神秘氛围，单是门外那闪烁变幻的霓虹灯，就能勾住人的魂，让人欲走还留。不过，海甸四东路上雅致的绿园茶馆、安静的鸭尾溪咖啡厅，才是我的"菜"。

月光清辉的夜晚，窗外的椰子树影影绰绰，总会引诱得我心猿意马，一溜烟就到了白沙门海滩。凉风习习、涛声阵阵、帆船点点，沙滩上的小木屋风情万种。呼吸着甜丝丝的空气，我有些恋爱般的陶醉。

再往北，海甸岛既接壤繁华又远离喧嚣。

大学校区、外国语学校、富豪宅邸、星级酒店，大多坐落于海甸岛。随着国际知名品牌酒店陆续入驻，寰岛、燕泰、金海岸……这些曾盛极一时的大酒店，如今风光不再。海达路上的"海口最大别墅群"，便见证了海南岛从"最大经济特区"到"国际旅游岛"

的变迁、兴衰、沉浮。"一桥飞架南北"的世纪大桥，也已成明日黄花。"海甸岛新外滩"正在崛起，目标是"国内最美丽的海上家园"，让我这资深岛民心生憧憬。但我另有盘算，在琼州海峡对岸、距海口秀英港也就十多海里的海安，由我艺术老师徐玲玲的弟弟、新徽商徐小健先生领衔打造的"蓝海城市广场"性价比超高，在那儿倚窗眺望海口美气得很呢。

"美容美发"业在海南格外发达。在海口十年，我没少进美容美发店，洗发吹干、肩颈按摩一条龙，只花十元钱，享受一小时。定居北京后，起初最不适应的是不得不在家自己动手洗头发，麻麻烦烦的，每到这个时候就特别怀念海口。海口的足浴（疗）馆同样遍地开花，服务周到，价格厚道，男女老少贫富贵贱都爱去。

在海口，无论政要、商贾、文人、雅士、农夫、车夫、引车卖浆者流，都能过得很滋润，都能找到最佳自我感觉。海口，给她的每一个子民，都会打上深深的生命烙印。

守望

　　小桥流水，廊转花回；荷风轻拂，泉飞石立；亭台楼榭，曲径通幽；鸟翔鱼游，云动树移……在这样的美景中，搬一只小竹椅，在花间树下惬意坐坐，听听莺声燕语、鸡鸣狗吠；或如一只野鹤，在林荫道中随意走走，看看奇树异草、山花烂漫；也可像一片闲云，飘于北山泊于南岭，采一束野花，摘几串瓜果……亲切、温存、随意、自由自在，如此这般陶渊明笔下的田园诗意境，我又一次领略到了，在琼海伊甸园山庄。

　　四年前第一次来到这儿，当时就有置身"伊甸园"之感，徜徉其中，我与朋友们流连忘返。花开叶落，斗转星移，春去秋来四载，人间多少沧桑。而四年后，伊甸园山庄庄主林保森先生笑吟吟地对我说，回头客人是我们最尊贵的朋友。

　　林先生是海南省政府命名的"海峡两岸（海南）农业合作试验区、休闲农业示范基地"的创办者，他将休闲观光农业首引到海南，民主党派中央领导和无党派人士代表考察团就推动两岸政治谈判、经济合作和"三通"问题对海南省进行考察时，选择的第一站就是伊甸园山庄，国宴上的杨桃、番石榴出自伊甸园山庄。

但林先生是个很低调的人，对于自己的成功、成就，他总是避而不谈。或许，低调的人才能走得更远？

当年为伊甸园披荆斩棘、种花栽树的情景还历历在目，一晃却是三十年过去了，林先生感慨万千。他说一九八八年海南建省时他过来的，海南给他的第一印象太好了，"东北、深圳、江浙我都呆过，找不到这种感觉，现在，我两只脚已深深陷入在海南"。是海南老百姓尤其琼海乡亲们的淳厚质朴使他留了下来，也从此改变了他的生活。他早已"将生命托付给了琼海"，年轻漂亮的四川籍妻子和天真可爱的两个女儿，也全都成了琼海人。"都是缘分"，他笑笑，他的笑语简短苍劲，但似乎说透了一切。

正闲聊着，忽然一只小松鼠驾临，我惊喜地奔向它，小松鼠鼠窜而去。林先生告诉我，总面积为一千五百亩的伊甸园山庄里，栽种的各类树木上万棵，水果有杨桃、枣子、番石榴、香水柠檬以及海南最甜的西瓜等，因此，这儿成了不少珍禽走兽的乐园，山庄里有几十只孔雀、几百只野鸭、几千只鹩哥，有松鼠、狐狸、大蟒蛇，还有六只海南快绝种的皇冠啄木鸟等等。林先生反对对大自然掠夺性的开发，在伊甸园山庄里，他要尽可能地体现出人对环境的关怀，体现出人文关怀与自然环境的切合。

我沿着"菩提小路"，走过"和平鸽舍"，经过"孔府大院"（孔雀园），在"低头坊咖啡屋"小饮，聆听"星象广场"上的秋蝉声此起彼伏。曾经，林先生把"穷"变成资源：没有电灯便没有光害，就可以看星星，海南的星星数量很多、特别干净，这么多、这么干净的星星，在台北是看不到的。那时候，他铺张草席在旷野的"星象广场"上露宿，体味着康德的心声：世上最美的东西，是天上的星光和人心深处的真实。

伊甸园山庄不仅维护着极好的生态环境，也处处是文化生态。懂得生活艺术的人，可以从平凡枯燥的事物中看出趣味来。

"人的痛苦来自欲望，欲望越多，人越痛苦，生活越简单，人就越幸福。人的幸福全在于心的幸福。人要懂得本分、知足、感恩。珍惜，才是福气。人要惜缘、惜福。有宁静，就享受，没有，也不强求。"林先生的话平淡中有深意。养心莫善寡欲，至乐无如读书。伊甸园山庄，更大意义上来说是林先生的精神家园。

林先生用这种"简单"的人生观教育和培养孩子。他不送小孩到国外上贵族学校，他说，小孩要长久在这儿生存，就必须本土化。他两个女儿都在琼海的普通小学念书，都会说流利的海南话，各自结交了不少本地小朋友。林先生教导孩子：念书很重要，但只是个基础而已，读书的目的应该是训练技能，以及培养人格、气度和对自己负责任的人生观。人，有好身体，有创造能力，足矣。

不知这是山庄主人的本色，还是他的一种返璞归真，总之，在平常中追求超常、在超常中保持平常，一般人是很难做到的。

您理想中的人生最高境界是什么？我问。

"不敢想，没胆量去想，至今还没去想过。'活在当下'，日子过得平安就好。已有的福气要多体味，还没来的福气不是福。人生无常……"林先生说着，目光迷茫起来。看来，他是一个带着悲观情调的乐观主义者。历史的浩瀚、宇宙的广袤，最终显示出人生的无奈和个体生命的渺小，而这些感悟，显然他早已用生命的大悲大喜参透了。

对于海峡两岸关系，林先生则非常乐观，他说："不管过程如何艰难，最后肯定会和平统一的，因为大团圆的结局最符合我们中国人的心理和利益。二十一世纪，世界是中国人的世界，应该有一个很团结的中华民族。我坚信自己能在伊甸园山庄里，守望到两岸统一、同胞团圆的那一天。"

这是一种明智的乐观。

调声悠悠

我初次听到儋州调声，是在多年前的一个秋日，在儋州市的东坡书院。北宋大文豪苏轼晚年被贬谪儋耳，儋州成为他人生最后的驿站、心灵最终的归属地、精神境界和伟大人格全面升华的"圣地"——"问汝平生功业，黄州惠州儋州""玉骨那愁瘴雾，冰姿自有仙风""他年谁作舆地志，海南万里真吾乡"。《琼台纪事录》记载道，"宋苏文公之谪儋耳，讲学时道，教化日兴，琼州人文之盛，实自公启之"，足证海南人对苏轼之推崇，东坡书院即为后人感念其功德所建，是海南岛重要的名胜古迹，属全国重点文物保护单位。

古老的东坡书院，矗立在茂密婆娑的椰林中，东坡笠屐铜像，屹立于姹紫嫣红的花丛中。书院里热带植物茂盛，一棵上百年的芒果树开枝散叶，占据庭前半壁江山，使庭院显得格外清幽。书院内大殿和两侧耳房，展出苏东坡的诗稿墨迹、文物史料和著名的《坡仙笠屐图》。

一进书院，我就被一阵阵别致、动听的"山歌"吸引住了，循声望去，只见一个农妇装扮的中年女子蹲在台阶上引吭高歌，同时左顾右盼，她半是羞涩半是自得地笑着，眼睛里也充溢着笑意，于是，她那张并不漂亮的脸因生动而美丽起来，让我看得几近痴迷。不多时，几位山民装束的青年男子过来了，与她对起了"山歌"，她唱着唱着，声音渐渐弱了下去，随后，她低着头掩着脸且唱且退。她消失了，一群年轻女子冒了出来，很快，又有一群年轻男子涌了上来，青年男女各自列队，一边"对歌"一边手拉手做着优美的动作……身旁的人告诉我：这是调声，是用儋州方言演唱的汉族民歌。调声，这个饶有风味别有风情的名称，我顿时被它迷住了。

调声源自山歌，近似民间小调，山歌、方言、小调的美妙融合，使它成为独树一帜的民歌。它蕴藏着儋州几千年的文化积淀，是儋州特有的民间传统艺术，系中国民歌稀有歌种。它形式多样、调式多变，旋律进行中还常出现调式交换和转调变化。它源于劳动生活，是一种以齐唱对歌、表演为主的民间歌舞文化。它多为情歌，往往采用男女对唱形式，曲调抒情流畅、节奏明快活泼、歌词简明易懂，儋州农村男女几乎人人能编会唱。

儋州老百姓通常以村为单位组成调声队，少则三五人，多则数十人、数百人甚至上千人。对唱男女身着艳丽服装，分排两队相向而立，男唱女答此起彼落，旋律高亢欢快，具有鲜明的地方特色和独特的艺术风格。他们且歌且舞，男子动作刚劲有力，女子动作含蓄妩媚。每支调声队伍都有一个领头歌手，负责起调、领唱、指挥及选择歌词，一般先由男歌手领唱，再由女歌手唱答。调声还有一大特点是由唱谱代替音器和过门，此外，对歌不受时间限制，以"唱倒"对方为止，也是调声引人入胜的一大特色。

调声如此动人，难怪电影《椰林曲》、芭蕾舞剧《红色娘子军》等，都采用了调声的旋律。是什么样的土壤，滋生出如此奇异美妙的一朵奇葩？

位于海南西部的儋州，充满神秘和诱惑，已建制两千多年。千万年来，北部湾的惊涛骇浪，一直冲击着它长达数百公里的海岸线。坚硬的土地和广袤的海洋，造就儋州人奔放、粗犷、宽厚、坚韧的品质，儋州人喜爱编歌唱歌，歌曲强劲如大海潮涌。儋州民歌包括山歌、调声、民间乐曲等，有十多个种类几百种曲调。苏东坡谪居儋州时常常听到"夷声彻夜不息"，遇赦北归途中还赞道"蛮唱与黎歌，余音犹杳杳"，可见儋州民歌的魅力。诗作"儋州自古称歌海，山歌催得百花开；人人都是山歌手，山山水水是歌台"，就是对儋州民风、民歌的真实写照。

关于调声的形成，在当地流传着两种说法：其一，汉代以后，中原避乱者和商贾逐渐入琼聚居儋州，在与当地黎族同胞杂居的生活过程中文化互融，儋州汉族地区逐渐出现类似黎族"三月三"的活动，每逢此时，各村男女青年纷纷聚集对唱山歌互诉衷情。其二，几百年前，儋州西南部不少地方是大片盐田，人们在田野上踩水车灌田、制盐时，为了活跃气氛消除疲劳，一边踩水车一边唱山歌，"车水歌"的旋律渐渐演变为调声。调声集中地反映了琼州音乐的发展过程，对研究海南古代音乐发展有重要意义和历史价值。

自二〇〇一年起，每年一度的儋州"调声节"，吸引着无数岛内外人士前来观看。

我受邀参加了首届"调声节"，目睹过大规模儋州调声的盛况：几十个方阵的调声队伍，每支队伍上百名青少年男女，全部身着色彩艳丽的服饰，他们手指钩着手指，或围成圆形，或排成数列，踩着节拍引吭高"调"。《天崩地塌情不负》《一时不见三时闷》《单槌打鼓声不响》是调声的经典爱情曲目，也是每次擂台赛的保留节目。伴随着震天的歌声，场上人人手舞足蹈，斑斓美丽的服饰流光溢彩。

男歌女唱亦歌亦舞的儋州调声，被誉为"民歌奇葩、海南一绝"，著名舞蹈家陈翘感慨道：昆明泼水节有舞无歌，梅州歌会有歌无舞，而儋州调声歌舞相融全国少有。

由于独特的艺术魅力，儋州调声被列入第一批国家级非物质文化遗产名录，儋州被授予"中国民间艺术之乡"荣誉称号。儋州人"新年不唱老调声"，以编新歌为能、以唱新曲为荣，不断从中外歌曲中汲取新鲜养分，也是调声长唱不衰的法宝。

天地苍苍，调声悠悠。

面朝大海

大海的呼唤

故乡在山川锦绣的江南，大海，对于儿时的我来说，是那么的遥远和神秘。那个天真烂漫的小女孩，因为安徒生童话故事《海的女儿》，对大海充满了无穷的遐想：大海一定很美很美吧，要不，她怎么会有"小美人鱼"那样一个美丽、善良、多情的女儿呢？

及至豆蔻年华，父亲豪迈铿锵的歌声，字字句句落在我心坎上，"我爱这蓝色的海洋，祖国的海域多么宽广，我爱大海的惊涛骇浪，把我们锻炼得无比坚强……"我对大海更是充满了无尽的向往。

终于，我见到了大海。琼州海峡，天蓝如海，海蓝如天，曾经，解放军在此渡海铁流滚滚，而眼前，在灿烂阳光的映照下，她就像一匹闪闪发亮的蓝色锦缎。微风轻拂着海水，海水泛着层层粼光，海波与沙滩私语，海鸥在空中盘旋，海面百舸争流，渔民撒着渔网。天地间，万物祥和。

我的心灵一点点融化，融入眼前这片辽阔、深邃、壮丽的海域中。我一动不动地凝望着、凝望着，仿佛看到了大海深层的战栗、听到了她永恒的喧哗。当我将视线转向大海的上空时，脑海中又回荡起少年时代的誓言："我一定要去看大海！"泪水渐渐迷蒙了我的双眼。

本是海南岛匆匆过客的我，灵魂被广袤神秘的大海摄吸住了。或许，这就是冥冥之中的不解之缘吧。我留下来了，留在了祖国第二大美丽宝岛，走向不确定的未来。

我成了"海的女儿"。从此，无论是啜饮了生活的甘泉，还是尝到了命运的苦酒，我都会来到大海边，或者将欢笑撒向海滩，或者让泪水汇入海水。大海承受包容着我的一切。我的心灵越来越开阔，我的生命越来越坚强。感恩大海，感恩海南。

英雄的宣言

横渡琼州海峡，挑战生命极限。

这是一个令人热血沸腾的口号——在我们的双耳被太多无聊的调侃、无边的牢骚、无休的抱怨、无力的呻吟充斥的时候，这样的语言无疑给予我们以心灵的激荡和振奋。

横渡琼州海峡，挑战生命极限。

这是一个让人热血奔腾的场面——在我们的双眼被太多无知的妄为、无限的贪婪、无情的冷漠、无耻的行径强暴的时候，这样的举动无疑给予我们以生命的律动和昂扬。

我们生活在拜金主义信条泛滥、英雄主义信念匮乏的年代，金钱成了无数人的上帝和主宰，这些人打出"一切向钱看"的旗帜，喊着"金钱就是一切，一切就是金钱"的口号，心安理得地干着种种巧取豪夺的勾当。在这种瘟疫般的思潮毒害下，人们的骨头慢慢软化，心灵渐渐钙化。理想主义是什么，英雄主义有何益？不少人嗤之以鼻。那些为了理想信念不惜放弃荣华富贵的革命者、不惧忍受艰难困苦情愿被流放到西伯利亚的俄国贵族，对这些没有信仰追求的庸人来说是不可思议的。

然而，在这个世界上，我们是作为"人"存在的，伟人曾经这样教导我们："人是要有一点精神的。"这"一点精神"，就是人的理想追求、价值实现、生命意义。

所以，也总是会有那么一些人，不能忍受那种不偏不倚的中庸规诫，不能忍受那种温吞水式的生活态度，不能忍受那种波澜不兴的平庸人生，他们的心灵宁愿流于激烈也不愿流于委琐，他们的人生宁愿流于狂放也不愿流于窝囊。他们每接受一次挑战、每超越一次自我，就会领略一层新的人生意义、一重新的人生境界。

他们用萨特的话对自己说：面临一次挑战吧，试试看自己是否还活着。

因为，人靠精神的存在活着，强者为强大的目标而活。

参加"横渡琼州海峡，挑战生命极限"的勇士们，就是强者。

每想到这些勇士，我的耳边就会回荡起一个英雄的宣言：我是一个在双桅船上生活惯了的水手，不管岸边的绿荫、和煦的阳光怎么吸引我，一旦那船只高高的桅杆出现在远方海平面上的时候，我就狂喜地奔向它！

西岛女民兵

碧波万顷，海天一色；绿树掩映，百花争艳；鸟翔鱼游，涛走云飞；老人惬意地躺在吊床上闲聊，孩子们快乐地在沙滩上嬉闹；男子捕鱼，女人织网……这一幅幅生动画面，这一片片美丽景象，组合成一个海上世外桃源——西岛。

西岛形似玳瑁，全称西瑁州岛，挺立于南海中，被三亚湾环抱，面积近三平方公里，由树木、草地、山体、沙滩、珊瑚礁以及村庄组成。远远望去，小岛被绿色全覆盖，宛如一块巨大的绿宝石。西岛茂密的植物中，终年跳跃着珍贵的野生猕猴、翩翩起舞着珍奇的金丝燕，如果你运气好的话，还能意外收获到难得一见的海岛珍品——燕窝。

东瑁洲岛像一只昂首前行的巨鳌，与西瑁洲岛交相辉映，两座小岛构成犄角之势，活像"南海的两只眼睛"，东岛、西岛，都是南海的国防前哨，同为从南海领域通往三亚的海上咽喉，战略位置十分重要。

驻守东岛的海防连是祖国最南端的陆军连队，西岛则主要由岛上的女民兵守护。二十世纪七十年代的著名影片《海霞》，就是以西岛女民兵为原型，影片主题曲《渔家姑娘在海边》优美抒情，唱遍大江南北：

> 大海边哟沙滩上
> 风吹榕树沙沙响
> 渔家姑娘在海边
> 织啊织渔网织嘛织渔网

高山下哟悬崖旁

风卷大海起波浪

渔家姑娘在海边

练啊练刀枪练嘛练刀枪

西岛女民兵，有着怎样的历史与光荣？

二十世纪五十年代末期，退守台岛的蒋介石扬言反攻大陆，毛泽东因此强调"要藏兵于民""兵民是胜利之本"，倡导"大办民兵师是不分男女的"。为增强南海前哨的防御力量，一九五九年八月一日，海南军区授权崖县（三亚旧称）人民武装部在西岛成立女民兵炮连，作为战时西岛的主要防御力量。很快，岛上八个女孩积极响应，年龄都在十八岁左右。她们力主"妇女能顶半边天"，苦练杀敌本领，不久，"八姐妹炮班"在岛上、海上有了一定的威慑力。

围绕她们的风言风语也随之而生，什么"女人操枪弄炮的，找不到婆家"，什么"炮声震了生不了孩子"等等。"八姐妹炮班"中的六位姑娘打破岛上"好女不外嫁"的旧传统，嫁到西岛外成为军嫂，更是惹来流言蜚语，后来她们都当了母亲，谣言便不攻自破。

榜样的力量是无穷的。西岛上，越来越多的女子要求当民兵。一九六九年八月一日，西岛女民兵连（也称"娘子军连"）创建，人数超过一百，西岛女子"全民皆兵"。

声名远扬的西岛女民兵，接受过刘少奇、叶剑英、罗瑞卿、聂荣臻、徐向前等国家党、政、军领导人的检阅，也接受过罗马尼亚、朝鲜、阿尔巴尼亚军事代表团和柬埔寨西哈努克亲王等国外政要的检阅。郭沫若在全国人大常委会副委员长任上视察了西岛，为西岛女民兵题词："小豆夹花树树黄，珊瑚处处砌为墙。榆林港内东西瑁，睁大眼睛固国防。"

几十年来，代代承传的西岛女民兵，海南岛上的新时代"红色娘子军"，先后进行过近百场次的85加农炮实弹射击表演，均取得优秀成绩，被誉为"爱红装亦爱武装的光辉典范"，被授予"南海长城、巾帼尖兵"锦旗。光彩夺目的她们，是新时期海南女性的荣耀。

艳阳高照的又一个八月一日，我随《解放军报》记者组乘坐海军军舰来到西岛，观摩西岛女民兵为重要来宾举行的一场盛大实弹炮击表演，姐妹同炮、母女同炮、婆媳同炮、三代同炮令人大开眼界，弹无虚发、炮炮命中令人肃然起敬。表演结束后，我采访一个长相俊俏的女民兵，小姑娘名叫阿花，刚满十八岁。我问："你们当民兵，没有任何阻碍吧？"她低头拘谨地说："没有啦，都很支持。"其羞涩之态，与刚才装弹、射击时的英姿截然不同。我又问："你有心中偶像吗，是韩国明星还是港台明星呢？"这回，她回答得干脆利落，泼辣的眼神使她与电影《红色娘子军》中的吴琼花颇有几分相似，"我们的偶像是红色娘子军！"她说的是"我们"，旁边的几个女民兵使劲地鼓掌。

我也为阿花喝彩。因为"红色娘子军"情结，不少海南女子名字中或有"琼"或带"花"。

近年来，西岛对外界撩开了她神秘的面纱。水阔潮平的西岛，是开展海上运动的天堂，在这儿，摩托艇、拖曳伞、海钓、香蕉船、皮划艇一应俱全。西岛周边海域海水洁净清澈，是世界公认的潜水胜地，有国家级珊瑚礁自然保护区，奇形怪状光泽悦目的海洋珍稀动物玳瑁，经常出没于红珊瑚、扇子珊瑚、鹿角珊瑚、葵花珊瑚、冠状珊瑚中。五彩斑斓的狮子鱼、小丑鱼、青衣、神仙鱼，精灵古怪的海星、海葵、海胆、海螺、海蜇、珍珠贝……也在此安家落户，它们的游弋与隐匿、美丽与奇异，让这里成为一片迷人的海底世界。

沙滩上、榕树下，依然是西岛女民兵编织渔网的动人身姿。

阳光与我同行

因电视台要为我做专题片，我与编导、摄影师和主持人费尽周折，终于得以搭乘南航部队的军用直升飞机，前往心仪已久的永兴岛。它由珊瑚、贝壳沙堆积在礁平台上形成，是西沙群岛中陆地面积最大的岛屿，是西沙、南沙、中沙三个群岛的经济、军事、政治中心。

> 哎罗哎罗哎罗
> 在那云飞浪卷的南海上
> 有一串明珠闪耀着光芒
> 绿树银滩风光如画
> 辽阔的海域无尽的宝藏
> 西沙西沙西沙西沙
> 祖国的宝岛
> 我可爱的家乡
> ……

飞行途中，我一直兴奋不已，反复哼唱着优美动听的歌曲《西沙，我可爱的家乡》，惹得四面八方投来各种目光。

飞机平稳降落。我站起身来，一回头，顿时惊呆了：单位一号人物被众人前呼后拥着，正昂首挺胸从后面往前走来。舱外的高温气浪已经涌入舱内，可与他四目相对时，我感到一股寒气扑面而来。

世界上就有这么不可思议的巧合！此刻，我铭心刻骨地领会了"冤家路窄"四个字的含义。

命运这个东西真是神秘莫测，江湖高人说我"命犯小人"，从我的过往经历来看，的确如此。我历来与人为善，从来不冒犯、不挑衅、不加害于人，对于高高在上的领导，更是井水不犯河水。然而，河水却要侵犯井水。权力总是会不动声色地发出它的声音，人们也会于无声处听到它的声响。"大人"既欠大量，属下也大都懂得逢迎，我受到了诸多不公正待遇。为了消灾避祸，也为了表示弱者的抗议，那几年在单位里，我选择了消极避世的人生态度。

这一切，自然不足与外人道。不明就里的地方政府首脑，把我们这两拨"新闻单位的人"安排到同一辆观光车上。汽车缓缓行驶，我如坐针毡，心境如同窗外的南中国海——表面风平浪静，实则暗流翻滚。大海，对于有的生命来说，既是赐予者也是剥夺者，小生物的生杀予夺任由它主宰。大海的浩渺、历史的沧桑、现实的无奈，让我更是感到"人生卑微，沧海一粟"，同时顾影自怜：即使逃避到天涯海角，也躲不过时运和小人的捉弄。

永兴岛怪石嶙峋、奇洞清幽，海水湛蓝得犹如纯净的水晶，细沙洁白得好似闪亮的珍珠。在其陆地与海水的分界线上，我领会到了什么是"惊涛拍岸"。岸边有一片海棠树林，历经千年狂风巨浪屹立不倒。岛上的历史人文痕迹主要有：日本侵略者留下的旧炮楼、中华民国政府设立的"收复西沙群岛纪念碑"、中华人民共和国政府设立的"南海诸岛纪念碑"、中国人民解放军设立的"中国南海诸岛工程纪念碑"，以及"海洋博物馆""守岛部队军史馆"。

汽车走走停停，每到风景奇佳处，摄影师就为我抢拍镜头。单位一号人物脸色越来越难看，我越来越惴惴不安，旁人都感觉到了气氛的紧张压抑，他的秘书更是洞若观火。当一行人来到岛上惟一的一座土地庙前，奉天敬神的我却因为身无分文（我和摄制组同伴都把物品放在已经开远的车上）而无法聊表心意，失望、失神，我正欲转身离去，一直肃立在旁默然不语的秘书，从口袋里掏出五块钱递了过来。

我愣愣地看着他，纹丝未动。这太出乎意料了，猛然间我根本反应不过来，因为，在那栋大楼里，他最清楚单位一号人物对我的敌视，何况那位"大人"正在一旁面带愠色地盯着我们。

见我木然，秘书把钱轻轻地塞到我手里，清晰地吐出三个字："给你的。"年轻帅气的他，眼睛比身边的海水还要纯净，面容和煦得像轻轻拂来的一缕微风。

瞬间想起苏联理论家、革命家托洛茨基的话："无论如何，生活还是美好的。"真、善、美在人间永存，如同海风千万年来不曾停止吹拂海岸，如同日月星辰亘古不变辉耀大地。

我低下头，默默地接过来。顷刻间，我听到自己心灵深处冰雪消融的声音。一行泪珠从眼角悄悄沁出，伴着温暖的海风腻在脸颊上。

我抬起头仰望天空。天际线退得很远很远，阳光穿越云朵的缝隙，在海面上热烈地迸射出万道光芒，空气中弥漫着鲜花草木沁人心脾的清香。

琼中礼赞

　　她地处琼岛的中心，是宝岛的心脏和肺叶，海南的精神父亲五指山在此傲然耸立，海南的母亲河万泉河从这儿起源，海南岛上的彩云也是从这个地方飘出去的。

　　她的名字叫琼中。

　　琼中，黎族人民扎根生长的地方，一个没有耀眼光环的小县城，却让我在完成公务采访后念念不忘。怀念一个地方，常常是因为怀念那儿的人。琼中人有着令我感动和难忘的敦厚品性，比如我这次受命采写的黎族"焦裕禄"，比如在风雨中脱下外套给我的乡镇女干部。我也忘不了独特的琼中绿橙，那咬一口蜜汁四溅的绿橙，那色、香、味无比诱人的绿橙，那山川灵气滋养出来的琼中绿橙。

　　琼中有黎母山，它是琼岛绵延最长的一组山地，自古被视为"黎族的圣地"。琼中的鹦哥岭，拥有全国面积最大、保存最好的原始热带雨林。琼中百花岭因花开遍野得名，百花岭瀑布是我见过的最美瀑布——万千落花随瀑布飞舞。

　　当我置身于云南中甸"香格里拉"时，我大为感叹：若论名气，琼中对她望尘莫及；若论生态，她与琼中不可同日而语。且不说琼中美如画卷的山水田园，只作为天然大氧吧琼中就已经完胜。在"香格里拉"，我不曾见到传说中的杜鹃花海，更没有看到枝头挂果的丰收场景，有些失望的我，瞬间想到的就是漫山遍野鲜花怒放、"春夏荔枝、秋冬绿橙、四季龙眼"的琼中。

　　抱歉，美丽的香格里拉，可爱的香格里拉，不是你不美不好，而是琼中太美太好。

洋浦的前世今生

在九百六十万平方公里的中华人民共和国土地上，恐怕再也没有一个地方，比这个叫作"洋浦"的边陲渔村更加富于命运的神奇性了。

海南，自古孤悬大陆之外的荒凉野岛，历来是帝王放逐发配谪臣的地方；海南儋州洋浦，几千年来最多的就是仙人掌和石头。贫瘠和干旱，使洋浦人世世代代摆脱不了饥饿和穷困。

然而，方圆三十平方公里的洋浦，地理环境却得天独厚：濒临北部湾，北与广西隔海相望，西与越南一衣带水；三面环海，海域辽阔水域深邃，有着"中国不多，世界少有"的天然良港；海岸线长五十多公里，深水近岸避风少淤，可建两百多个一万至三十万吨级泊位；拥有丰富多样的矿产资源，以及近海领域的天然气资源……

这样的洋浦，必然被有识之士青睐。

最早提出开发建设洋浦的人士，是晚清王朝的两广总督张之洞。张之洞主张发展近代工业以富国强兵，提出"中学为体，西学为用"的开明思想，一八八七年，他亲临儋州视察，回到京城后向朝廷建议开发建设洋浦港，后因他离任两广总督，洋浦开发一事被搁置。

中国民主革命的伟大先行者孙中山先生，曾极力赞成海南建省，还提出了在海南洋浦地区建港以及相关的开发计划，遗憾的是，由于辛亥革命受挫，加上中山先生早逝，洋浦开发、建港成为民国"国父"未了的心愿。

二十世纪七十年代初期，中华人民共和国领导人在讨论国家新经济建设总体规划时，周恩来总理把洋浦港建设纳入其中，无奈的是，由于国家当时的种种实际困难，洋浦建港、开放最终也只是一张美好的宏伟蓝图。

几起几落，洋浦命运多舛。

历史进入到一九八七年。中国改革开放总设计师邓小平，把睿智的目光投向了祖国最南端，在接见外宾时说："我们正在搞一个更大的特区，这就是海南经济特区……海南岛好好发展起来是很了不起的。"

为了不辜负邓公的厚望，为了海南的长远利益，刚上任的中国最年轻省份海南省的领导者，在做好建省工作的同时，更着眼于海南特区的远期规划，他们认识到：任何地区，经济若要保持持续、稳定、高速、协调发展，不能没有工业的依托，而洋浦半岛地处亚太腹地、临近国际海上通道，具有优先发展工业的巨大资源和良好条件。因此，他们首先想到了洋浦的综合开发。

洋浦，又一次被慧眼识珠。

但是，资金从哪儿来？

中央对海南"只给政策，不给钱"。政策即"以开放促开发"。海南各界达成共识：兴办经济特区的目的，就是为了大力引进外资，特区建设成功与否，首先取决于外资引进。于是，一个大胆全新的构想，在时任海南省委领导脑中产生：吸引外资、统一规划、成片开发、综合补偿。这就是国内外瞩目的"洋浦模式"。它与其他经济特区吸引外资的模式相反，别的地方是"筑巢引凤"，洋浦要"引凤筑巢"。

于元平，熊谷组（香港）有限公司副董事长兼总经理，就是海南经济特区这棵梧桐树引来的金凤凰。这位爱国老人，有经济实力也有赤子之心，勇当第一个吃螃蟹者。

谁也没有想到，参照国际惯例运作的洋浦开发区，尚不能为国人接受。一些人公开指责"洋浦模式",一些人将其与殖民时代丧权辱国的"租界"联系起来甚至画上等号,以致酿成"洋浦风波"。全国政协会议在北京举行时,有的委员对"洋浦模式"极为不满,不久,"洋浦风波"迅速波及全国,并且在日本、美国、中国香港和澳门等国家和地区引起强烈反响。《解放日报》率先作详尽报道,并围绕"洋浦模式"是否为"卖国行为"展开了激烈的争论。

舆论沸沸扬扬,外商望而却步,海南省政府困惑为难,洋浦被打回原形。风光一时的洋浦,面临着难以逾越的政治、经济、社会瓶颈,彻底沉寂下来了。

幸运的是,高层一再声明"党中央、国务院支持海南引进外资开发洋浦",并多次到洋浦视察。"洋浦风波"终于得以平息。

洋浦僵局的最终打破,是在邓小平发表南巡讲话之后。一九九二年三月,国务院正式批准设立洋浦经济开发区,中国首例外商投资成片开发区就此诞生,备受争议的"洋浦模式"得以确立。

天风浩荡,云卷云舒。

尽管在"洋浦风波"中受过种种误解和委屈,在投资过程中遭遇不少挫折和风险,但于元平初心不改,以无比的勇气和决心,坚持把巨额资金投入到洋浦的基础建设中。熊谷组还招兵买马,联合两家实力强劲的香港公司和三家国内银行,共同成立"洋浦土地开发有限公司",一起参与洋浦开发。

水电、道路、港口、海关、邮政、居民安置……一切准备就绪。洋浦悄悄崛起,短短五年,洋浦从几乎原始的农业社会形态,直接跨入现代化工业社会。

洋浦旧貌换新颜,得到"上面"高度评价:"一九九〇年前的洋浦，什么都没有，现在的洋浦，基础设施这么好，气势很大，完全具备了大规模招商、引进大工业项目的条件。"

洋浦，开创了我国利用外资成片开发的先河。

外商陆陆续续来了。荷兰一家世界级跨国集团的总裁，临别时留下鼓舞人心的话语："我到过世界上很多地方，洋浦的基础建设是第一流的。"

出人意料的情况再次发生，国家开始实行宏观调控政策，洋浦优惠政策相继取消，受其影响，开发商放慢建设停止投资。此后，洋浦开发主体多次变更、两次重组，直到二〇〇七年，国务院批准设立洋浦保税港区，政府接手主导开发洋浦，风雨沉浮十余载的洋浦开发，终于尘埃落定。

不必去想象此过程中多少人经历了怎样的煎熬，结果好就一切都好。

蝶变后的洋浦，经过建制调整，规划面积达一百二十平方公里，成为享受保税区政策的国家级开发区，洋浦港也有了新的时代意义：毗邻东盟自由贸易区，是北部湾距离国际主航线最近的深水良港，是国家距离南海石油天然气资源和中东石油最近的石油化工及油气储备基地，是中东、非洲油气进入中国的第一个节点。

世事沧桑心事定，胸中海岳梦中飞。海南建省三十年之际，我从北京来到洋浦，此时，距我受命为《海南日报》"海南建省十周年专题报道"采写洋浦，整整二十年过去了。二十年，在历史长河中不过一瞬，而对于我来说却是芳华不再，对洋浦来说则是"艰难困苦，玉汝于成"的光辉岁月。

这回，我不带任务，一身轻松，可以去观赏洋浦千年古盐田，弥补曾经错过的心头之憾。

千年古盐田是洋浦一道独特的风景，远观之，如一面面镶嵌在海边的镜子，在阳光照耀下散发着银白色的光芒。它是我国最早的日晒制盐田，也是最后的保留日晒制盐方式的古盐场。令我好奇的是，一千二百多年前，一群福建渔民为何要离开故园跋涉到古儋耳郡、驻足于洋浦半岛，在火山喷发后的海岸边建造起家园和盐田呢？莫非，他们和我一样，听到了命运神秘的召唤吗？或者，他们和我一样，信奉苏轼在儋州写下的"吾心安处是故乡"？在大自然的启示下，他们发明了独特的制盐方法：把天然火山岩石顶部的中间部位打磨平滑，将四周留出凸边，玄武岩砚式石槽便做成了。涨潮时海水漫入盐槽，退潮后盐工用齿耙松土，反复过滤了的海水便成为卤水，再在盐槽晒上一天就成为海盐。海潮涨落之间，人类智慧的光芒闪现。这样炮制出的盐巴纯天然且白细如雪，是食用盐中的极品。为了嘉奖勤劳智慧的洋浦盐田人，乾隆皇帝曾御书"正德"二字，给此地赐名"正德村"。

洋浦千年古盐田上，七千三百多个砚式盐槽令人震撼，七百五十亩的总面积十分壮观。

"时光永是流逝，街市依旧太平"，流不走的是千年盐田，正德村旧貌换了新颜，唯一不变的，是这蓝天碧海间的永恒魅力。

夕阳在沉落，一瞬间，海面变成了橘红色，"垂天雌霓云端下，快意雄风海上来"。无风三尺浪的南海，在夜色即将来临时，忽然又变回深蓝色，潮平岸阔静默如谜。无边无际的南中国海，明天又将翻开崭新篇章，一个新的时代正乘风破浪而来。

后记：放下，得大自然

　　微信上，一个"文化群"在混战，吵得不可开交，有的骂语粗俗难听，丝毫没有文化。一美女且战且退，还不忘劝慰队友："哥，算了吧，放下，得大自然。"我不禁莞尔。她想说的其实是"放下，得大自在"。

　　到处喧嚣，难有清静。我不参与，也不理解。生命如此珍贵，哪有时间浪费。我奉行英国诗人兰德的人生法则："我和谁都不争，和谁争我都不屑；我爱大自然，其次就是艺术……"

　　人类是伟大的艺术品，只是，在大自然面前，人类太过渺小，在历史长河中，人生过于短暂。世界上最美最伟大的艺术品，就是永恒的大自然。

　　中世纪波斯诗人萨迪说：假设一个人能活九十岁，他应该用三十年来生活，用三十年来旅行，用最后三十年来写作。

　　文人都喜欢行走。毛姆满世界跑，作品以旅途为主体。博尔赫斯眼睛失明，仍不放弃出行。奈保尔一生都在行走，是杰出的游记作家。诗人布莱克认为："伟大作品的产生，有赖于人与山水的结合，整天混迹于繁闹的都市，终究一事无成。"

"随缘游兮！世何途而不坦，身何往而不宜？放予怀于宇宙，视万物而无之。或策杖于山巅，或泛舟于水湄。临清流以濯足，凌高冈而振衣。听春泉之逸响，挹夏木之清晖。枕溪边之白石，仰树杪之苍崖。随白云以朝出，乘明月而夕归。随所取而已足，何物境之可疑。仰天地之闲暇，觉人世之无为。"这是中国文人的豪情壮志。

走出去吧，随缘游兮，到天地间，去认识世界，去感受万物，去拓展人生；你会发现，天空是多么高远，星辰是多么明亮，海洋是多么宽广，高山是多么巍峨，草原是多么美丽，沙漠是多么热烈……面对它们的诱惑，你竟然能无动于衷？

世界美好，万物有灵，不仅要用眼睛去发现，更要用心灵去寻找，"大其心才能体天下之物"。旭日东升、彩霞长虹、皓月当空、星河璀璨、雁排长空、鱼游浅底、驼走大漠、虎啸深山……每每让我心潮起伏，常常使我热泪盈眶。"走向外界，我发现，其实是走向内心。"

放下，得大自然。

中国文化历来探究人与自然的关系，古人讲求顺应自然，强调天人合一，期望在大自然中超脱现实圆融身心。文人大多寄情山水，山水是其精神家园，所以崇尚"读万卷书，行万里路"。徐霞客不用说了，李白、杜甫、苏东坡、黄庭坚、刘禹锡、陈子昂、辛弃疾，他们最好的作品，那些文学史上难以逾越的高峰，哪一篇不是在行走中诞生的？壮怀激烈的边塞诗，哪一首是闭门造车的产物？李清照的婉约词固然美妙，但我最推崇的，是她在行走途中所作的《夏日绝句》："生当作人杰，死亦为鬼雄。至今思项羽，不肯过江东。"此诗不徒俯视巾帼，直欲压倒须眉！

现代社会红尘滚滚、人心浮躁，人在追逐欲望的征途中渐渐失去了灵魂，追求得越凶猛，失去的就越多。我们若想探求人生真谛，若想与世俗生活抗衡，若想让心灵更为宁静，最佳的选择就是投入大自然。

林语堂有过一个著名论断："中国艺术的冲动，发源于山水；西洋艺术的冲动，发源于女人。"而今看来，也不尽然。

几十年前，欧美兴起了"自然主义写作"热潮。美国作家梭罗被奉为"自然文学的先驱"，其著作《瓦尔登湖》成为自然文学的经典。梭罗热爱自然、探索自然，宣称"大自然就是我的新娘"，鄙弃物欲主义，向往精神崇高。美国思想家爱默生"在丛林中，重新找回了理智与信仰"，在他看来，"谁能走遍世界，世界就是谁的"。

美学家李泽厚在《美的历程》中写道："千秋永在的自然山水高于转瞬即逝的人世豪华，顺应自然胜过人工造作，丘园泉石长久于院落笙歌。"

大自然永远是文学艺术灵感的来源。河山信美，但要以文学艺术呈现，需要真诚深切的心灵，要具有大情怀。读书，是向内旅行，去往精神世界；行走，是向外读书，探索宇宙自然。心灵前行多远，笔端才能伸向多远。非有大情怀，即无大艺术。人应有所敬畏，首先要敬畏大自然。天地有大美而不言，唯有情之人方能不负。

行远自迩，登高自卑。越是行走，心灵的疆域就越辽阔，越是行走，越加觉得人类贪欲的可笑可鄙。融入天地，心灵更能正大光明；瞻望苍穹，灵魂会与宇宙相通。

一次次的行走、抵达、惊喜，让我获得心灵皈依，让我重新认识人生的意义和价值；倾心于自然的怀抱，倾倒于天地的造化，让我得到生命快乐，让我享受美好生活。

感恩山河岁月——让我放下，也让我得到。